MICHAEL GERWIEN

Schattenrächer

MICHAEL GERWIEN

Schattenrächer

Thriller

GMEINER SPANNUNG

Bisherige Veröffentlichungen im Gmeiner-Verlag:
Schattenkiller (2016), Stückerlweis (2016),
Brummschädel (2015), Krautkiller (2015)
Andechser Tod (2014), Wer mordet schon am Chiemsee? (2014),
Jack Bänger (E-Book only, 2014), Alpentod (2014),
Mordswiesn (2013), Raintaler ermittelt (2013),
Isarhaie (2013), Isarblues (2012),
Isarbrodeln (2011), Alpengrollen (2011)

Besuchen Sie uns im Internet:
www.gmeiner-verlag.de

Im Ehnried 5, 88605 Meßkirch
Telefon 07575/2095-0
info@gmeiner-verlag.de

1. Auflage 2017

Lektorat: Claudia Senghaas, Kirchardt
Herstellung: Mirjam Hecht
Umschlaggestaltung: U.O.R.G. Lutz Eberle, Stuttgart
unter Verwendung eines Fotos von: © frankdaniels / fotolia.com
Druck: CPI books GmbH, Leck
Printed in Germany
ISBN 978-3-8392-2116-7

1

Donnerstag, 2.20 Uhr, Lissabon, Portugal.

Die Kakerlake, die er seit einiger Zeit beobachtete, erklomm Wolfs linken Handrücken. Als sie den blutigen Verband an seinem abgeschnittenen Zeigefinger erreichte, hielt sie inne. So, als schnupperte sie daran.

Konnten Kakerlaken riechen?

Mühsam hob er seine Rechte ein Stück weit an, um sie zu verscheuchen. Sinnlos. Zu wenig Kraft. Er ließ seinen Arm erschöpft auf den Boden zurücksinken.

Sie machte sich weiter an seinem Verband zu schaffen. Hoffentlich rief sie nicht auch noch ihre Freunde herbei.

Was fraßen die Dinger eigentlich? Fleisch?

Wo zum Teufel war er nur?

Er blickte geradeaus über das hässliche Kleintier mit den langen Fühlern hinweg. Erkannte eine schräg daliegende eingefallene Hausmauer im fahlen Mondlicht.

Ansonsten herrschte nahezu völlige Dunkelheit.

In seinem Gedächtnis sah es nicht viel anders aus.

Falsch.

Langsam erinnerte er sich wieder. Eine Bar, laute Musik, blitzende Goldzähne. Ein Fest der Einheimischen. Frauen in rot-weißen Trachten, Männer im dunklen Anzug, später am Abend Fado-Gesang.

Lissabon, Portugal.

Alles andere fiel ihm ebenfalls wieder ein. Er kam gestern Abend hier an. Nach seiner gelungenen Flucht aus Deutschland quer durch Frankreich und Spanien.

In Sicherheit war er deshalb allerdings noch lange nicht.

Bestimmt suchte ihn die Polizei. In München hatten sie sicher Interpol eingeschaltet. Wollten garantiert ihm den Mord an seiner Frau Rebekka in die Schuhe schieben. Verdächtigten ihn des Mordes an diesem Amerikaner Summer und an Rebekkas Killer Nobody. Dabei war es beide Male Notwehr gewesen.

Doch das wusste nur er.

Er rätselte, wieso um alles in der Welt er hier im Staub lag.

Unter größter Anstrengung tastete er nach seiner Geldbörse in der Gesäßtasche seiner Jeans.

Hielt inne. Sie war leer.

Er suchte weiter. Nichts.

Verdammt. Kreditkarten, Scheckkarten, Personalausweis. Alles war darin gewesen.

Er fingerte mühsam nach dem Geldgürtel, den er unter seinem Hemd versteckt hatte. Auch er war verschwunden. Mit ihm an die 100.000 Euro. Seine Reise- und Fluchtkasse.

Ohne Geld und Papiere in einem fremden Land. Panik machte sich in ihm breit. Er versuchte sich aufzurichten.

Keine Chance. Die kleinste Bewegung bereitete ihm große Anstrengung. Ihm war, als läge eine zentnerschwere Last auf seinem Rücken.

War er gelähmt?

Er konzentrierte sich auf seine Arme und Beine. Konnte sie deutlich spüren. Gut. Gelähmt waren sie also nicht. Nur seltsam kraftlos.

Zu viel Alkohol?

Vielleicht. Aber eher nein. Sicher nicht mehr als sonst.

Er war kein Trinker. Konnte sich jetzt außerdem an den ganzen gestrigen Abend in der Bar erinnern. Ausgelassene Stimmung. Freundliche Menschen. Er hatte sein Portugiesisch aufgefrischt. Small Talk über dies und das.

Nur der Moment, kurz bevor er sich an gar nichts mehr erinnern konnte, fehlte ihm.

K.-o.-Tropfen?

Möglich. Er war alleine in das Lokal gegangen. Nur für einen Augenblick das Glas aus den Augen gelassen, schon war es um einen geschehen. War immer wieder überall zu lesen, dass vor allem junge Mädchen so gefügig gemacht wurden.

In seinen Schläfen hämmerten die Schmerzen im Takt seines Herzschlags. Er fuhr sich langsam mit der Hand über den Hinterkopf. Erspürte eine beachtliche Beule.

Jemand musste ihn niedergeschlagen haben.

2

Zwei Tage vorher – Dienstag, 4.45 p.m., Umland Baltimore, USA.

»Dann müsst ihr euch eben mehr Mühe geben, ihr Vollidioten. Mehr Leute einsetzen, Gas geben. Darin seid ihr Deutschen doch seit jeher gut.«

Der Ex-Banker und heutige Kongressabgeordnete Arthur Smith stand aufrecht im Homeoffice seines großzügigen Anwesens in der Nähe von Baltimore. In seiner grenzenlosen Wut umklammerte er den Telefonhörer so fest, dass die Knöchel seiner Finger weiß hervortraten.

»Ein Mensch verschwindet nicht von einem Augenblick

auf den anderen«, fuhr er polternd fort. »Er muss irgendwo sein. Spätestens heute Abend will ich Ergebnisse, Siebert. Sonst werden Sie mich von einer Seite kennenlernen, die Sie lieber nicht kennen wollen. Verstanden?«

»Verstanden, Mr. Snow. Obwohl ihr beleidigender Tonfall schon auch immer wieder gewöhnungsbedürftig ist.« Der Berliner Rechtsanwalt konnte sich die kritische Bemerkung gegenüber seinem unbekannten Auftraggeber offenbar wieder einmal nicht verbeißen.

»Meinen Tonfall lassen Sie getrost meine Sorge sein, Siebert. Finden Sie lieber auf der Stelle diesen Wolf Schneider, und besorgen Sie mir endlich die Pläne für Weinbergers Laserkanone von ihm. Beauftragen Sie jemand anderen damit, wenn Ihre Leute zu dämlich dafür sind.« Arthur knallte grußlos den Hörer auf die Gabel.

Zum Ausrasten. Siebert trieb ihn mit seiner arroganten behäbigen Art noch in den Wahnsinn. Der Kerl verdiente seit einigen Monaten hervorragend an den Jobs, die ihm Arthur unter seinem Decknamen für illegale Geschäfte ›Mr. Snow‹ vermittelte. Da konnte er sich gefälligst auch mal anstrengen.

Es war einfach ein Unding, dass Schneider unbehelligt aus München verschwinden konnte, nachdem er Arthurs engsten Mitarbeiter in Sachen Kriminalität, Frank Muller, und einen bis dahin sehr erfolgreichen Auftragskiller erschossen hatte.

Arthur schnupfte ein Häufchen von dem Koks, das auf seinem Esstisch für alle Fälle parat lag.

Er setzte sich auf seine weitläufige Terrasse.

Zündete sich eine Beruhigungszigarre an.

Ein großer Schluck Whiskey dazu, vielleicht auch zwei oder drei, und er hätte sich schnell wieder im Griff.

Sieberts Dienste in Übersee würde er nicht mehr lange in Anspruch nehmen, kalkulierte er mit einem kalten Lächeln um die Lippen. Sobald er einen adäquaten Ersatz für ihn fand, würde der vorlaute Klugscheißer einen hübschen kleinen Unfall haben.

Einem Arthur Smith tanzte niemand ungestraft auf der Nase herum.

Außerdem würde er selbst ebenfalls jemanden auf Schneider ansetzen. Auf Siebert und seine Leute war bereits oft genug kein Verlass gewesen. Doppelt hielt außerdem generell besser.

Diese Sache mit den Konstruktionsplänen für die Laserkanone war sehr wichtig. Ein deutscher Wissenschaftler hatte sie angefertigt, Dr. Weinberger aus Berlin. Er wollte sie aber nicht herausrücken und musste deshalb sterben. Allerdings nicht auf Arthurs Befehl hin, sondern aufgrund des Übereifers von Sieberts Leuten.

Sie wollten den Kerl zu seinem Glück zwingen. Vollidioten. Machten die Sache so nur komplizierter.

Andererseits, was stellte sich Weinberger auch so dämlich an. Er hätte ein kleines Vermögen dafür bekommen.

Vor seinem Tod hatte er seine Pläne an Wolf Schneider geschickt. Doch der wollte sie genauso wenig hergeben. Also musste seine Frau sterben.

Allerdings war Arthur daran ebenfalls nicht schuld. Zumindest nicht direkt. Sondern der übereifrige Killer, den Siebert auf die Sache angesetzt hatte.

Ein gefährlicher Typ, der selbst abkassieren wollte und deshalb von einem Kollegen eliminiert werden musste.

Auf Arthurs Befehl hin.

Schneider selbst würde ihm demnächst folgen. Alleine schon, weil er Frank erledigt hatte. Das konnte Arthur ihm auf keinen Fall durchgehen lassen. Aber das alles natürlich erst, nachdem er die Pläne von ihm bekommen hatte.

Wenn sich Weinbergers Erfindung wirklich in die Tat

umsetzen ließ, was Arthur seinen bisherigen Informationen zufolge unbedingt annahm, würde er damit steinreich werden.

3

Donnerstag, 2.40 Uhr, Lissabon, Portugal.

Unter lautem Ächzen und Stöhnen schaffte es Wolf endlich, sich aufzusetzen. In seinem Kopf tobte ein Gewitter aus schmerzhaften Blitzen.

Er blickte suchend an sich hinunter.

Wenigstens hatten sie ihm seine Jeans und sein T-Shirt gelassen. Auch die Turnschuhe, die er sich vor seiner Flucht in Starnberg gekauft hatte. Er würde also nicht barfuß durch die Nacht stolpern.

Zu dumm, dass ihm jegliche Erinnerung an die Zeit kurz vor seiner Ohnmacht fehlte. Außerdem hätte er zu gerne gewusst, wo diese Bar war, in der er mit diesen anderen Leuten gefeiert hatte.

Vielleicht hatte jemand beobachtet, wer mit ihm vor die Tür gegangen war. Dann könnte er sich sein Geld eventuell zurückholen.

Er stellte fest, dass er sich irgendwo am Stadtrand befinden musste. Kleine Hügel umgaben ihn. So viel konnte er im fahlen Mondlicht gerade noch erkennen. Weiter hinten blinkten verschwommen Lichter in der Nacht. Das musste die Innenstadt sein.

»Meine Brille«, entfuhr es ihm gleichzeitig. »Die haben sie auch. Oder sie liegt hier irgendwo.«

Langsam, Brechreiz im Magen und Drehschwindel im Kopf, richtete er sich vollständig auf. Jeder einzelne Knochen im Leib tat ihm weh.

Links von ihm lag die kaputte Mauer, deren Umrisse er bereits vom Boden aus erkannt hatte. Offenbar ein Stück eines alten Hauses, das im Ganzen hier abgeladen worden war.

Es roch streng. Nach Abfällen und Verwesung.

Eine Ratte huschte in einem guten Meter Entfernung an ihm vorbei.

Offenbar hatten sie ihn auf einer Müllhalde abgelegt.

Der Gestank, das Ungeziefer, der weiche Boden. Wo sonst gab es das.

Er kniff seine Augen zusammen. Sah sich genauer zu seinen Füßen um. Entdeckte gebrauchte Windeln, Plastiktüten, Essensreste, leere Dosen, Zeitungen, Kartons.

Seine Brille fand er nicht.

Sie hatten ihn also tatsächlich entsorgt wie einen alten Kühlschrank. Miese Schweine. Hatten wohl gedacht, dass er tot sei.

Genau betrachtet fühlte er sich auch, als wäre er gerade von den Toten auferstanden.

Langsam setzte er sich in Gang.

Immer einen Fuß vor den anderen.

Hielt schwer schnaufend auf die Lichter der Stadt zu.

4

Donnerstag, 2.45 Uhr, München, BRD.

Eva konnte nicht schlafen. Sie lief unruhig in ihrer Wohnung hin und her.

Unentwegt musste sie an Wolf denken. Seit zwei Tagen hatte er sich nicht mehr bei ihr gemeldet. Sie machte sich große Sorgen. Hoffentlich hatte er es ihr nicht für immer übel genommen, dass sie ihm gestanden hatte, nicht seine Schwester oder Halbschwester zu sein.

Bestimmt ein echter Schock für ihn.

Noch dazu gleich nach dem Tod seiner geliebten Rebekka.

Bestimmt hätte sie besser daran getan, noch damit zu warten, es ihm zu sagen. Nicht sehr taktvoll von ihr. Eher ziemlich dumm und ungeschickt.

Und jetzt rief er nicht an. Das hatte sie nun davon.

Dabei hätte sie ihm so viel zu sagen.

Dass sie ihn wie eine Frau liebte, zum Beispiel, nicht wie eine Schwester. Dass sie sich in jeder Sekunde ihres Lebens nach ihm verzehrte. Sich nichts sehnlicher wünschte, als in seinen Armen zu liegen.

Lieber Gott. Sie erkannte sich selbst nicht wieder. So schwülstig ihr all diese Gedanken selbst vorkamen, so wenig konnte sie von ihnen ablassen.

Die Liebe zu ihm erreichte langsam, aber sicher das Maß des Erträglichen. Der qualvolle Ritt auf einer endlosen Achterbahn der Gefühle.

Eva und Wolf Schneider. Ihre Namen würden sich nicht ändern, falls sie heirateten, stellte sie nebenbei fest. Doch dazu müsste sie ihn erst einmal sprechen.

Andauernd rief dieser seltsame Kommissar Wallner bei ihr an. Fragte nach Wolf. Offenbar suchten sie ihn. Warum, verriet er ihr nicht.

Dreimal hatte sie ihm bereits gesagt, dass sie nicht das Geringste über Wolfs Aufenthaltsort wusste.

Er schien ihr nicht zu glauben.

5

Dienstag, 6.00 p.m., Umland Baltimore, USA.

»Wo soll ich nach diesem Wolf Schneider suchen, Mr. Snow.« Mr. Black, der europäische Auftragskiller, den Arthur auf Empfehlung eines guten Bekannten angerufen hatte, klang neutral geschäftsmäßig. Ganz so, als würden sie sich über die aktuelle Preisentwicklung beim Magermilchjoghurt unterhalten.

»Er verschwand vor zwei Tagen aus München«, erwiderte Arthur. »Sehr weit kann er also noch nicht gekommen sein. Zumindest hat er meinen Informationen zufolge keine Flüge gebucht.«

»Er kann unter anderem Namen gebucht haben.«

»Stimmt. Ist aber eher unwahrscheinlich. Dafür ging alles zu schnell. Neue Papiere und so. Das dauert seine Zeit. Weiß ich aus eigener Erfahrung. Meinen letzten Informationen nach hat er einen Leihwagen gestohlen und fuhr damit Richtung Frankreich.«

»Wohin genau, wissen Sie nicht?«

»Nein, Mr. Black.« Arthur schüttelte den Kopf.

»Das ist nicht viel. Europa ist groß. Er kann sich in Frankreich, Spanien oder Portugal aufhalten. Italien wäre auch eine Option. Oder eine Insel. Möglicherweise ist er nach Afrika übergesetzt oder er sitzt auf einem Schiff in die Staaten oder nach Südamerika.«

»Dann fliegen Sie erst mal nach München und sehen sich dort nach Hinweisen um. Nehmen Sie den Auftrag nun an oder nicht?«

Arthur wischte ärgerlich mit der Hand durch die Luft.

Hatte er einen Profi an der Strippe oder nicht? Das ging gerade alles schon wieder viel zu langsam.

»Ich weiß nicht. Scheint eine schwierige Sache zu werden.«

»Ich zahle Ihnen das Doppelte. Aber nur, weil Sie mir wärmstens empfohlen wurden. Normalerweise bin ich kein Freund von Eiertänzen.«

»Dann … sind wir im Geschäft. Natürlich. Gerne.«

»Gut. Fangen Sie sofort an.« Arthur nickte zufrieden.

Da war sie wieder, die eindeutige Bestätigung für seine lang gehegte Theorie, dass letztlich jeder zu jeder Zeit käuflich war. Nur der Preis war unterschiedlich hoch.

»Der Umschlag mit der ersten Rate geht noch heute an das Postfach, das sie mir vorhin genannt haben«, fuhr er geschäftsmäßig fort. »Kommen Sie mir nicht ohne die Pläne an, von denen ich Ihnen erzählt habe. Selbst wenn Sie Schneider dafür langsam zerstückeln müssen.«

»Geht klar, Mr. Snow, Sir.«

6

Donnerstag, 3.00 Uhr, Lissabon, Portugal.

Eine einsame Bank mitten im Nirgendwo. Wolf fragte sich kurz, wer sie hingestellt haben mochte. Vergaß den Gedanken sofort wieder. Setzte sich schnell.

Er krümmte sich völlig ausgepumpt zusammen. Seine Lungen brannten. Die Schmerzen im Kopf nahmen ihm fast die Besinnung.

Gott sei Dank war es nicht mehr weit bis zur Stadt. Die ersten Gebäude konnte er bereits schemenhaft erkennen. Wie es weiterging, wenn er dort ankam, wusste er nicht.

Ein Geräusch ließ ihn aufhorchen.

War ihm jemand von der Mülldeponie aus gefolgt?

Adrenalin schoss ihm in die Adern. Er sah sich suchend um. Begann vor Angst und Aufregung zu zittern.

Nichts zu sehen. Ohne Brille erst recht nicht.

Wahrscheinlich doch nur eine Ratte. Außerdem gab es hier wie überall im Süden Hunde, die ohne Zuhause durch die Gegend streiften. Erbarmungswürdige Kreaturen, halb verhungert, von jedem Menschen misshandelt, der Spaß daran hatte.

Da war das Geräusch erneut.

Ein Rascheln in dem Gebüsch seitlich von ihm. Es kam immer näher.

Er spannte seine Muskeln an. Bereit, jeden Moment aufzuspringen.

Nichts wie weg.

Er rannte los, so schnell er konnte. In seinem momentanen Zustand würde er keinen Kampf durchstehen. Egal gegen wen oder was.

Während er weiterhetzte, blickte er sich immer wieder um. Übersah dabei ein Loch im Boden vor sich. Geriet ins Straucheln. Stürzte, verletzte sich die Handflächen beim Aufprall. Blut.

Er richtete sich schnell wieder auf.

Eilte weiter.

Bekam kaum noch Luft.

Ein Albtraum, den er immer wieder als Kind gehabt hatte, ging ihm für Sekundenbruchteile durch den Kopf. Er war auf der Flucht vor blitzschnellen Krokodilen mit riesigen Mäulern. Ihren heißen Atem im Nacken.

Sie schnappten nach ihm. Waren immerzu kurz davor, ihn zu erwischen.

Er war regelmäßig schreiend vor Angst aufgewacht.

Jetzt näherte er sich den ersten Häusern. Hoffte auf Hilfe dort.

Bitte, lieber Gott, lass irgendjemanden wach sein.

Er hatte keine Ahnung, wie spät es war. Seine Armbanduhr hatten sie ihm ebenfalls abgenommen.

7

Mittwoch, 8.45 a.m., Washington D.C., USA.

»Ich kann Ihnen versichern, dass ich die Konstruktionspläne, über die wir sprachen, in allernächster Zukunft in Händen halte, Mr. Gonzales. Unserem Geschäft stünde somit nichts mehr im Wege.«

Arthur ließ sich gerade dauertelefonierend von seinem Chauffeur in den Kongress bringen. Es würde dort gleich eine Anhörung wegen der Steuergesetze geben. Die Demokraten verlangten, dass Leute mit geringerem Einkommen einen geringeren Steuersatz entrichten sollten.

Völliger Humbug natürlich. Aber auch idiotische Vorschläge wie dieser mussten in einer Demokratie besprochen werden.

»Wie gesagt, zahlen wir bar, Mr. Snow«, erwiderte der mexikanische Kartellchef am anderen Ende der Leitung. »Aber natürlich nur, wenn diese neue Laserwaffe, von der wir sprechen, auch wirklich so sensationell ist, wie Sie sagen.«

Arthur hatte Erkundigungen über ihn eingeholt. Ein denkbar gefährlicher Mann. Halb Mexiko ging vor ihm in die Knie. Sogar große Teile der dortigen Regierung.

»Ich weiß. Sehr erfreulich. Ich gebe Ihnen Bescheid, sobald ich mehr weiß.«

»Lassen Sie mich nicht zu lange warten. Bis bald, Mr. Snow.«

»Bis bald, Mr. Gonzales.«

Arthur legte auf. Er wandte sich an seinen farbigen Chauffeur, den er nur so zum Spaß für sich selbst »Niggerboy« nannte. Mein Niggerboy fährt wieder mal zu langsam. Wo bleibt nur mein hirnloser Niggerboy, und so weiter.

Lustig eben. Fand er zumindest.

»Warum dauert das heute so lange, Clayton?«

Nach außen hin nannte er ihn bei seinem Vornamen. Alles andere wäre zu offenkundig rassistisch gewesen. Kam nicht so gut bei den Wählern an.

Political Correctness. Die überflüssigste Erfindung seit den Windpocken. Aber was wollte man dagegen tun, wenn man in der Öffentlichkeit stand.

Du spielst das Spiel. Auch wenn du die Regeln innerlich nicht beherzigst.

Eine traurige Welt war das da draußen.

Kein Mumm mehr.

Kein Selbstbewusstsein.

Keine Vaterlandsliebe.

»Stau, Sir, Mr. Smith. Anscheinend protestieren die Schwarzen und die Latinos wieder mal für mehr Rechte.«

»Die albernen Idioten sollen froh sein, dass sie hier leben dürfen. Stimmt's, Clayton? Sie selbst haben es doch auch gut getroffen hier bei uns.« Arthur sah ihn abwartend über den Rückspiegel an.

»Natürlich, Sir, Mr. Smith. Mir geht es bestens.« Clayton nickte freundlich lächelnd. Was er in Wahrheit dachte oder ob das, was er gerade sagte, bereits die Wahrheit war, sah man seiner Miene nicht an.

Arthur wollte es auch gar nicht wissen.

Seine Angestellten hatten zu funktionieren. Professionalität und bedingungslose Loyalität. Vor allem nicht ungefragt die Klappe aufreißen. Darum ging es ihm.

»Das will ich aber meinen, dass es Ihnen bestens geht.«

Braver Niggerboy.

8

Donnerstag, 3.50 Uhr, Lissabon, Portugal.

Wolf lehnte sich keuchend mit dem Rücken an eine Hauswand. Er blickte in die Richtung, aus der er gekommen war. Niemand zu sehen. Wenn jemand hinter ihm her gewesen war, hatte er ihn abgehängt.

Er erahnte Licht in dem Haus auf der Straßenseite gegenüber.

Gott sei Dank sprach er leidlich Portugiesisch. Hatte es während seines zweijährigen Aufenthaltes in Lissabon als Auslandskorrespondent gelernt.

Rebekka hatte ihn damals, so oft es ging, besucht. Trotzdem war die lange Zeit der Trennung eine echte Zerreißprobe für ihre Ehe gewesen.

Ein Gutes hatte es jetzt wenigstens. Mit seinen damals erworbenen Sprachkenntnissen würde er um Hilfe bitten können. Zumindest um ein Telefon.

Er musste unbedingt Eva anrufen. Nur sie konnte ihm im Moment weiterhelfen. Geld, Papiere und so weiter.

Nachdem er wieder zu Atem gekommen war, schleppte er sich hinüber. Klopfte an die Tür.

Nichts rührte sich.

»Hallo! Jemand zu Hause?«

Er klopfte erneut. Lauter.

Nach einer Weile hörte er, wie der Schlüssel von innen im Schloss herumgedreht wurde. Kurz darauf wurde ihm geöffnet.

Eine alte Frau stand vor ihm. Schwarze Tracht. Buntes

Kopftuch. Kaum Zähne im Mund. Unzählige Falten im Gesicht. Auf der Wange eine große, dunkelbraune Warze.

»Wer sind sie? Was wollen Sie?«, fragte sie. Angst schien sie nicht vor ihm zu haben.

»Por favor, Senhora«, erwiderte er. »Ich brauche Hilfe. Ich wurde niedergeschlagen und ausgeraubt.«

»Das kann jeder sagen.« Sie beäugte ihn misstrauisch.

»Bitte glauben Sie mir. Sehen Sie mich doch nur an.« Er zeigte auf seine verschmutzte Kleidung. »Haben Sie ein Telefon?«

Herr im Himmel. Wenn das hier nicht hinhaut, weiß ich nicht, wie es weitergehen soll.

»Was ist los, Rosa?«, ertönte eine kratzige Männerstimme aus dem Inneren des Hauses. »Wer stört so früh am Morgen?«

»Ein Mann«, rief sie ihm über ihre Schulter hinweg zu. »Sieht aus wie ein betrunkener Tourist. Sagt, er wurde ausgeraubt.«

»Er soll weggehen.«

»Sie haben gehört, was er gesagt hat«, wandte Rosa sich an Wolf. Sie schickte sich an, die Tür wieder zu schließen.

»Bitte, Senhora«, flehte er. Faltete die Hände vor der Brust. »Ich habe Durst, ich bin verletzt, habe Schmerzen, und ich bin hundemüde. Lassen Sie mich nur kurz telefonieren. Sie werden es nicht bereuen. Ich lasse mir Geld aus Deutschland kommen und bezahle Sie dafür.«

»Er sagt, er bezahlt, wenn wir ihm helfen«, rief sie ins Haus hinein.

»Lass ihn rein.«

»Kommen Sie.« Sie trat einen Schritt zurück, damit er an ihr vorbeikonnte. »Wie heißen Sie?«

»Wolf.«

»Aus Deutschland, sagen Sie?«

»Ja.« Er nickte.

»Deutschland ist gut. Viel Geld.«

Sie führte ihn vornewegschlurfend durch einen schmalen Flur in eine kleine, muffig riechende Küche. Dort forderte sie ihn auf, sich zu setzen.

»Danke.«

Er ließ sich erleichtert auf einen der wackeligen Holzstühle am Küchentisch sinken. Sah sich um. Registrierte, dass überall die Farbe von den Wänden abblätterte.

Eine Maus flitzte über den Boden. Oder eine Ratte. Genau erkennen konnte er es nicht. Auf jeden Fall war das Tier sehr schnell.

Er stellte unwillkürlich seine Füße auf die Zehenspitzen.

Reich sind die bestimmt nicht. Hoffentlich helfen sie mir auch wirklich.

»Da haben Sie aber Glück, dass mein Mann und ich so früh aufstehen. Es ist gerade mal 4 Uhr. Die Nachbarn schlafen alle noch.«

»Ich bin Ihnen sehr dankbar, Senhora Rosa. Haben Sie denn nun ein Telefon?« Er sah sie erwartungsvoll an.

»José, steh endlich auf und bring das Handy mit«, krächzte sie in Richtung der Tür links vom Küchenschrank. Dahinter befand sich offenbar das Schlafzimmer. »Beeil dich, damit unser Gast sein Geld besorgen kann.«

»Obrigada.« Wolf lächelte dankbar.

»Kaffee?«, fragte sie, während sie sich an ihrem Herd zu schaffen machte.

»Gerne.«

Hunger scheinen sie nicht zu leiden, obwohl alles wirklich sehr ärmlich aussieht.

»Eier? Oliven? Tomaten? Brot?«

»Sehr gerne. Ja.« Er nickte begeistert.

Das ist wohl die berühmte südländische Gastfreundschaft. Offenbar kommt sie immer zum Zug. Egal, was passiert.

Zum ersten Mal, seitdem er auf der Müllhalde aufgewacht war, ließen seine Kopfschmerzen etwas nach. Dafür pochte sein mehr schlecht als recht von ihm selbst verbundener Fingerstumpf wie wild.

Hätte er diesen miesen Killer Nobody auf dem Parkplatz an der Garmischer Autobahn bloß besser im Blick gehabt, als der mit dem Messer auf ihn losging.

Er musste die Wunde unbedingt von einem Arzt versorgen lassen. Den offenen Rest des Fingers zunähen lassen. Eine Blutvergiftung, Wundbrand oder Wundstarrkrampf durfte er nicht riskieren.

Es konnte sogar tödlich enden. Das wusste er aus seiner Zeit bei der Bundeswehr. Im Kosovo hatte es einige Verletzte in ihrer Einheit gegeben. Das Erste, was ihnen die Sanis verpasst hatten, war eine Tetanusspritze gewesen.

9

Mittwoch, 9.30 a.m., Washington D.C., USA.

»Wie laufen die Geschäfte, Arthur?« Bart Ewing schüttelte seinem republikanischen Parteikollegen vor dem Eingang zum Sitzungssaal die Hand.

Sie waren die Letzten, die hineinmussten. Die anderen Abgeordneten und Senatoren saßen bereits auf ihren Plätzen.

Bart kam aus Wyoming. Ein kluger Kopf mit einer modischen Hornbrille auf der Nase. Er hatte großen Erfolg bei den Wählern. Vor allem bei den weiblichen. Verkaufte sich ihnen als aufrechter, politisch korrekter und umweltbewusster Amerikaner. Sportlich war er außerdem.

»Alles gut, Bart. Und selbst?« Arthur sah ihn abwartend an.

»Nicht schlecht. Stell dir vor, was mir vor Kurzem zu Ohren gekommen ist.«

»Keine Ahnung.« Arthur zuckte die Schultern.

Bart blickte sich kurz nach eventuellen Mithörern um.

Niemand in der Nähe. Dennoch senkte er seine Stimme.

»Es soll jemanden geben, der illegal Konstruktionspläne für eine neuartige Laserkanone auf dem Markt anbietet.«

»Nicht möglich.« Arthur zog, Überraschung vortäuschend, die Augenbrauen hoch. »Aber das verstößt doch gegen das Gesetz.«

Woher hat der Kerl diese Info? So eine Scheiße, irgendwo bei meinen Kunden muss ein Leck sein. Das kann mich ein Vermögen kosten.

»Genauso ist es.« Bart nickte eifrig. »Was wohl der Geheimdienst oder unsere Militärs dazu sagen würden, wenn sie es wüssten.«

»Wenn es tatsächlich stimmt, was du sagst, wissen die längst Bescheid. Die haben ihre Finger doch überall im Spiel.« Arthur wusste, dass er recht hatte. Schließlich hatte er die Pläne als Mr. Snow auch seinen Kontaktleuten beim amerikanischen Geheimdienst und beim Militär angeboten.

Fragte sich nur, wo genau die undichte Stelle war.

So ein Mist. Jemand wie Bart sollte auf gar keinen Fall von solch streng vertraulichen Dingen erfahren. Am Ende plauderte er die Sache weiter in aller Öffentlichkeit aus, und schon gab es auf allen Seiten Probleme, die niemand haben wollte.

»Meinst du?« Bart riss ungläubig die Augen auf.

»Ich vermute es zumindest stark. Aber ich kann mir nicht vorstellen, dass an dem Gerücht etwas dran ist.«

Du armseliges Würstchen glaubst wohl, du würdest *einem wie mir jemals auf die Spur kommen. Lächerlich.*

»Du meinst also, dass meine Quelle gelogen hat? Ist an sich eine sehr zuverlässige Person.« Bart runzelte nachdenklich die Stirn.

»Gelogen, sich getäuscht, oder du hast irgendwas nur halb oder falsch mitbekommen. Alles ist möglich.« Arthur lachte selbstbewusst. »Aber warum erzählst du ausgerechnet mir davon? Gehöre ich neuerdings zum Verteidigungsausschuss?«

»Nein.« Bart winkte ab. »Einfach nur so. Ich erfuhr das Ganze erst vorhin und du bist mir als Erster über den Weg gelaufen.«

»Wenn du mich fragst, ich würde die Sache schnell wieder vergessen und niemandem mehr davon erzählen. Bestimmt ein dummer Irrtum. Da machst du dich nur lächerlich.«

»Ich weiß nicht so recht.« Bart kratzte sich unschlüssig am Hinterkopf.

»Lass uns lieber reingehen und über die unsinnigen Steuersenkungen für die kleinen Leute diskutieren«, schlug Arthur vor. »Wir sollten hier bei uns keinen Kommunismus zulassen. Erscheint mir im Moment wichtiger als irgendwelche albernen Science-Fiction-Waffen. Stimmt's?«

»Magst recht haben, Arthur. Ich werde noch mal mit meiner Quelle reden. Vielleicht hab ich mich tatsächlich verhört.« Bart lächelte verlegen.

»Na dann. Auf in den Kampf.« Arthur zeigte auf den Eingang zum Sitzungssaal.

10

Donnerstag, 4.10 Uhr, Lissabon, Portugal.

»Bom dia.« José erschien in fleckigem Unterhemd und zerschlissenen langen Unterhosen in der Küche. Er reichte Wolf ein nagelneues Smartphone. »Aber wenn du in Deutschland anrufst, wird es teuer für dich, klar?«

»Klar. Guten Morgen.« Wolf nickte. »Sie bekommen Ihr Geld. Keine Sorge.«

Woher haben die das sündteure Telefon? Bestimmt geklaut. Egal. Was geht's mich an.

Er wählte schnell Evas Nummer.

Ließ es dreimal klingeln. Viermal. Fünfmal.

Hoffentlich wachte sie auf. Es war immerhin mitten in der Nacht.

»Eva Schneider.«

Gott sei Dank. Er atmete erleichtert auf.

»Wolf hier.«

»Wolf? Nein, das gibt es nicht.« Sie klang aufgeregt und hocherfreut. »Ich hab die ganze Zeit über an dich gedacht. Wie geht es dir? Wo bist du? Alles in Ordnung?«

»Pass auf. Ich kann nicht lange reden«, zischte er. »Kannst du heute noch nach Lissabon fliegen? Ich bezahle alles.«

»Lissabon? Aber wie ...«

»Ich brauche dich dringend hier.«

»Um was geht es denn?« Sie gähnte laut.

»Meine Kontounterlagen fürs Onlinebanking bei meiner Bank in der Schweiz findest du bei meinen Papieren in dem kleinen Rucksack, den ich bei dir ließ. Da müsste auch meine Ersatzbrille drinnen sein.« Er holte tief Luft, bevor er weitersprach. »Bring bitte alles mit. Auch ein frisches Hemd und Jeans. Und Bargeld. 5.000 Euro reichen erst mal. Vergiss meinen Reisepass nicht. Ich warte heute Nachmittag ab 16 Uhr am Flughafen bei der Ankunft auf dich.«

»Ja gut, aber was …?«

»Bitte, tu einfach, was ich gesagt habe. Ich brauche deine Hilfe.«

»Natürlich«, erwiderte sie mit fester Stimme. »Ich komme. Ab 16 Uhr, Flughafen Lissabon, Ankunft. Bis dann. Mach's gut.«

Sie legten auf.

Wolf gab José das Handy zurück. Der nahm es blitzschnell wieder an sich. »Ich komme mit zum Flughafen.«

»Klar. Wollte ich Ihnen gerade selbst vorschlagen. Woher können Sie so gut Deutsch?«

»20 Jahre Baufirma, Mannheim.«

»Verstehe.«

»So, jetzt gibt es erst mal Frühstück.« Rosa stellte ein Tablett mit Eiern, Tomaten, Oliven und Brot darauf auf den Tisch. »Zieh dir endlich was Anständiges an, José. Wir sind arm, aber keine Obdachlosen.«

»Ja, ja.« José verschwand im Schlafzimmer.

11

Mittwoch, 4.30 p.m., Umland Baltimore, USA.

»Ein Bild schicke ich Ihnen noch. Wann können Sie die Sache erledigen?« Arthur saß in seiner Lieblingsstellung auf einem der Liegestühle an seinem großen Pool. Füße hoch, einen Drink in der Rechten, das Handy für geheime Geschäfte in der Linken.

Seine Frau Jane war unterwegs. Sie würde heute erst spät nach Hause kommen. Veranstaltete eine Matinee zugunsten krebskranker Kinder im John Hopkins Hospital in Baltimore. Die Gespräche mit den Spendern würden sich erfahrungsgemäß bis in den Abend hinein hinziehen.

Umso besser. Sie meckerte in letzter Zeit ohnehin nur an ihm herum. »Schnupf nicht so viel Koks. Was soll der viele Alkohol? Du bist zu dick.«

»In zwei bis drei Tagen könnte ich es einschieben«, erwiderte der Mann am anderen Ende der Leitung, der sich geheimnisvoll »Dorian« nannte.

»Früher geht es nicht? Ist absolut dringend.«

»Nein. Tut mir leid. Da müssten Sie sich besser an einen meiner Kollegen wenden.«

»Und wenn ich Ihnen das Doppelte bezahle?«

»Ändert nichts. Ich stehe bereits anderweitig im Wort.«

»Scheiße.« Arthur schüttelte ärgerlich den Kopf.

»Ich kann es leider nicht ändern, Mr. Snow.« In der Stimme des Auftragskillers klang geschäftsmäßiges Bedauern mit.

»Ich will aber Sie. Habe nur Gutes über Sie gehört.« Arthur sprach praktisch nie mit Engelszungen.

Aber die Angelegenheit war wirklich immens wichtig, und dieser Dorian war ein ausgewiesener Unfallspezialist.

Genau, was er brauchte.

Bart Ewing musste schnellstens von der Bildfläche verschwinden. Bevor er das Milliardengeschäft mit den Konstruktionsplänen von Weinbergers Laserkanone kaputtmachte, indem er zum Beispiel in den Medien darüber plauderte. Das hätte sicher zur Folge, dass Arthur reihenweise potenzielle Kunden absprangen. Niemand wollte Ärger. Schon gar nicht in der Öffentlichkeit.

Jede Stunde Verzögerung konnte ihn also gerade richtig viel Geld kosten.

»Wie gesagt, Mr. Snow. Ich schaffe es nicht früher.«

»Zwei bis drei Tage sagen Sie?«

»Ja.«

»Dann soll es so sein. Wird zwar unter Umständen knapp, aber gut.« Arthur schnaufte ärgerlich. Nicht jeder erlag seinem Charme. Als Realist musste er das akzeptieren. Obwohl es ihm als cholerisches Alphatier alles andere als leichtfiel. »Die erforderlichen Daten und Ihr Honorar schicke ich wohin?«

»An ein Postfach. Ich sende Ihnen später eine SMS mit der genauen Adresse.«

»Wir sind im Geschäft, Dorian. Und noch mal: Finden Sie unbedingt seinen Informanten heraus, bevor Sie ihn eliminieren. Nehmen Sie sich diesen Kerl dann ebenfalls vor. Das ist mindestens genauso wichtig.«

»Natürlich, Mr. Snow. Wie besprochen.«

»Wollte es nur noch mal sagen. Vermasseln Sie das bloß nicht.«

»Geht klar.«

12

Donnerstag, 11.00 Uhr, München, BRD.

Eva rekapitulierte noch einmal, ob sie auch alles dabeihatte. Wolfs Papiere, das Geld, ihr Online-Ticket, ihr Gepäck.

Bestens. Raus aus der Wohnung und ab zum Flughafen.

Sie schnappte sich ihren kleinen Rollkoffer. Dieser aufdringliche Hauptkommissar Wallner würde gar nicht mitbekommen, dass sie weg war.

Bestimmt würden sie sie nicht überwachen. Schließlich stand sie nicht unter Verdacht, etwas Schlimmes getan zu haben.

Aber was, wenn sie ihr doch auflauerten? Wenn sie meinten, sie würde sie zu Wolf führen, was in Wahrheit auch noch zutraf.

Um ganz sicherzugehen, dass ihr niemand folgte, entschied sie sich im Treppenhaus dafür, den rückwärtigen Ausgang zu nehmen.

Vorsichtig spähte sie in alle Richtungen, nachdem sie den Garten durchquert hatte.

Niemand da.

Sie trat auf die Parallelstraße hinter dem Haus.

Am besten besorgte sie sich ein Taxi am Standplatz ums Eck. In den U- und S-Bahnhöfen waren zu viele Kameras installiert. Man würde ihre Spur verfolgen können.

11.07 Uhr. Es eilte.

Immer schneller hackte sie ihre Absätze in den Asphalt. Immer wieder blickte sie hinter sich. Entdeckte niemanden.

»Jetzt wirst du schon genauso paranoid wie eine dieser Mörderinnen im Thriller«, murmelte sie amüsiert und ängstlich zugleich.

Der Taxifahrer half ihr mit dem Rollkoffer.

Sie stiegen ein.

Er fuhr zügig los.

13

Mittwoch, 6.00 p. m., Washington D.C., USA.

»Fang, Daddy.« Der zehnjährige Joe Ewing warf seinem Vater den Basketball zu, mit dem er gerade in der Garageneinfahrt spielte.

Bart, der deswegen am Straßenrand geparkt hatte und aus seinem Auto gestiegen war, ließ geistesgegenwärtig seine Aktentasche fallen. Er pflückte die riesige Kugel wie ein Fußballtorwart mit beiden Händen über dem Kopf aus der Luft.

»Hey, wie geht es meinem großen Basketballstar?«, rief er lachend, während er vorsichtig zurückwarf.

»Gut, Daddy.«

»Hausaufgaben schon gemacht?«

»Na klar. Was denkst du denn?« Joe stemmte entrüstet die Hände in die Seiten.

»Prima. Ich geh rein und zieh mich um. Dann werfen wir noch ein paar Körbe. Einverstanden?« Bart strich seinem Sohn liebevoll über die kurz geschnittenen blonden Haare.

»Super! Mach schnell, Daddy. So schnell du kannst.« Joe sprang vor Freude auf und ab.

Bart betrat breit lächelnd das Haus, begrüßte seine Frau Liz mit einem Kuss auf die Wange und ging geradewegs in sein Arbeitszimmer. Bevor er sich seinem Sohn widmen konnte, mussten noch kurz einige Dinge erledigt werden.

Zuerst wollte er sich telefonisch bei seinem deutschen Bekannten bei der Washington Post, Tom Jansen, rückversichern, ob er ihn bezüglich der Konstruktionspläne für die Laserkanone, von denen er gesprochen hatte, auch wirklich richtig verstanden hatte.

»Es ist so, wie ich es dir sagte«, erwiderte Tom mit fester Stimme. »Einer meiner Kontakte im Verteidigungsministerium hat mir davon erzählt. Man hat ihnen diese Pläne dort angeboten. Inoffiziell.«

»Und warum veröffentlicht ihr das nicht bei der Washington Post? Schließlich arbeitest du für die. Es ist ein Skandal, dass jemand in aller Welt unter der Hand Konstruktionspläne für gefährliche Geheimwaffen anbietet.«

»Was willst du denn veröffentlichen? Ein Gerücht?«

»Aber was ist mit unseren Gesetzen? Da gibt es doch Regeln, die eingehalten werden müssen.« Bart schüttelte ungläubig den Kopf. War er etwa der letzte Mohikaner, der für Recht und Gerechtigkeit eintrat? »So was darf einfach nicht passieren.«

»Stimmt. Aber ohne Beweise keine Veröffentlichung.«

»Hast du keine weitergehenden Informationen?«

»Nein. Nur dieses Gerücht, das mein Kontaktmann beim Verteidigungsministerium niemals offiziell bestätigen würde. Viel zu gefährlich, sagt er. Für eine Veröffentlichung ist das definitiv zu wenig. Da bräuchten wir schon schlagkräftige Beweise.«

»Finde ich nicht.«

»Ist aber so, Bart. Dir würde ich übrigens auch davon abraten, die Sache an die große Glocke zu hängen. Könnte gefährlich werden. Auch für mich. Erwähn mich bloß nicht in diesem Zusammenhang.«

»Na gut. Wenn ihr nicht wollt, macht es eben eine andere Zeitung.«

»Keine gute Idee. Ich kann dich wirklich nur davor warnen.«

»Warten wir's ab. Und keine Angst. Ich halte dich aus der Sache raus.«

Bart war nicht besonders flexibel, sobald er sich auf etwas eingeschossen hatte. Einerseits hatte ihm diese Sturheit bei seiner bisherigen Karriere gelegentlich tatsächlich weitergeholfen. Andererseits begab er sich damit oft genug auf sehr dünnes Eis. Manchmal sogar, ohne es zu wissen.

Er rief James Elliot Holmes bei der Washington Times an. Der war immer begierig auf sensationsversprechende Geschichten.

»Das bringen wir gleich in der nächsten Ausgabe auf der Titelseite«, rief er prompt begeistert aus, nachdem ihm Bart von den Geheimplänen berichtet hatte. »Und dich stellen wir als Retter der Welt hin. Das sollte dich direkt in die allerhöchsten Kreise hinaufkatapultieren.«

»Lass gut sein, Jim. Es reicht, wenn du mich am Rande erwähnst. Schreib einfach irgendwas mit unermüdlicher Kämpfer für Recht und Gesetz.«

Das gefiel Bart. So sah er sich selbst. Als bescheidenen unbestechlichen Mann aus dem Volke. Gutes Image, jawohl.

»Wie du meinst. Wann gehen wir wieder mal auf ein Gläschen?«

»Zurzeit ist viel zu tun, alter Freund. Vielleicht am Wochenende?«

»Wochenende klingt gut.«

Sie legten auf.

»Schon wieder Arbeit?« Liz war ins Arbeitszimmer gekommen. Sie zog fragend die Brauen hoch.

Es war nicht ungewöhnlich, dass er seine Büroarbeit hier zu Hause fortführte. Ihr ging es allerdings auf die Nerven. Sie hätte zumindest gelegentlich ganz gerne ein Privatleben mit ihm gehabt.

»Schon erledigt. Ich musste nur was mit Tom Jansen klären. Wegen einer neuen Laserwaffe.«

»Und das hätte nicht Zeit bis morgen gehabt? Joe wartet draußen auf dich.«

»Nein. Es ist eine riesen Sauerei, die da abläuft.«

»Erzähl schon.«

»Besser du weißt nicht zu viel darüber.«

»Na gut.« Sie zuckte gleichmütig die Schultern. War Antworten wie diese längst von ihm gewohnt. »In einer halben Stunde gibt es Essen.«

Bart zog flink seinen Anzug aus und seine Sportshorts und ein T-Shirt über. Er schlüpfte in seine Turnschuhe und eilte vors Haus, wo ihn Joe bereits sehnsüchtig erwartete.

»Aber nur eine halbe Stunde, dann hat Mama das Abendessen fertig«, verkündete er, während ihm sein Sohn den Ball zuwarf.

14

Donnerstag, 11.30 Uhr, Lissabon, Portugal.

»He, aufwachen!« Wolf wurde unsanft an der Schulter geschüttelt.

»Ja, was ist?« Er richtete sich blitzartig auf, starrte erschrocken um sich.

»Der Arzt ist da. Dr. Lopes.«

José zeigte auf ein dünnes Männchen im verschlissenen dunklen Anzug. Sein schütteres Haar fiel ihm auf der rechten Seite ins Gesicht. In seiner linken Hand trug er einen riesigen Koffer.

»Der Arzt? Welcher Arzt?«

»Dein Finger muss behandelt werden. Schon vergessen? Er nimmt das Doppelte dafür, dass du ihn erst später bezahlst. Das Geld gibst du mir am Flughafen. Ich gebe es ihm, wenn ich wieder zu Hause bin.«

Beide sahen Wolf aus misstrauischen Augen an.

»Okay.« Er nickte.

Ihre Mienen entspannten sich.

Dr. Lopes begann mit seiner Arbeit. Er reinigte Wolfs Wunden im Gesicht und an den Händen, strich Salbe darauf und verband sie.

»Finger weg«, radebrechte er auf Deutsch, während er den blutigen Stumpf von Wolfs Zeigefinger begutachtete.

»Weiß ich«, erwiderte Wolf auf Portugiesisch. »Aber ich habe ja noch drei andere an der Hand.«

»Hospital?« Der Arzt sah ihn auffordernd an.

»Keine Zeit. Zunähen?«

»Na gut. Muss betäuben Finger.«

Wolf biss die Zähne zusammen, als die Injektionsnadel der Spritze in seine Haut drang. Dann machte Dr. Lopes sich daran, den offenen Schnitt zu desinfizieren und gekonnt mit kleinen Fäden zu verschließen.

Nach getaner Arbeit packte er seine Tasche, verabschiedete sich mit einer knappen Kopfbewegung und verließ gemessenen Schrittes den Raum.

Wolf erhob sich von seinem Platz am Küchentisch. Er ging probeweise im Raum auf und ab. Alles gut. Sein Kreislauf war einigermaßen stabil. Noch eine weitere Stunde Schlaf und er wäre ausgeruht genug, um später zum Flughafen zu fahren und Eva zu treffen.

José beobachtete ihn eine Weile lang.

»Komm«, sagte er dann, während er eine Pistole aus dem Küchenschrank nahm und hinten in seinen Hosenbund steckte.

»Wohin?« Wolf zog beunruhigt die Brauen hoch.

15

Donnerstag, 11.40 Uhr, München, BRD.

Hauptkommissar Anton Wallner stieg aus seinem Dienstwagen. Er ging zu dem grauen Mietshaus hinüber, in dem Eva Schneider wohnte. Ihm war noch eine wichtige Frage zu ihrem Bruder Wolf eingefallen: Wo der wohl am liebsten Urlaub machte? Vielleicht war er ja dorthin geflohen.

Vertraute Gegend. Bekannte, die ihm halfen. Wer weiß.

Die Akte Wolf Schneider ließ Anton einfach nicht los. Je länger er darüber nachdachte, umso mehr verbiss er sich in die Sache. Er war sich sicher, dass da etwas ganz und gar nicht stimmte.

Es fing damit an, dass der Münchner Journalist von jemandem ganz weit oben, möglicherweise sogar aus Kreisen der Landesregierung, als Mörder seiner Frau Rebekka angeschwärzt wurde. Eine Tatsache, die Anton per se verdächtig erschien. Oft genug war es ihm bereits untergekommen, dass hochstehende Persönlichkeiten versuchten, die Ermittlungen in ihrem Sinne voranzutreiben, weil sie selbst Dreck am Stecken hatten. Oder weil sie jemandem einen Gefallen schuldeten.

»Weil die da oben meinen, sie dürfen alles tun, tun sie es auch«, war einer seiner diesbezüglichen Leitsprüche.

Das war das eine.

Zum anderen hatte Anton Wolf Schneider vor einigen Tagen persönlich zum Mord an dessen Frau verhört und dabei nicht den Eindruck gewonnen, dass ein Mörder vor ihm saß. Zudem hatte Schneider ein glaubwürdiges Alibi. Allerdings von einem Bekannten, der kurz darauf leider ebenfalls zu Tode kam. Ein Unfall, so wie es aussah.

Angeblich sollte Schneider auch noch zwei weitere Menschen auf dem Gewissen haben. Einen amerikanischen Wissenschaftler und einen Unbekannten.

Antons strohdummer Assistent Moll war überzeugt davon, dass er es getan hatte. Ihr Chef Kriminalrat Maurer ebenfalls. Angeblich. Niemand wusste, woher er seine Stallorder bekam. Dass er sie bekam, war offensichtlich. Er schämte sich nicht einmal, es zuzugeben.

»Wir sind alle nur kleine Räder im großen Ganzen. Auch ich«, hatte er zu Moll gesagt, als er ihn beauftragte, die Fahndung nach Schneider einzuleiten.

Anton teilte die Meinung der beiden in keinem Punkt. Er verfolgte vielmehr die Theorie, dass Schneider bei den zwei männlichen Opfern aus purer Notwehr gehandelt haben könnte.

Der tote Amerikaner im Parkhaus trug eine frisch abgefeuerte Minipistole bei sich. Er musste geschossen haben, bevor er selbst getroffen wurde. Zumindest gleichzeitig. Papiere hatte er nicht bei sich.

Der mit blutigem Messer und Pistole samt Schalldämpfer bewaffnete tote Unbekannte auf dem Autobahnparkplatz konnte nur einen kriminellen Hintergrund gehabt haben. Ebenfalls keine Papiere. Außerdem waren auch keinerlei weitere Hinweise auf seine Person bei ihm festzustellen. Nichts. Als hätte es ihn niemals gegeben. Normalerweise ein Indiz für, zum Beispiel, einen Profikiller.

Und noch eins kam seit gestern dazu. Der ebenfalls ohne Papiere aufgefundene Tote, der tags zuvor in Solln überfahren wurde, musste, der Rechtsmedizin nach, mindestens zweimal überrollt worden sein. Also höchstwahrscheinlich absichtlich.

Außerdem wurden ihm post mortem mit einem schweren Metallgegenstand Schläge auf den Kopf verpasst. Jemand wollte anscheinend ganz sichergehen, dass er tot war.

Zusätzlich merkwürdig daran war, dass der Tote Spuren desselben Brandbeschleunigers an den Händen hatte, der auch in Wolf Schneiders abgefackeltem Haus gefunden wurde.

Schneider als Massenmörder? Wohl nicht. Es sah eher immer mehr danach aus, als sollte ihm absichtlich etwas in die Schuhe geschoben werden. Um vom wahren Täter abzulenken.

Anton tippte auf einen weiteren Killer, der im nächtlichen Solln aus dem Spiel geräumt wurde. Eventuell sogar der Mörder von Rebekka Schneider, der jetzt auch ihren Mann abfackeln wollte. Aus welchen Gründen auch immer. Warum nicht.

Anton geriet immer mehr auf Wolfs Seite.

Um all seine Annahmen beweisen zu können, musste er aber zunächst einmal unbedingt mit ihm sprechen.

Bestimmt war er geflohen, weil er dachte, niemanden auf seiner Seite zu haben. Wäre nur allzu verständlich gewesen.

Er läutete bei Eva Schneider. Keine Reaktion.

Klingelte erneut. Nichts.

Das Vögelchen war offensichtlich ausgeflogen. Dabei hatte er sie ausdrücklich gebeten, sich zu seiner Verfügung zu halten.

Aber gut. Einsperren konnte er sie natürlich nicht, nur weil ihr Bruder wegen eines unbewiesenen Verdachts gesucht wurde.

Ärgerlich war ihre Abwesenheit dennoch. Sie war die einzige Verbindung zu Schneider. Wie sollte Anton ihn jetzt finden?

Er holte sein Handy hervor. Rief die beiden Beamten an, die er zu ihrer Beobachtung abgestellt hatte.

»Sie verließ das Haus vorhin durch den Hinterausgang«, erwiderte sein Assistent Severin Moll, der jüngere von beiden. »Ich war gerade zufällig seitlich davon an einem Baum beim Pinkeln. Sah sie davonlaufen.«

»Die Schneider ist also tatsächlich abgehauen? Und? Seid ihr ihr gefolgt?«

»Klar, Chef. Sie ist auf dem Weg zum Flughafen. Wir sind gleich dort.«

»Flughafen? Das sagst du mir erst jetzt? Nachdem ich anrufe? Bist du noch ganz dicht? Seid ihr Polizisten oder Amateurdetektive?« Anton blies empört die Backen auf.

»Ich wollte Sie gerade im Moment selbst anrufen, Chef«, erwiderte Severin.

Seine Stimme klang selbstbewusst wie immer. Dabei wäre, einen Fehler einzugestehen, der erste Schritt in die richtige Richtung gewesen. Aber das würde wohl niemals geschehen. Es gab Menschen, die weigerten sich ihr Leben lang erfolgreich irgendetwas dazuzulernen. Anton kannte einige von ihnen. Die meisten davon saßen im Knast. Die anderen liefen frei herum. So wie Moll.

»Da schau her. Wie umsichtig, dass du nicht damit warten wolltest, bis sie im Flieger sitzt.«

Verblödete Deppen!

Anton wollte sich nicht mehr beruhigen. Derart saudumme Fehler im Berufsleben. Das durfte einfach nicht wahr sein. Schon gar nicht bei der Kripo, wo es oft genug um Leben und Tod ging.

»Bleibt an ihr dran«, befahl er in schneidendem Tonfall. »Findet heraus, wohin sie fliegt, und gebt mir sofort Bescheid. Bestimmt führt sie uns zu ihrem Bruder. Und piss das nächste Mal nicht einfach in die Gegend. Das ist Erregung öffentlichen Ärgernisses.«

Er stieg weiterhin laut vor sich hin schimpfend in sein Auto.

Den unauffälligen blonden Mann im grauen Anzug, der im nächsten Hauseingang rechts von ihm stand und eine Zigarette rauchte, beachtete er nicht.

Warum auch. Schließlich wartete überall und zu jeder Zeit irgendjemand vor irgendeiner Haustür.

16

Donnerstag, 8.00 a.m., Washington D.C., USA.

Die Welt in Gefahr! Neue geheime Laser-Superwaffe! Stecken die Russen dahinter?

»Na also, geht doch.«

Mit großer Genugtuung las Bart während seines schnellen Frühstücks im Stehen den Aufmacher in der Washington Times. Jim Holmes erklärte das Thema mit den geheimen Konstruktionsplänen für eine Laserkanone darin zur internationalen Angelegenheit von höchster Brisanz.

Eine Sache, die uns alle angeht. Wird die Welt morgen noch dieselbe sein wie heute?

Auch über undichte Stellen beim Verteidigungsministerium wurde von ihm spekuliert.

Dank unseres beliebten und verantwortungsbewussten Kongressabgeordneten Bart Ewing stießen wir auf dieses brisante Thema und werden dranbleiben, hieß es am Ende des Artikels.

Zufrieden grinsend faltete Bart die Zeitung zusammen.

Tom Jansen selbst hatte er wie versprochen aus der Sache herausgehalten. Alles andere hatte er eins zu eins an Jim Holmes weitergegeben. Auch die Sache mit Toms Informanten beim Verteidigungsministerium. Allerdings in rein spekulativer Form. Damit niemand gefährdet wurde.

Er erhob sich, räumte seine Kaffeetasse in die Spüle und machte sich daran, in die Arbeit zu fahren. Bei dem sonnigen Herbstwetter natürlich mit dem Fahrrad. Das war gesund und kam außerdem ganz hervorragend bei den umweltbesorgten Wählern an.

Die gab es inzwischen zuhauf auch unter den Konservativen.

17

Donnerstag, 8.25 a.m., Umland Baltimore, USA.

»Was ist nur bei euch los, Mr. Snow?« Der Kartellchef Gonzales am anderen Ende der Leitung klang deutlich verärgert.

»Wie meinen Sie das?«, erwiderte Arthur konsterniert.

Er hatte sich gerade gemütlich im Bett liegend seine Morgenzigarre angezündet. Eine lieb gewonnene Gewohnheit, bei der er nur äußerst ungern gestört wurde. Es war sein Moment am frühen Tag. Er gehörte einzig und allein nur ihm.

»Haben Sie heute nicht die Washington Times gelesen?«, fuhr der Mexikaner aufgebracht fort. »Lest ihr überhaupt bei euch in den Staaten? Oder seht ihr nur fern?«

»Ich kam noch nicht dazu.«

Arthur setzte sich auf. Er blickte hektisch um sich. Wo war nur der verdammte Aschenbecher. Wahrscheinlich hatte ihn Jane wieder mal ausgeleert und nicht ins Schlafzimmer zurückgebracht. Nervensäge.

Na gut. Musste es halt so gehen. Er schnippte die Asche seiner Havanna kurzerhand auf den gefliesten Marmorboden.

»Ich würde es Ihnen dringend raten«, blaffte Gonzales.

»Unser geplantes Geschäft schieben wir erst mal auf, bis Klarheit herrscht. Ist mir im Moment zu heiß.«

»Wie Sie meinen. Kein Problem.«

Sie legten auf.

»Spinnt der Kerl jetzt völlig? Dreckiges Burrito-Pack!«

Arthur stürmte rasend vor Wut ins Wohnzimmer. Gleich halb neun zeigte die Wanduhr dort. Mist, zu lange geschlafen. Er musste sich noch duschen und anziehen.

Jeden Morgen derselbe Scheiß.

Zwei schnelle Nasen Koks. Dann riss er hektisch die Times Daily aus dem Stapel Zeitungen auf der kleinen Bar, die Jane vor knapp einem Jahr von einem der angesagtesten Innenarchitekten des Landes installieren ließ. Das Hausmädchen platzierte sie auf seine Anweisung jeden Morgen dort.

Er begann zu lesen.

»Dieser Riesenarsch von Ewing!«, entfuhr es ihm laut, während ihm die Schlagzeile ins Auge sprang. *»Neue geheime Superwaffe*. Hat er es also doch getan. Jetzt eilt es aber wirklich. Bevor sich die Behörden an ihn ranmachen und zu schnüffeln beginnen.«

Er tippte eilig auf seinem Handy herum.

»Snow hier. Wir haben ein Problem, Dorian«, sagte er, als am anderen Ende abgehoben wurde. »Die Sache mit Bart Ewing muss nun doch noch heute über die Bühne gehen. Unbedingt.«

»Aber ich sagte Ihnen bereits …«

»Ich zahle Ihnen das Dreifache. Vergessen Sie das mit seinem Informanten erst mal. Es muss schnell gehen. Lassen Sie es auf jeden Fall wie einen Unfall aussehen.«

»Das Dreifache sagen Sie?«

»Und einen Erfolgsbonus obendrauf.«

»Tatsächlich?«

»Beeilen Sie sich. Wer sein Informant war, finde ich

solange heraus. Für den bekommen Sie dann ebenfalls das Dreifache.«

Ein teurer Spaß. Aber damit wäre die Sache hoffentlich aus der Welt. Gerüchte gab es immer wieder. Sie waren nicht weiter tragisch, verflüchtigten sich nach einer Weile. Doch niemand von offizieller Seite durfte auf konkrete Beweise oder Spuren stoßen. Das wäre fatal gewesen.

18

Donnerstag, 12.50 Uhr, Lissabon, Portugal.

Sie betraten eine schmale Gasse, nicht weit von Josés Häuschen entfernt. Links und rechts von ihren Schultern blieben höchstens je 30 Zentimeter Platz. Nach 20 Metern stoppte der kleine Portugiese.

»Hier geht's rein«, zischte er, während er mit dem Kinn auf die alte Tür rechts neben ihnen deutete.

Wolf drückte sie achselzuckend auf. Kurz darauf standen sie in einem dunklen halb verfallenen Hausflur. Sein Kopf und die Wunden schmerzten unentwegt.

»Geradeaus«, kommandierte José direkt hinter ihm. »Dann die Treppe rauf.«

»Und was wollen wir hier?«

»Wirst du gleich sehen.« José bedeutete ihm mit einem ungeduldigen Winken, nicht stehen zu bleiben.

Wolf war das Ganze nicht geheuer.

Er schritt mit zitternden Knien weiter in die Dunkelheit hinein. Erklomm die erste gefährlich knarrende Treppenstufe. Klammerte sich wie ein Ertrinkender an den Handlauf auf dem wackeligen Geländer. Hatte Angst, dass das morsche Holz durchbrechen würde, wenn er zu fest auftrat. Befürchtete, dass José ihn hergebracht hatte, um ihn von hinten zu erschießen.

»Gibt es kein Licht?«

»Ich glaube nicht. Bestimmt kaputt.«

»Warum repariert es niemand?«

Typisch deutsche Frage, Mann. Kann dir doch völlig egal sein. Du musst ja nicht hier wohnen. Sei lieber froh, wenn du das hier überlebst.

»Interessiert wohl niemanden.«

Als sie im ersten Stock ankamen, klopfte José an die zweite Tür links von ihnen.

Eine Weile lang tat sich nichts. Dann wurde geöffnet. Von der plötzlichen Helligkeit aus dem Inneren geblendet, traten sie unwillkürlich einen Schritt zurück.

Ein Bär von Mann stand vor ihnen. Er überragte Wolf mindestens um einen Kopf. Enorm kräftige breite Schultern. Oberarme wie normale Menschen Schenkel.

Wolf zuckte zusammen. Was geschah hier nur, zum Teufel noch mal? War er erneut Gewalttätern in die Hände gefallen? Verrückten? Perversen?

Der Riese trug Sandalen an den nackten Füßen. Tadellos weißes T-Shirt und Jeans. Beides viel zu eng.

»Warum steht ihr im Dunkeln?«, fragte er.

»Das Treppenhauslicht ist kaputt, Rodrigo«, erwiderte José.

»Quatsch.« Rodrigo drückte auf einen kleinen Knopf neben seiner Tür.

Von einer Sekunde auf die andere verwandelte sich das

baufällige düstere Treppenhaus von gerade eben in ein weit weniger baufällig erscheinendes Lichtermeer.

Wolf staunte nicht schlecht.

»Ich dachte immer, es wäre kaputt«, meinte José.

»Keineswegs, alter Freund. Hab ich längst repariert, wie du siehst. Kommt rein.« Rodrigo trat überraschend leichtfüßig zur Seite.

Wolf hätte mit allem gerechnet, aber nicht mit der frisch renovierten Wohnung, die sich vor ihnen auftat. Grob geschätzt maß allein das lichtdurchflutete Wohnzimmer, in dem sie sich auf bequemen neuen Sesseln niederließen, an die 60 Quadratmeter.

»Kaffee?«, fragte Rodrigo im entgegenkommenden Ton eines Flugbegleiters. Sein rechtes Auge zuckte dabei unentwegt.

»Gerne.« Wolf nickte eilig.

Was hatten die beiden nur vor? Wollten sie ihn umbringen und danach irgendwo verscharren? Am Ende landete er erneut auf der Müllhalde.

Besser gar nicht erst daran denken.

Gute Miene zum bösen Spiel machen. Würde sich schon alles aufklären. Schließlich wollte José Geld von ihm. Die Kuh, die man melken wollte, schlachtete man bekanntermaßen nicht vorher.

»Was sollen wir hier?«, erkundigte er sich vorsichtig bei José, nachdem sich Rodrigo in die Küche verabschiedet hatte.

»Rodrigo wird uns begleiten.«

»Wohin?«

»Zum Flughafen.«

»Ach so.« Wolf atmete erleichtert auf. Offensichtlich hatte José Angst davor, um sein Geld gebracht zu werden, und brauchte deshalb Verstärkung. Verständlich. Heutzutage war wirklich gar niemandem mehr zu trauen.

»Tolle Bude hat er, der Rodrigo.«

»Er arbeitet manchmal für eine Baufirma. Die machen auch Renovierungen. Die Wohnung ist sozusagen sein Hobby.« José zeigte zum ersten Mal den Anflug eines Lächelns. Der Stolz auf seinen erfolgreichen Kumpel war ihm deutlich ins Gesicht geschrieben.

»Verstehe. Was ist mit seinem Auge?«

»Was soll damit sein?«

»Es zuckt unentwegt.«

»Nervöses Leiden. Vom Vater geerbt.«

»Aha.«

Sie saßen sich eine Zeit lang wortlos gegenüber.

»So, der Kaffee.« Rodrigo stand mit einem großen Tablett vor ihnen. »Trinken wir ihn auf der Dachterrasse? Das Wetter ist prächtig. Ich werde den Sonnenschirm aufspannen.«

19

»Einen Kaffee, bitte, nur Zucker.« Der unauffällige blonde Mann im grauen Anzug sah zu der dunkelhaarigen Stewardess auf, die ihn gerade nach seinen Getränkewünschen gefragt hatte.

»Gerne.« Sie schenkte ihm aus einer großen Thermoskanne in eine winzige Plastiktasse ein, die sie ihm anschließend mit einem knallroten Lippenstiftlächeln über blitzweißen Zähnen hinunterreichte.

»Danke sehr.« Mr. Black nahm sie entgegen, riss das beiliegende Heftchen mit dem Zucker auf, rührte die Hälfte davon hinein.

Eva Schneider saß zwei Reihen vor ihm links auf dem Fensterplatz. Wenn sie sich zur Seite drehte, konnte er ihre Nase sehen. Eine außerordentlich hübsche Nase, wie er zugeben musste.

Mit etwas Glück würde sie ihn direkt zu Wolf Schneider führen. Bestimmt war sie zu ihm unterwegs.

Es konnte gar nicht anders sein. Er war angeblich nach Frankreich geflohen. Sie flog nach Lissabon.

Da musste es einen Zusammenhang geben.

Alles andere wäre unwahrscheinlich gewesen.

Welches Glück, dass er im Internet so schnell auf sie gestoßen war. Sie betrieb eine Website als Hellseherin. Daraus ging unter anderem hervor, dass sie, genau wie Wolf Schneider, in Magdeburg geboren und aufgewachsen war.

Selber Nachname, selber Geburtsort. Die zwingende Folgerung war, dass es sich bei den beiden um Verwandte handeln könnte. Ein befreundeter Hacker hatte für ihn im Geburtsregister der Stadt Magdeburg herausgefunden, dass sie sogar Halbgeschwister waren.

Und was taten Geschwister? Sie hielten zusammen.

Ihre Adresse in München herauszufinden, war ein Kinderspiel gewesen. Leider hatte er sie nicht zu Hause angetroffen.

Glücklicherweise hatte der Polizist vor ihrer Haustür lauthals am Telefon herumgebrüllt. Dass sie wegfliegen wollte, war dabei nicht zu überhören gewesen.

Sonst würde er dort wohl immer noch auf sie warten. Im Eingang des Nachbarhauses.

Doch so war er ihr auf der Stelle zum Flughafen gefolgt. Hatte sie sogleich rein zufällig beim Check-in in der Abfertigungshalle entdeckt. Vor dem Schalter nach Lissabon.

Manchmal zeigte sich das Leben von seiner Sonnenseite. Sogar wenn man normalerweise in der Schattenwelt zu Hause war und Mr. Black hieß.

Der Kaffee schmeckte überraschend annehmbar. Nicht die übliche kraftlose Plörre, die man normalerweise in Flugzeugen serviert bekam.

Noch knapp zwei Stunden. Dann würden sie in Portugal landen.

20

Donnerstag, 6.00 p.m., Washington D.C., USA.

Bart Ewing pfiff auf seinem Fahrrad sitzend vergnügt vor sich hin. Ein erfolgreicher Tag ganz nach seinem Geschmack lag hinter ihm.

Viele seiner Kollegen im Kongress hatten ihm zu seiner Entdeckung gratuliert, von der man in der Zeitung lesen konnte.

»Aufrechte Männer wie dich brauchen wir«, war dabei nur einer der Mut machenden Sätze gewesen, die ihm im Gedächtnis haften geblieben waren.

Er hatte es geschafft. Ein toller Erfolg auf der ganzen Linie. Endlich hatte er ein Thema gefunden, mit dem er positiv auf sich aufmerksam machen konnte: Geheime Machenschaften mit einer todbringenden Superwaffe anprangern und aufdecken.

Das zeugte von Verantwortung, Staatstreue, Friedensliebe und Umweltbewusstsein. Gute alte amerikanische Werte. Wobei sich die Sache mit dem Umweltbewusstsein in den konservativen Kreisen erst seit wenigen Jahren etabliert hatte und daran unbedingt weitergearbeitet werden musste. Auch für bedingungslose Friedensliebe war sein Heimatland weltweit wohl nicht gerade in aller Munde.

Aber was nicht war, konnte immer noch werden. Vielleicht sogar bald mit seiner ganz unmittelbaren Hilfe. Ein Posten irgendwo weit oben auf der Brücke des Flaggschiffes USA war wohl das Mindeste, was ihm bei seinem Engagement zustand.

Sogar ein Fernsehsender hatte bei seiner Sekretärin angerufen. Sie wollten gleich morgen ein Interview von ihm. Zur besten Sendezeit. Nur ein Lokalsender zwar. Aber immerhin.

Er konnte es nicht erwarten, seiner Frau haarklein von allem zu berichten.

Knapp fünf Minuten steuerte er weiter geschickt durch den stehenden Feierabendverkehr, dann bremste er vor seiner Garageneinfahrt.

Er winkte Little Joe fröhlich zu.

»Hallo, Daddy!« Sein Sohn ließ seinen Basketball fallen, winkte ebenso fröhlich zurück.

Im selben Moment erfasste Bart ein viel zu schnell fahrender Lieferwagen mit dem rechten Kotflügel. Schleuderte ihn mitsamt seinem Fahrrad hoch durch die Luft.

Dort drehte sich Bart mehrmals um sich selbst, bis er mit dem Rücken voraus auf den stabilen Metallspitzen seines Gartenzauns landete.

Seine Wirbelsäule brach beim Aufprall wie ein Streichholz durch. Die Eisen bohrten sich tief in seine Eingeweide. Er war auf der Stelle tot.

Der Lieferwagen verschwand so schnell, wie er gekommen war.

Danach war es still.

Barts Fahrrad lag verbogen auf dem Gehsteig vor dem Haus. Das Vorderrad war fünf Meter weiter auf der gegenüberliegenden Straßenseite gelandet.

Little Joe starrte mit offenem Mund auf seinen blutüberströmten, wie ein nasser Sack über dem Zaun hängenden Vater.

Sein Basketball rollte langsam auf die Straße hinaus. Bog, nachdem er im Rinnstein landete, links um die Ecke.

Verschwand.

21

Donnerstag, 16.40 Uhr, Lissabon, Portugal.

»Sie ist in einer knappen Stunde da. 17.30 Uhr landet ihr Flugzeug.« Wolf kam mit schnellen Schritten von der Anzeigentafel zurück. Er freute sich darauf, Eva zu sehen. Endlich jemand, dem er hier unten vorbehaltlos vertrauen konnte.

Er sah wieder Licht am Ende des Tunnels.

»Hoffentlich hat sie genug Geld dabei, um mich und den Doktor zu bezahlen.« José zog misstrauisch die Brauen hoch.

»Wie viel wollt ihr eigentlich? Wir haben noch gar nicht darüber gesprochen.« Wolf setzte sich auf seinen Platz zwischen José und Rodrigo.

»400 Euro.«

»Aha.«

»Ist dir das etwa zu viel?« José spielte nervös mit seinen Fingern. Er räusperte sich.

»Nein. 400 Euro sind okay. Passt schon.« Wolf nickte. Er ließ sich seine Erleichterung nicht anmerken. Am Ende würde das den Betrag noch unvermutet erhöhen.

Genial. Und ich dachte schon, ich werde zum zweiten Mal bis aufs Hemd ausgeraubt.

»Wirklich?«

José schien es kaum glauben zu können, dass anstandslos auf seine Forderung eingegangen wurde. Er atmete schneller. Seine Mimik veränderte sich in einem fort. Anscheinend wusste er nicht so recht, ob er weiterhin ernst dreinschauen oder vor Freude lächeln sollte.

»Versprochen.« Wolf nickte feierlich.

Entspann dich, alter Junge. Das sind keine Gangster. Das sind nur einfache Leute, die auch ein Stück vom Kuchen abhaben wollen. Sonst nichts. Die tun niemandem etwas zuleide.

Er überschlug kurz noch einmal die Kosten für Arzt, Telefon und Übernachtung mit Frühstück. Die Autofahrt hierher zum Flughafen nicht zu vergessen. 400 Euro gingen mehr als in Ordnung.

Gut, es war auch nicht gerade wenig. Vor allem, wenn man die heruntergekommene Unterkunft in Betracht zog.

Andererseits hatten sie ihm geholfen, als er in höchster Not war. Allein das war normalerweise unbezahlbar.

»Das ist gut. Sehr gut.« José lehnte sich zurück. Er verschränkte zufrieden grinsend die Arme vor der Brust.

Rodrigo nickte nur. Dauergrinsend wie schon die ganze Zeit über. Er schien das Kommen und Gehen hier draußen zu genießen. Wie ein Kind, das während des Schulschwänzens auf einer Eisenbahnbrücke stand und sich zusammenfantasierte, wohin es mit den unten vorbeigleitenden Zügen fahren würde.

»Freut mich, dass wir uns einig sind«, bekräftigte Wolf noch einmal.

Trotz allem wurde er nicht ganz schlau aus den beiden. Einerseits waren sie nett und zuvorkommend. Andererseits waren sie bewaffnet und taten andauernd geheimnisvoll.

Es würde sicher nicht schaden, auf der Hut zu bleiben.

22

Donnerstag, 11.40 p.m., Umland Baltimore, USA.

»Und Siebert? Wie sieht es aus?«

»Was meinen Sie, Mr. Snow? Das Wetter, die Börse?«

»Werden Sie mal nicht witzig, Mann. Haben Sie Wolf Schneider endlich gefunden?« Arthur schwor sich, ruhig zu bleiben, obwohl es ihm schwerfiel.

»Bisher noch nicht. Niemand weiß, wo er steckt.«

»Na gut. Vergessen Sie's.«

»Wie bitte?«

»Ich hab die Faxen endgültig satt. Ich kümmere mich selbst darum.«

»Wie Sie meinen, Mr. Snow. Ich habe genug anderes zu tun, als unentwegt für Sie da zu sein.«

»Dann ist ja alles klar. Das Leben ist kurz. Passen Sie gut

auf sich auf, Siebert.« Der eisige Unterton in Arthurs Stimme war nicht zu überhören.

»Soll das etwa eine Drohung sein?«

»Wie kommen Sie darauf?«

»Einen schönen Tag noch, Mr. Snow.«

Sie legten auf.

Arthur wählte umgehend Mr. Blacks Nummer.

»Bin soeben in Lissabon gelandet, Mr. Snow«, meldete der sich nur Sekunden später. »Unterwegs zum Ausgang. Eva Schneider auf den Fersen. Sie wird mich zu Wolf Schneider, ihrem Halbbruder führen. Da bin ich ganz sicher.«

»Hervorragend, Mr. Black. Wenn Sie die Konstruktionspläne für die Laserkanone haben und dieser Schneider aus der Welt geschafft ist, möchte ich Sie gerne mit einer weiteren Sache betrauen.«

»Bleibt es beim doppelten Tarif?«

»Geht klar. Ich schicke Ihnen die Adresse und ein Bild der Zielperson gleich per SMS. Es handelt sich um einen Anwalt in Berlin. Sein Name ist Reinhard Siebert.«

Normalerweise handelte Arthur immer und überall die günstigsten Preise für sich heraus. Aber in diesem, sowie in Barts Fall, wollte er sichergehen, dass die Sache mit höchster Konzentration und Effektivität über die Bühne ging. Das ließ er sich gerne etwas kosten. Es würde sich tausendfach bezahlt machen.

»Wird erledigt, Sir. Aber erst mal kümmere ich mich um Schneider und die Konstruktionspläne, die Sie so dringend suchen.«

»Sehr gut, Mr. Black. Ich verlasse mich auf Sie.«

Arthur legte erleichtert auf.

Gott sei Dank. Endlich mal einer, der einen fähigen Eindruck machte. Die leidige Zusammenarbeit mit Siebert würde sehr bald ihr endgültiges Ende finden.

Er trat auf seine weitläufige Terrasse hinaus. Setzte sich mit Whiskey und Zigarre in die Nacht. Die Sterne blinkten. Die Luft war angenehm warm. Das Leben war schön.

Sein Handy klingelte.

»Dorian hier. Ich wollte nur Bescheid geben, dass die Angelegenheit erledigt ist.«

»Ich dachte schon, Sie melden sich gar nicht mehr.« Arthur wusste, dass er sich vorwurfsvoll anhörte. Zu spät. Egal.

»Es gab Probleme bei der Entsorgung des Unfallwagens. Jetzt ist alles geklärt.«

»Kein weiterer Ärger? Keine Spuren? Keine Zeugen?«

»Nein.«

»Bestens.«

»Sobald Sie mir die Quelle unseres bedauernswerten Unfallopfers nennen, kümmere ich mich auch darum.«

»Noch mal: Hervorragende Arbeit, Dorian. Wegen der Quelle habe ich bereits erfolgreich recherchiert. Es handelt sich um einen gewissen Tom Jansen. Arbeitet bei der Washington Post.«

»Verstanden.«

»Wo der wiederum seine Informationen herhat, müssten Sie für mich herausfinden. Vielleicht hat er einen Bekannten beim Verteidigungsministerium. Die sollen ja in der Sache mit drinstecken. Ich selbst komme diesbezüglich momentan nicht weiter.«

»Wird erledigt. Gleich morgen früh. Wieder ein Unfall?«

»Perfekt. Aber versuchen Sie vorher unbedingt aus ihm herauszuholen, woher er seine Informationen über die Laserkanone hat.«

»Ist er verheiratet?«

»Ja. Familienvater. Zwei Kinder.«

»Perfekt. Was, wenn ich seine Frau oder ein Kind entführe? Das dürfte ihn zum Reden bringen.«

»Klingt vielversprechend. Ein Kind wäre wohl am besten. Bei den Frauen weiß man nie so genau, wie es um die Beziehung steht. Am Ende ist er froh, dass sie weg ist.«

Arthur lachte kurz humorlos auf. Gut möglich, dass es Jansen wie ihm mit Jane erging.

»Also gut. Ein Kind. Oder beide?«

»Erst mal eins. Ist wahrscheinlich auch handlicher.«

»Gut. Bis morgen.«

»Bis morgen, Dorian.«

Arthur legte auf. Froh darüber, neuerdings mit echten Profis zu arbeiten. Kein Gemecker, kein »ja, aber«. Nur qualitativ hochwertige Arbeit.

Zugegeben, sie waren teuer.

Aber sie waren ihr Geld wert, wie man sah.

23

Donnerstag, 17.45 Uhr, Lissabon, Portugal.

»Wolf!« Eva rannte aus dem Ausgang für die ankommenden Flüge auf ihn zu.

Er empfing sie mit ausgebreiteten Armen.

Sie flog lachend hinein. Drückte ihn fest an sich.

»Gut, dass du da bist«, sagte er. »Hast du alles dabei?«

Sie nickte.

»Auch die Brille und das Geld?«

»Hab ich. Hab ich alles. Kein Sorge.« Sie gab ihm zunächst seine Ersatzbrille.

»Genial. Ich kann wieder sehen«, freute er sich, nachdem er sie aufgesetzt hatte. »Setzen wir uns ins Flughafenrestaurant. Was meint ihr, Leute?«, wandte er sich an Rodrigo und José.

Sie standen hinter ihm. Ließen Eva und ihn nicht aus den Augen.

»Ich lade euch zum Essen ein«, fügte er hinzu.

»Gute Idee. Aber vorher das Geld, bitte.« José schien dem Frieden immer noch nicht zu trauen. Er legte langsam die rechte Hand auf seinen Rücken, wo er vorher seine Waffe in den Hosenbund gesteckt hatte.

»Kein Problem.« Wolf nickte. »Gibst du ihm bitte unauffällig 400 Euro, Eva.«

»400? Wirklich?«

»Ja.«

»Na gut.«

Sie holte das Geld aus ihrer Brieftasche und übergab es José. Der nahm es mit leuchtenden Augen entgegen.

»Jetzt können wir Essen gehen«, sagte er. »Die Getränke bezahle ich.«

»Ach was, José. Ihr seid meine Gäste«, insistierte Wolf. »Ich bin wirklich dankbar für eure Hilfe.«

Sobald sie an einem großen Tisch am Fenster Platz genommen hatten, druckste Rodrigo unruhig herum. Er flüsterte José etwas zu.

»Was ist los?«, erkundigte sich Wolf.

»Der blonde Mann im grauen Anzug da hinten«, erwiderte Rodrigo. »Kennt ihr ihn?«

Sie drehten sich unauffällig um.

»Der da hinten am Ecktisch?«, fragte Wolf.

»Ja.«

»Der war, glaub ich, mit mir im Flugzeug«, sagte Eva.

»Er beobachtet euch. Polizei?«

»Keine Ahnung.« Wolf zuckte die Achseln. »Könnte auch jemand anderes sein, der hinter uns her ist«, flüsterte er Rodrigo ins Ohr. »Ein Killer.«

»Ein Killer?«, flüsterte Rodrigo zurück. »Wer ist hinter euch her? Warum?«

»Jemand meint, ich hätte etwas, dass er auch gerne hätte.«

»Und? Hast du es? Was ist es?«

»Ich habe es nicht«, log Wolf. Ihm war längst klar, dass niemand außer ihm selbst die Wahrheit über Weinbergers Konstruktionspläne für die Laserkanone wissen durfte. Wo sie versteckt waren. Was sie wert waren. Auch nicht die zwei hilfsbereiten Portugiesen. Es würde sie, ihn und Eva nur in größte Gefahr bringen.

»Okay. Wir machen es so. Du gehst auf die Toilette. Wenn er dir folgt, folge ich ihm. Dann fragen wir ihn höflich, was er will.« Rodrigo sah ihn ernst an.

»Gute Idee.«

Wolf stand auf und verließ das Restaurant.

Keine drei Sekunden später folgte ihm der Blonde aus Evas Flugzeug.

Rodrigo erhob sich kurz darauf ebenfalls. Er ging den beiden mit für seine Größe erstaunlich schnellen Schritten nach.

»Was tun die zwei?«, fragte Eva José. Sie sah ihn verwirrt an.

»Sie kümmern sich um deinen Verfolger«, erwiderte er. »Was möchtest du essen? Ich kann dir eine Caldo Verde empfehlen. Ist eine Suppe. So was wie unser Nationalgericht.«

»Nein danke. Ich warte lieber, bis die anderen wieder da sind.« Sie lächelte scheu.

24

Donnerstag, 18.00 Uhr, München, BRD.

»Ich fliege noch heute Abend nach Lissabon. Hab gerade gebucht. Die Maschine geht nachher um 20.30 Uhr. Pack mir bitte nur das Nötigste zusammen, Maria.« Anton Wallner schaltete seinen Computer aus.

Seinen Chef hatte er bereits am Nachmittag im Büro darüber in Kenntnis gesetzt, dass er unbedingt Urlaub brauche. Außerdem sei Wolf Schneider voraussichtlich ebenfalls in Portugal und er wolle sich dort nach ihm umsehen. Also eine halb berufliche und halb private Reise. Das mit den Kosten könne man irgendwann später klären. Da würden sie sich schon einigen.

»Nach Lissabon? Ohne mich? Vergiss es. Da wollte ich schon immer mal hin.« Seine Frau schüttelte entschieden den Kopf.

»Aber ich suche dort nach einem Verdächtigen. Das könnte gefährlich werden. Obwohl, wahrscheinlich ist er gar kein Verdächtiger. Eben.« Er kratzte sich nachdenklich am Hinterkopf.

»Ist mir alles egal. Ich kann solange im Hotel warten oder zum Shoppen gehen.«

»Du machst mich noch wahnsinnig.«

»Bist du eh schon. Schalt deinen Computer gleich wieder an und besorg mir ebenfalls ein Ticket. Und buche ein schönes Doppelzimmer im Hotel. Ich packe derweil unsere Sachen.«

Maria stapfte entschlossen ins Schlafzimmer hinüber, wo ihre Kleidung in einem großen verspiegelten Kleiderschrank hing.

Anton seufzte schwer. Er setzte sich erneut an den Computer. Dann sollte es halt so sein, in Gottes Namen. Sie würde sowieso keine Ruhe geben.

Außerdem war sie ihm sicher das nächste halbe Jahr lang beleidigt, wenn er sie nicht mitnahm. Das hieß verschärften Liebesentzug und keine Lieblingsspeisen mehr nach Feierabend und am Wochenende.

Wer wollte das schon riskieren. Er jedenfalls nicht.

25

Donnerstag, 18.05 Uhr, Lissabon, Portugal.

»Herr Schneider? Wolf Schneider?«

Sie waren allein.

Wolf reagierte nicht auf die Stimme hinter ihm. Er sah weiter auf die Kacheln der Flughafentoilette vor seinem Gesicht. Tat so, als würde er sein Geschäft verrichten.

»Herr Schneider. Drehen Sie sich bitte um«, wiederholte die Stimme.

»Ich heiße nicht Schneider«, erwiderte Wolf, nachdem er sich demonstrativ links und rechts von sich umgesehen hatte, ob außer ihm noch jemand gemeint sein könnte.

Er riskierte einen kurzen Seitenblick. Registrierte dabei, dass der Blonde im grauen Anzug aus dem Restaurant seitlich von ihm stand.

Der Kerl richtete eine Pistole auf ihn.

Alle möglichen Gedanken jagten Wolf in Millisekunden durch sein Gehirn.

Hoffentlich kam Rodrigo so schnell wie möglich nach. Das hier war gerade alles andere als witzig.

Er begann zu zittern.

Schloss innerlich mit seinem Leben ab.

Auf einmal ging alles unglaublich schnell.

Rodrigo schlich von hinten an den Blonden heran, schlug ihm die Waffe aus der Hand, packte sein Genick und drosch seinen Kopf mit aller Wucht auf das Urinal neben ihnen.

Alles in einem einzigen flüssigen Bewegungsablauf. So als hätte er das schon etliche Mal getan.

Der Schädel des Blonden platzte auf wie ein Hühnerei beim Schlüpfen eines Kükens. Ein lautes Knacksen. Ein paar Spritzer Blut. Ein wenig graue Hirnmasse, die aus dem Loch über der Stirn austrat. Das war's.

Keine Gegenwehr, kein Aufschrei.

Der Blonde glitt nahezu lautlos an der Wand entlang zu Boden.

Offensichtlich hatten sich seine Instinkte nach dem langen Flug noch im Dämmerzustand befunden. Außerdem hatte er gerade sicher nicht mit einem wilden Stier wie Rodrigo gerechnet.

»Hilf mir mal.« Rodrigo winkte Wolf herbei, der die Szene ungläubig beobachtet hatte. Immer wieder zwischen Abscheu, Dankbarkeit, Panik und Bewunderung hin und her schwankend.

»Ist er tot?« Wolfs Herzschlag jagte das Blut in höchster Frequenz durch seine Adern. Er atmete schwer. Konnte sich vor Schreck und Angst kaum bewegen.

»Was denkst du denn?« Rodrigo zuckte unbeteiligt die Achseln. »Leider keine Zeit mehr, ihn etwas zu fragen. Er wollte dich erschießen. Da darf man nicht zögern. Muss zack, zack gehen.«

»Zack, zack.« Wolf schüttelte langsam den Kopf.

»Ja.« Rodrigo nickte.

»Dann ist es wohl so.« Bebend trat Wolf an Rodrigos Seite.

Die Schießereien mit Summer und Nobody in München tauchten vor seinem inneren Auge auf. Er hatte sie aus reiner Notwehr getötet. Musste sich das gerade erneut klarmachen. Sein schlechtes Gewissen beruhigen, das sich jedes Mal meldete, sobald er daran dachte. Er war kein Mörder! Nein!

Wahnsinn. So viele Tote in den letzten Tagen. Wo sollte das enden.

Sei froh, dass du keiner von ihnen bist.

Sie schleiften den leblosen Körper des Blonden schnell in eine der Kabinen. Setzten ihn mehr oder weniger aufrecht auf die Toilettenschüssel.

Danach sperrte Rodrigo von innen ab. Er kletterte unerwartet behände über die Kabinenwand zu Wolf hinaus.

Niemand hatte währenddessen den Raum betreten. Gott sei Dank.

»Geh schon mal zu den anderen. Ich wisch noch das Blut weg. Komme gleich nach.«

Rodrigo zeigte auf den Ausgang.

»Mach ich«, stammelte Wolf. »Danke.«

»Nichts zu danken.« Rodrigo winkte ab. »Wenn bei uns jemand jemanden umbringt, dann sind wir das.«

26

Donnerstag, 18.10 Uhr, Lissabon, Portugal.

Wolf verließ die Toilette. Vor dem Ausgang befand sich ein Schild: Wegen Putzarbeiten *geschlossen*. Rodrigo musste es hingestellt haben. Deswegen waren sie also ungestört geblieben.

Rodrigo und José waren wohl doch nicht so harmlos, wie er vermutet hatte. Er schien großes Glück zu haben. Offenbar mochten sie ihn. Oder sie hatten Mitleid mit ihm. Versuchten vielleicht auch, einen Teil von dem, was ihre Landsleute ihm letzte Nacht angetan hatten, wiedergutzumachen.

Südländische Ganovenehre. Irgend so ein schräges Mafiading.

Wie auch immer. Er hatte keine Ahnung, warum sie ihm halfen. War im Moment nur heilfroh, dass sie es taten. Bezahlung hin oder her.

Als er, nach wie vor zitternd und schwitzend vor Aufregung, zum Restaurant zurückeilte, stach ihm eine englischsprachige Schlagzeile bei den internationalen Zeitungen ins Auge.

Die Washington Times schrieb: *Die Welt in Gefahr! Neue geheime Laser-Superwaffe! Stecken die Russen dahinter?*

Er kaufte sie und las, während er weiterging.

Der Verfasser des Artikels, James Elliot Holmes, schien von den Konstruktionsplänen für Weinbergers Laserkanone zu wissen. Die zu erwartende einzigartige Durchschlagskraft der Waffe wurde von ihm deutlich betont.

Viele arbeiteten weltweit an ähnlichen Waffen, hatte Roman vor einigen Tagen ebenfalls gemeint, als er Weinbergers Pläne begutachtete. Aber diese ganz besondere Durchschlagskraft gäbe es wohl tatsächlich nur einmal: Bei Weinbergers Plänen.

Er hätte dafür eine völlig neue, revolutionäre Technik entwickelt, die bisher nicht bekannt gewesen wäre. Ob sie auch in der Anwendung funktionierte, stünde allerdings auf einem anderen Blatt.

Ein Politiker aus dem Kongress hatte Holmes anscheinend die Informationen für seinen Artikel zukommen lassen. Bart Ewing, ein Republikaner. Woher mochte der wohl davon erfahren haben?

Wolfs Miene verfinsterte sich. Es gab eine erste Spur zu Nobodys Auftraggeber. Zu dem miesen Kerl, der Rebekka in letzter Konsequenz auf dem Gewissen hatte und Wolf beinahe auch noch umbringen ließ.

Im selben Moment, als er das erkannte, wusste er, dass Rebekkas Tod noch lange nicht zufriedenstellend gerächt war. Ihren Killer, Nobody und Summer zu töten, war eine Sache gewesen. Aber erst, wenn das miese Schwein, das hinter allem steckte, ebenfalls gestorben war, würde er wieder ruhig schlafen können.

Wahrscheinlich hatte derselbe Kerl ihm auch den Blonden im Anzug vorhin auf der Toilette auf den Hals gehetzt. Und er würde wieder jemanden beauftragen, ihn zu ermorden.

Allein das war Grund genug, ihn auszuschalten.

Bart Ewing. Wolf musste diesem ersten klaren Hinweis folgen. Selbst wenn er sich als falsch herausstellen sollte. Im Moment war er alles, was er hatte.

Rebekka fehlte ihm bei jedem Atemzug. Immer wieder tauchte ihr Bild vor ihm auf. Kein bisschen verblasst. Gerade so, als hätte er sie vor zwei Minuten zum letzten Mal gesehen. Als wäre sie nie von ihm gegangen.

Er wusste, was er zu tun hatte.

»Pass auf, dass du dich nicht in ein blutdürstiges Monster verwandelst, Wolf Schneider«, flüsterte ihm eine warnende Stimme in seinem Kopf zu.

»Leck mich«, erwiderte er laut.

27

»Das gibt es nicht, Anton. Du hast seit unserem letzten Flug noch mal an Gewicht zugelegt. Gut dass der Platz in der Mitte frei ist.« Maria Wallner schüttelte missbilligend den Kopf.

»Das hab ich extra so gebucht, dass der frei ist«, erwiderte ihr Mann grinsend. »Wenn Vater Staat schon zahlt … Ist doch alles super so.«

Gerade eben hatten sie den Start hinter sich gebracht. Die Anschnallzeichen waren erloschen.

»Ob das so super ist, wenn man langsam immer mehr wie ein Elefantenbaby aussieht, weiß ich nicht.« Maria grunzte humorlos.

»Wir sind bald auf unserer Reisehöhe. Dann gibt es Essen«, legte Anton noch einen drauf. Er rieb sich demonstrativ voller Vorfreude die Hände.

»Du kannst wirklich nur an eins denken.« Maria kam aus dem Kopfschütteln nicht mehr heraus.

Er ignorierte ihre Empörung geflissentlich. So wie bereits seit etlichen Ehejahren in ähnlichen Situationen.

»Fräulein!« Mit hochgezogenen Brauen hob er seinen Zeigefinger, als sich die Stewardess ihrem Platz näherte.

»Was kann ich für Sie tun, mein Herr?« Sie lächelte professionell.

»Wann gibt es Essen?«

»In einer halben Stunde.«

»Wunderbar. Danke.«

»Gerne.« Sie entfernte sich in Richtung Heck des Flugzeugs.

Anton nahm das Journal zur Hand, das vor ihm in der Sitztasche geklemmt hatte. Er blätterte oberflächlich darin.

»So, so, nach Rom fliegen die auch besonders günstig«, stellte er dabei murmelnd fest.

»Was sagst du? Hab dich nicht verstanden.« Maria sah ihn neugierig an.

»Rom. Auch günstig«, erwiderte er telegrammartig, während er auf die Zeitschrift in seiner Hand zeigte.

»Das machen wir mal zum Ostersegen.« Sie nickte entschlossen.

»Schauen wir mal.«

Anton las weiter.

»Hoffentlich finde ich diesen Wolf Schneider«, sagte er nach einer Weile mehr zu sich selbst als zu Maria. »Wenn er weiter auf der Flucht bleibt, reitet er sich bloß immer noch tiefer in die Scheiße.«

»Anton! Was sind denn das für Ausdrücke.«

»Genau die richtigen, Maria. Das sage ich dir.« Anton nickte bestimmt. »Den Schneider verarschen sie gründlich. Das wird mir immer klarer, je länger ich darüber nachdenke. Aber was soll ich machen? Ich kann ihm nur helfen, wenn er sich helfen lässt.«

28

Donnerstag, 18.15 Uhr, Lissabon, Portugal.

Als Wolf am Tisch bei Eva und José zurück war, setzte er sich schnell.

»Ich muss sofort nach Washington«, zischte er mit gesenkter Stimme. »Aber ich brauche neue Papiere, weil sie hinter mir her sind. Reisepass und Führerschein. So schnell wie möglich. Kannst du da was machen, José?« Er sah den Portugiesen fragend an.

»Schon möglich.« Josés Miene blieb verschlossen. »Wird aber teuer?«

»Wie viel?«

»1.000 Euro.«

»Deutsch müssen sie natürlich sein. Auf den Namen Peter Müller.«

»Peter Müller?«, wiederholte José.

»So heißen Tausende bei uns. Das ist gut.« Wolf nickte zuversichtlich. »Peter Müller aus Hamburg.«

»Schreib es auf. Kann ich mir nicht merken.« José gab ihm einen Kugelschreiber.

»Klar.« Wolf riss ein Stück von seiner Zeitung ab. Er notierte den Namen in Druckbuchstaben darauf. »Sind die Dokumente gut?«

»So gut wie echt. Kannst du nicht unterscheiden.« José klang seriös wie ein Buchhalter.

»Wie lange dauert es?«

»Bis morgen Mittag. Ich brauche noch ein Passfoto von dir. Draußen vor der Tür gleich links ist ein Automat.« José zeigte auf den Ausgang.

»So plötzlich nach Washington?«, mischte sich Eva ins Gespräch, während Wolf aufstand. »Was willst du da?«

»Kann ich dir nicht sagen.«

»Ich will mit.«

»Ich muss alleine hin. Glaub mir, es ist besser so.«

Das fehlte gerade noch, dass er für sie das Kindermädchen spielen durfte. Die Sache war so schon gefährlich genug.

»Du wirst mich brauchen.« Sie sah ihm fest in die Augen. »Außerdem bin ich erwachsen und kann inzwischen ganz gut selbst auf mich aufpassen, großer Ex-Bruder.«

»Keine gute Idee.« Er schüttelte den Kopf.

»Aber ich kann dir helfen.«

»Ich weiß nicht.« Er raufte sich unschlüssig die Haare.

»Ich schon.« Sie lächelte vielsagend. »Komm schon. Gib dir einen Ruck.«

»Ich weiß wirklich nicht.« Er schüttelte den Kopf.

»Betrachte mich einfach als hellsichtige Beraterin. Wie die Polizei damals.«

»Na gut. Aber wenn ich es dir sage, bleibst du im Hotel. Das musst du mir hoch und heilig versprechen.«

Wer weiß. Vielleicht waren ihm ihre hellseherischen Kräfte wirklich von Nutzen. Sie ahnte viele Situationen voraus. Das konnte einiges Unheil abwenden. Trotzdem machte er sich bereits jetzt Sorgen um sie.

»Versprochen.« Sie hielt wie zum Schwur ihre rechte Hand hoch.

»Zweimal Pässe?«, fragte José, der die Unterhaltung, ohne eine Miene zu verziehen, mitangehört hatte.

»Zweimal.« Wolf nickte. »Peter und Sabine Müller.«

Eva hakte sich bei ihm unter, als sie das Restaurant verließen, um die Fotos zu machen.

»Das Geld für die Dokumente brauche ich gleich«, sagte José, nachdem sie vom Passbildautomaten zurück waren und ihm die Bilder aushändigten. »Macht 2.000 für euch beide.«

Rodrigo saß in aller Seelenruhe an seiner Seite. Niemand, der ihn so sah, hätte vermutet, dass er gerade jemanden brutal erschlagen hatte.

»Gut.« Wolf zählte die Summe ab. Er schob sie José unauffällig über den Tisch. »Wir bleiben hier draußen im Flughafenhotel. Kannst du morgen mit den Pässen und meinem Führerschein dort hinkommen?«

»Kein Problem.«

»Danke noch mal für alles. Ihr seid echte Freunde.«

José und Rodrigo nickten nur. Anschließend machten sie sich auf den Weg.

Wolf sah ihnen eine Weile lang nach. Er hoffte, dass er nicht zu vertrauensselig gewesen war. Wusste aber gleichzeitig, dass er im Moment keine andere Wahl hatte, als auf sie zu zählen.

Er schnappte sich Evas Rollkoffer.

Sie hakte sich bei ihm unter.

29

Donnerstag, 23.50 Uhr, Lissabon, Portugal.

Anton und Maria wurden, wie bereits in München telefonisch abgemacht, am Ausgang von einem portugiesischen Kripokollegen empfangen. Er hielt ein Schild mit Antons Namen hoch.

»Anton Wallner?«, erkundigte er sich in nahezu perfektem Deutsch, sobald sie vor ihm stehen blieben.

»Richtig«, erwiderte Anton. »Das hier ist meine Frau Maria. Sie ermittelt nicht mit mir gemeinsam.« Er grinste.

»Dachte ich mir. Comissário Jorge Silva.« Jorge grinste ebenfalls. »Ich bringe Sie in Ihr Hotel.«

Sie schüttelten sich die Hände.

»Mein Wagen steht gleich vor der Tür.« Jorge zeigte auf den Ausgang. »Darf ich Ihnen mit dem Gepäck helfen, Madame?«

»Oh, vielen Dank. Sehr freundlich, der Herr.« Maria errötete sichtlich geschmeichelt. »Madame sagt bei uns zu Hause niemand zu mir. Solche Höflichkeiten bin ich gar nicht mehr gewohnt.« Ihr abschätziger Seitenblick auf Anton sprach Bände.

Der verdrehte nur unauffällig die Augen.

»Woher können Sie so gut Deutsch?«, fragte er Jorge, ohne auf Marias Spitze einzugehen.

»Ich habe in München studiert. Außerdem ist meine Mutter Deutsche. Aus Rosenheim.«

»Verstehe, ein bayerischer Portugiese.« Anton lachte.

»Genau.« Jorge lachte mit.

Im Auto fragte Anton ihn, ob in letzter Zeit etwas Ungewöhnliches vorgefallen wäre.

»Bis auf einen Toten heute Abend auf der Flughafentoilette nichts«, erwiderte Jorge. »Sieht so aus, als hätte man ihm den Schädel eingeschlagen und ihn dann ausgeraubt. Er hatte nichts bei sich.«

»Das kommt mir merkwürdig bekannt vor«, murmelte Anton. Er dachte an die Toten in München, die Wolf Schneider auf dem Gewissen haben sollte. »Wie sah der Mann aus?«, fragte er laut.

»Unscheinbar, blond, grauer Anzug.«

»Brille?«
»Nein.«
»Kann ich ihn mir morgen ansehen?«
»Natürlich, Herr Kollege. Kein Problem.«

30

Freitag, 7.50 a.m., Washington D.C., USA.

Dorian folgte dem Ford von Tom Jansens rothaariger Frau Judith von ihrem Zuhause aus. Er trug einen breitkrempigen Hut auf dem Kopf. Sein Gesicht schmückte ein üppiger falscher Bart.

Nachdem sie vor einer Schule angehalten hatte, um ihre beiden Söhne aussteigen zu lassen, wartete er auf der anderen Straßenseite, bis sie wieder gefahren war.

Währenddessen telefonierte er mit dem Sekretariat, gab sich als Sekretär Tom Jansens aus und meldete den blonden Kleineren der beiden, Sam krank.

Anschließend stieg er aus seinem Auto. Eilte zum Eingang des Schulhauses hinüber, wo der Achtjährige gerade mit einem langhaarigen Mädchen sprach.

Sein großer Bruder Paul war bereits im Inneren des Gebäudes verschwunden.

Ideal. Besser konnte es nicht laufen.

»Du bist doch Sam Jansen, richtig?«, fragte Dorian, als er vor den beiden anhielt.

»Ja.«

»Sehr gut.« Dorian lächelte so freundlich, wie ein Mann mit dichtem schwarzem Vollbart nur lächeln konnte. »Kann ich dich kurz unter vier Augen sprechen?«

»Ich weiß nicht.« Sam spielte verlegen mit seinen Fingern. Er sah unschlüssig zu seiner Begleiterin hinüber.

»Es wäre sehr wichtig.«

»Schon gut. Ich gehe rein, Sam. Bis gleich.« Das langhaarige Mädchen drehte sich um. Sprang ausgelassen auf das Schultor zu.

»Bis gleich, Tiffany«, rief er ihr halblaut hinterher.

»Ich bin übrigens Walter Miller«, stellte sich Dorian vor, sobald sie alleine waren. »Arbeite mit deinem Dad bei der Zeitung. Ich soll dich zu ihm in die Redaktion bringen.«

»Aber ich muss in die Schule. Das weiß er doch.« Sam riss erstaunt die Augen auf. »Wir sollen außerdem nicht mit Fremden sprechen.«

»Ich bin kein Fremder. Ich kenne deinen Daddy seit Jahren.«

»Echt?« Sam sah Dorian misstrauisch an. »Aber ich kenne Sie nicht.«

»Ich weiß sogar, dass er gerne Fußball mit euch Jungs spielt.«

Natürlich hatte sich Dorian letzte Nacht noch über die Familie schlaugemacht. Er hatte so seine gewissen Quellen. Außerdem gab es das Internet. Facebook, Twitter und andere Socialmedia-Plattformen. Da stand heutzutage fast alles drin, was man über die Menschen wissen wollte.

»Das stimmt«, erwiderte Sam erstaunt. »Paul und ich sind sogar im Verein.«

»Als Deutscher kann er das auch besonders gut«, meinte Dorian.

»Sie wissen, dass er Deutscher ist?«

»Na klar. Alle in der Redaktion wissen das. Du bist blond und blauäugig wie er. So sehen die Deutschen nun mal aus. Wie Helden.« Dorian grinste.

»Echt?«

»Ja.«

»Okay …«

»Dein Dad schreibt dir für heute eine Entschuldigung, soll ich dir ausrichten.«

»Hat er das wirklich gesagt?«

»Pfadfinderehrenwort.« Dorian nickte. Er hielt dabei theatralisch seinen Hut fest, damit er ihm nicht vom Kopf fiel.

Sam musste lachen. »Aber warum hat er mir vorhin nichts davon erzählt, dass ich zu ihm in die Redaktion kommen soll?«, fragte er. Offenkundig war er immer noch nicht so ganz von der Redlichkeit von Dorians Absichten überzeugt.

»Es sollte eine Überraschung sein. Niemand außer dir und deinem Daddy darf davon wissen.« Dorian legte geheimnisvoll den Finger auf den Mund. »Deswegen hab ich auch gewartet, bis deine Mutter und dein Bruder verschwunden sind.«

»Eine Überraschung? Ehrlich?« Sams Augen blitzten neugierig.

»Ein Geheimnis zwischen dir und deinem Dad.« Dorian senkte die Stimme, als gelte es, die Sache vor der ganzen Welt zu verheimlichen. »Und mir natürlich«, fügte er hinzu.

»Wegen meinem Geburtstag?«

»Darf ich nicht verraten.« Dorian schüttelte den Kopf.

»Kann ich meinen Dad kurz anrufen?«

»Klar. Kannst du aber auch im Auto machen. Ich parke drüben auf der anderen Straßenseite.«

Gleich hast du ihn am Haken, Dorian.

»Im Auto?« Sam zögerte.

»Sicher. Der dunkelblaue Mercedes da drüben.« Dorian zeigte auf den Wagen auf der anderen Straßenseite, den er vor einer knappen Stunde aus einem Parkhaus gestohlen hatte. »Ein echter Flitzer. Fährt über 200. Im Sitzen telefoniert es sich außerdem besser.« Kurze Pause. »Soll ich dir noch was sagen?«

Sam nickte langsam.

»Ich hab Donuts dabei.«

»Echt?« Sam strahlte begeistert.

»Ja. Echt.« Dorian nickte mit verschwörerischer Miene.

»Im Auto?«

»Ja.«

»Mit Schokolade?«

»Du wirst es nicht glauben. Aber es sind auch welche mit Schokolade dabei. Rate mal, wer mir verraten hat, dass du Schokolade am liebsten magst.«

»Mein Dad?«

»Genau der.«

»Super. Schokodonuts.«

31

Freitag, 8.30 Uhr, Lissabon, Portugal.

»Hier.« José reichte Wolf die neuen Reisepässe für ihn und Eva.

Der kleine Portugiese war vor knapp zwei Minuten mit

Rodrigo in Wolfs angenehm klimatisiertem Hotelzimmer angekommen.

»Danke, José. Die sehen perfekt aus, soweit ich das beurteilen kann.«

»Sie sind perfekt, Herr Müller aus Hamburg.« José grinste verschmitzt.

»Super. Vielen Dank noch mal.«

In seinem dunkelgrauen Anzug und dem weißen Hemd darunter sah Wolf seriös wie ein Botschafter aus. Niemand, der seine fünf Sinne beieinander hatte, würde die Echtheit seiner Reisedokumente infrage stellen.

Eva hatte den Anzug gestern Abend noch mit ihm in der Hotelboutique besorgt, nachdem sie als Ehepaar Müller eingecheckt hatten. Auch ein Paar Halbschuhe, T-Shirts und eine Jeans.

So schmutzig, wie er wäre, könne er unmöglich weiter unter die Leute gehen, hatte sie gemeint. Schon gar nicht nach Amerika fliegen. Möglicherweise würden sie ihn nicht einmal einreisen lassen.

Natürlich hatte sie völlig recht gehabt. Er selbst hatte in der Hektik der sich überschlagenden Ereignisse gar nicht mehr an sein Äußeres gedacht.

Er steckte seine und ihre Papiere in seine Jackentasche.

»Wenn du wieder mal im Land bist, melde dich«, sagte José. »Gute Geschäfte machen wir immer gerne.« Er zeigte auf Rodrigo und auf sich selbst.

»Danke, José. Ich weiß das Angebot zu schätzen. Danke auch dir noch mal, Rodrigo. Ohne dich würde ich heute nicht hier stehen.«

»Kein Ding.« Rodrigo winkte lässig ab. Es schien ihn auch heute nicht weiter zu kümmern, dass er gestern einen Mann umgebracht hatte.

Die beiden waren offensichtlich weitaus größere Profis,

als es anfänglich den Anschein gehabt hatte. Umso besser. In Wolfs Situation konnte es nicht schaden, mächtige Verbündete für alle Fälle zu haben.

Sie schüttelten sich die Hände, umarmten sich wie gute Freunde.

Danach verschwanden die ungleichen Portugiesen.

Wolf eilte ins Bad, holte seinen Kulturbeutel, packte ihn in den kleinen Rucksack, den ihm Eva mitgebracht hatte, öffnete die Zimmertür und verließ ebenfalls den Raum.

Er fuhr mit dem Lift in den Frühstücksraum hinunter, wo sie bereits auf ihn wartete.

32

Freitag, 9.00 Uhr, Lissabon, Portugal.

»Und du kommst wirklich ohne mich zurecht bis heute Mittag?«

Anton runzelte besorgt die Stirn. Es war eine Sache, zu Hause in München auf dem Sofa mit Maria über das Fernsehprogramm zu streiten. Eine andere war es, seine Frau in einer fremden Stadt alleine durch die Gegend spazieren zu lassen.

»Mach dir um mich keine Sorgen.« Sie nahm einen Löffel von dem herrlich duftenden Lavendelhonig, der neben diversen offenen Marmeladen auf ihrem Frühstückstisch stand. Ließ ihn genüsslich auf ihr Weißbrot tropfen. »Ich stecke nicht viel Geld ein, wenn ich hinausgehe. Dann kann mich auch niemand großartig beklauen.«

»Und wenn sie dich entführen?« Anton trank einen Schluck Kaffee.

»Mich alte Schachtel?« Sie sah ihn ungläubig an. »Warum sollte das jemand tun?«

»Sie könnten mich erpressen.«

»Weil wir so reich und prominent sind?«

»Stimmt auch wieder. Blödsinn.«

»Selbst wenn, werden sie sich an mir garantiert die Zähne ausbeißen. Du kennst mich doch.« Sie grinste selbstsicher.

»Da könntest du natürlich recht haben.« Die Vorstellung, wie Maria irgendwelchen halbgaren portugiesischen Ganoven Benehmen beibrachte, ließ ihn ebenfalls grinsen.

Die Kerle konnten einem jetzt schon leidtun.

Sie wog zwar nicht ganz so viel wie er. Aber sie war allemal kräftig und resolut genug, um sich gegen normalgewichtige Männer erfolgreich zur Wehr zu setzen.

Zuletzt hatte sie das im August am Starnberger See bewiesen, als ein Gruppe Jugendlicher zwei Urlauberinnen belästigte.

Anton musste nicht einmal eingreifen. Sie schlug die Kerle ganz alleine in die Flucht.

Also, keine großen Sorgen machen. Sie würde schon klarkommen. Außerdem war er spätestens um die Mittagszeit wieder hier. Die Identifizierung des Toten vom Flughafen würde sicher nicht länger dauern.

»Dann geh ich jetzt.« Er wischte sich den Mund mit seiner Stoffserviette ab. Stand auf.

»Lass dich nicht aufhalten, Toni. Wir sehen uns zum Mittagessen hier im Hotel.« Sie warf ihm schnell eine Kusshand zu. Dann nahm sie mit buddhistischer Gelassenheit den nächsten Löffel Honig in Angriff.

33

Freitag, 9.30 a.m., Treppe Kapitol, Washington D.C., USA.

»Ich hab den Jungen. Den findet so schnell niemand.«

»Hervorragend.« Arthur atmete erfreut auf. »Dann rufen Sie jetzt seinen Vater an und fragen Sie ihn, woher er seine Informationen über die Laserkanone hat. Dem Artikel in der Washington Times nach kann es nur ein Militärangehöriger sein. Wenn er nicht reden will …«

»Bekommt er einen Finger seines Sohnes zugeschickt.«

»So wird es gemacht.« Arthur blieb zufrieden stehen. Er drehte sich um, blickte auf die Skyline der Stadt. »Dann wird er garantiert reden. Diese Zeitungsleute sind im Grunde nichts als Feiglinge und Angsthasen. Wird der Junge Sie wiedererkennen?«

»Nein. Ich bin Profi, Mr. Snow.«

»Natürlich sind Sie das, Dorian.« Arthur kniff die Augen zusammen. Die Morgensonne blendete ihn. »Und ein schöner dazu, wie sie selbst sagen. Aber auch Profis bauen Scheiße.«

»Ich nicht.«

»Freut mich zu hören. Ich erwarte ihren baldigen Bericht.«

»Geht klar, Sir.«

Sie legten auf.

Arthur steckte sein Handy wieder ein. Er stieg weiter die Stufen zum Sitzungssaal hinauf. Heute ging es um die Aufenthaltsrechte von Einwanderern. Ein heißes Thema.

Wenn es nach ihm ginge, sollte man alle Ausländer aus den Vereinigten Staaten hinauswerfen. Vor allem die Gelben, Braunen und Schwarzen. Dann gäbe es keine Arbeitslosigkeit mehr und die Milliarden an Sozialausgaben könnten in sinnvolle Projekte gesteckt werden.

Zum Beispiel in ein neues Raumfahrtprogramm. Den Russen und Chinesen zeigen, wo es langging. Dafür war es längst wieder mal an der Zeit.

Doch leider hatte er das nicht alleine zu entscheiden. Da war die Demokratie davor. In seinen Augen das schlechteste aller vorstellbaren Systeme. Anfällig, unübersichtlich, kaum zu kontrollieren.

Ein starker Mann und eine klare Vision. Damit wäre der Welt und den Menschen sicher weitaus besser gedient.

Einer wie er.

Das Zeug zum perfekten Herrscher hätte er. Davon war er überzeugt.

34

Freitag, 9.50 Uhr, Lissabon, Portugal.

»Das ist er nicht.« Anton war einerseits froh, dass nicht Wolf Schneider unter dem Leichentuch lag, das der Angestellte der Rechtsmedizin gerade wieder über das Gesicht des Toten zwischen ihnen breitete.

Andererseits bedeutete das aber, dass seine Ermittlungsarbeit weiterging. Er wollte Schneider unbedingt finden. Ihm dabei helfen, seine Unschuld zu beweisen.

Maria würde sich wohl noch des Öfteren ohne ihn hier

in Lissabon vergnügen müssen. Doch wer weiß. Vielleicht flog sie in zwei oder drei Tagen von sich aus nach Hause. Weil es ihr allein zu langweilig wurde.

Ihm wäre es nur recht gewesen. In München konnte ihr zwar ebenfalls etwas Unvorhergesehenes zustoßen. Hier unten in einer fremden Stadt war das Risiko dafür aber ungleich größer. Er konnte schließlich nicht unentwegt ein Auge auf sie haben.

Die Besorgnis um sie löste gerade eine stetig anwachsende Unruhe in ihm aus. Er würde sich bemühen, sobald wie möglich wieder bei ihr zu sein.

»Wir wissen leider auch nicht, wer er ist«, sagte Jorge, der zusammen mit ihm hierher ins Leichenschauhaus gekommen war. »Er hatte keine Papiere bei sich. Muss sie sofort nach seiner Ankunft entsorgt haben. Wahrscheinlich verbrannt.«

»Aber dabei bleibt doch Asche übrig«, widersprach Anton.

»Nicht, wenn er sie in der Toilette entsorgt hat.«

»Reagieren nicht die Rauchmelder, wenn jemand etwas im Flughafen verbrennt?«

»Er kann sie auch draußen verbrannt haben. Dann ging er wieder rein und spülte die Asche in der Toilette runter.«

»Dann hätte er sie doch gleich draußen verstreuen können. Ich vermute eher, dass sein Mörder sie ihm abnahm.«

»Wie auch immer.« Jorge zuckte die Achseln. »Wir fanden sie jedenfalls nicht. Haben sogar die Parkplätze beim Flughafen abgesucht. Seine Fingerabdrücke sind außerdem nirgends gespeichert. Auch seine DNA ist unseren Systemen unbekannt.«

»Vielleicht folgte er Eva Schneider«, spekulierte Anton. »Sie trifft hier unten höchstwahrscheinlich ihren Bruder Wolf.«

»Wäre das nicht etwas viel Zufall?«

»Zufall wäre es für mich eher, wenn sein Tod nichts mit ihrer Ankunft zu tun gehabt hätte. Die beiden Ereignisse geschahen fast zeitgleich.«

»Und wieso musste er sterben?«

»Möglicherweise bedrohte er sie oder Wolf. Der wehrte sich und nahm ihm danach die Papiere ab.«

»Der Mann, der ihm den Schädel aufs Urinal schlug, muss immens kräftig gewesen sein. Ist dieser Wolf Schneider sehr muskulös?«

»Eher nicht.« Anton schüttelte nachdenklich den Kopf. »Ein Schreibtischhengst. Aber er war früher bei Auslandseinsätzen der Bundeswehr dabei.«

»Er hat also zu kämpfen gelernt?«

»Das nehme ich an. Nur, dass er kräftig genug für eine Tat wie diese hier ist, wage ich zu bezweifeln.«

»Vielleicht hat ihm jemand geholfen.«

»Kann natürlich sein. War auch nur so eine Überlegung, das mit ihm. Reine Spekulation. Es ist genauso gut möglich, dass er nichts mit der Sache zu tun hat. Niemand kann mit Sicherheit sagen, dass er hier ist.«

Anton fragte sich, ob sein ganzes Unternehmen überhaupt Sinn machte. Es gab tatsächlich keinerlei Hinweise auf Wolf Schneiders Anwesenheit in Portugal.

Auch Eva Schneider war wie vom Erdboden verschluckt. Zumindest hatte sie in keinem der größeren Hotels unter ihrem Namen eingecheckt. Wenn überhaupt, dann befanden sich die beiden möglicherweise entweder in einer kleinen Pension, die keine Daten an die zuständige Behörde meldete, oder sie waren privat untergekommen. Oder sie besaßen falsche Papiere.

So gesehen konnte die Suche nach ihnen Wochen oder Monate dauernd. Am besten gab er auf. Machte mit Maria noch einige Tage gemütlichen Urlaub. Flog danach mit ihr nach München zurück.

Irgendwann würde es die Schneiders bestimmt wieder in die Heimat ziehen. Hoffentlich.

Anton hasste es, wenn Menschen unschuldig verdächtigt wurden. Weil es gegen seine Überzeugungen von Recht, Gerechtigkeit und Anstand war. Da wollte er nicht hin. So kurz vor der Rente schon gar nicht.

35

Freitag, 4.00 p.m., Washington D.C., USA.

»Sag mal, weißt du, wo Sam steckt? Hat er sich bei dir gemeldet?«

Judith Jansen rief ihren Mann Tom so gut wie nie im Büro an. Sie wusste, dass er das nicht mochte. Aber nachdem Sam nicht mit Paul von der Schule heimgekommen war, galt diese stillschweigende Abmachung für sie im Moment nicht mehr.

»Keine Ahnung. Bei mir hat er sich nicht gemeldet. Ist er nicht aus der Schule heimgekommen?« Tom klang nicht besonders beunruhigt.

»Nein. Das ist es ja. Sonst würde ich es niemals wagen, dich bei deiner heiligen Arbeit zu stören.« Leise Bitterkeit schwang in ihren Worten mit.

»Komm schon, Judith. Du weißt genau, dass ich hier

andauernd im Stress bin. Haben wir oft genug besprochen. Wo könnte er sein? Bei Schulfreunden?«

»Bei seinen Kumpels vom Fußballtraining ist er jedenfalls nicht. Ich mache mir gerade unheimliche Sorgen. Er ist doch sonst immer so pünktlich und zuverlässig.« Tränen stiegen ihr in die Augen.

Sie hatte überall in der Nachbarschaft angerufen. Vor Aufregung mit dem Telefon in der Hand durch das ganze Haus laufend.

»Bestimmt treibt er sich mit einem seiner Freunde rum und hat dabei die Zeit vergessen.«

Tom hörte sich an, als gäbe es nicht den geringsten Grund zur Sorge. Außerdem schien er es wieder mal eilig zu haben. Wie immer, wenn sie ihn anrief.

»Eis essen«, fuhr er fort. »Fußballspielen im Park. Jungs funktionieren nicht wie Uhren. Hast du mit allen Eltern, die wir kennen, gesprochen? Mit der Lehrerin?«

»Nein. Einige waren nicht zu Hause. Die Lehrerin habe ich auch nicht erwischt.«

»Na, siehst du. Dann warte doch einfach noch etwas.«

»Tiffany meinte, dass er heute Morgen mit einem bärtigen Fremden gesprochen hätte. Danach wäre er nicht mehr in die Schule gekommen. Die Lehrerin habe gesagt, du hättest ihn krankgemeldet.«

»Ich? Blödsinn. Er war also nicht in der Schule? Ein bärtiger Mann?«

Zum ersten Mal zeigte Toms Stimme eine deutliche Reaktion. Er schien also doch noch nicht völlig gefühllos geworden zu sein.

»Ja. Offensichtlich.«

»Das ist allerdings seltsam.«

»Finde ich auch. Vielleicht hat ihn dieser Bärtige entführt.« Judiths Stimme zitterte vor Angst und Sorge.

»Entführt? Sam? Dass ich nicht lache. Der Entführer muss erst geboren werden. Du weißt doch, wie gescheit unser Kleiner ist.«

»Kann doch trotzdem sein.«

»Ach was. Bestimmt hat er geschwänzt. Hat er doch schon mal gemacht. Letztes Jahr. Weißt du noch? Hatte er heute Mathe? Da war doch diese Schulaufgabe, die er verhunzt hat.«

»Aber er hätte zumindest nach der Schule angerufen, wenn es so wäre. Ich kenne ihn doch.« Judith begann zu weinen.

»Du meinst wirklich, es ist ihm etwas zugestoßen.«

»Ja, das meine ich, Tom. Ich werde jetzt die Polizei anrufen.« Sie blieb wie angewurzelt stehen. Richtig. Das war mit Abstand die beste Idee. Die Leute auf dem Revier würden ihr sicher weiterhelfen. Nicht so wie Tom, der sie offensichtlich nur beruhigen wollte.

»Und was willst du denen erzählen? Mein Sohn ist seit einer Stunde überfällig. Wahrscheinlich hat er auch noch die Schule geschwänzt.«

»Du hältst mich natürlich wieder nur für hysterisch.«

»Tu ich nicht, Judith. Aber die Polizei kann im Moment auch nichts machen, außer im kleinen Rahmen nach ihm zu suchen.«

»Woher willst du das wissen?«

»Weiß ich eben. Glaub mir, Sam kommt bald heim. Wenn er sich bis in zwei Stunden nicht gemeldet hat, kümmere ich mich selbst um die Suche. Mit Polizei, Suchhunden und allem Drum und Dran. Okay?«

»Dann ist es vielleicht schon zu spät.«

36

Sam weinte leise. Er versuchte sich zum wiederholten Mal aufzurichten. Kam aber nicht einmal gebückt zum Stehen. Der kleine Metallkäfig, in dem er sich befand, war nicht hoch genug.

Der fremde bärtige Mann, Walter Miller, hatte ihn in diesen dunklen feuchten Keller hier gebracht. Seit mehreren Stunden war er nun schon alleine.

Vorher hatte er ihm im Auto mit einer Pistole gedroht. Er hatte gesagt, dass er ihn sofort erschießen würde, wenn er auch nur einen Mucks mache.

Die versprochenen Donuts gab es gar nicht.

Sam hatte ihm ohne Widerworte gehorcht.

Die grünliche Kellertür aus Metall ging auf. Walter Miller alias Dorian betrat den Raum. Eine Flasche Wasser und einen Hamburger in den Händen. Er schaltete das Licht ein.

»Na, Dummkopf. Mal sehen, wie lange du hier drinnen bleiben musst. Vielleicht für immer. Wenn dein Vater nicht tut, was ich will.«

»Mein Vater holt mich hier raus«, protestierte Sam. »Er hat mich lieb.«

»Kann sein, kann nicht sein«, erwiderte Dorian. »Hier ist Essen und Wasser. Teil es dir ein. Es muss für die nächsten zwölf Stunden reichen.«

»Aber ich hab solchen Hunger. Das ist viel zu wenig.« Sam machte ein weinerliches Gesicht.

»Sei froh, dass du nicht verprügelt wirst und keine Elektroschocks bekommst, wie die Kindersoldaten in Afrika«, blaffte ihn Dorian an.

Er legte den Hamburger und die Plastikflasche auf den Boden. Öffnete seine Hose. Urinierte auf Sams Kopf. Verzog dabei keine Miene.

»Wieso sind Sie so böse? Ich hab Ihnen doch gar nichts getan«, jammerte Sam, der vergebens versuchte, dem übel riechenden Strahl auszuweichen.

»Dann pass gut auf, dass es auch so bleibt. Sonst gibt es Ärger. Sehr schmerzhaften Ärger. Kapiert?«

Dorian schloss seine Hose wieder.

Sam nickte verängstigt.

»Was?«, brüllte Dorian im Ton eines Drillseargent der US-Marines. »Ich hab dich nicht verstanden.«

»Ja«, erwiderte Sam laut.

»›Ja, Sir‹, heißt das.« Dorian hob belehrend den Zeigefinger. »Oder soll ich den Hamburger wieder mitnehmen?«

»Ja, Sir«, brüllte Sam.

»Na also. Geht doch. Bete schon mal, dass dein Vater sich so benimmt, wie man es von ihm erwartet.«

Dorian stopfte die Flasche mit dem Wasser und das kalte Brötchen durch die feuchten Gitterstäbe. Dann löschte er das Licht. Sperrte die Tür von außen zu.

Sam machte sich gierig über den Hamburger her. Trank Wasser. Legte sich, soweit es möglich war, auf den trocken gebliebenen Teil des Käfigbodens.

Versuchte an etwas Schönes zu denken, um seine Angst zu vergessen.

An das Meer.

An lustige Delfine, die darin herumsprangen.

An daheim.

An seine Mutter, die ihm Pfannkuchen backte. Ihn zärtlich herzte.

An seinen Bruder Paul, der mit ihm auf dem Fußballplatz um die Wette lief.

An seine beste Freundin Tiffany, die inzwischen bestimmt längst von der Schule zu Hause war.

Doch es machte seine Angst nur noch schlimmer. Er wollte hier raus. Nach Hause.

Tränenüberströmt schlief er ein.

37

Freitag, 5.30 p.m., Washington D.C., USA.

»Machen Sie Urlaub in den USA?« Der Beamte am Einreiseschalter des Flughafens sah Wolf mit regloser Miene an.

»Ja.«

»Wie lange?«

»Drei Wochen.«

»Wo?«

»Washington und Umgebung.«

»Wo wohnen Sie?«

»Hilton, Washington D.C.«

»Okay.« Der amerikanische Zollbeamte gab ihm nach einem letzten prüfenden Blick ins Gesicht den Pass zurück.

Auch Eva kam ungehindert durch die Einreisekontrolle.

Wolf atmete erleichtert auf, während sie nebeneinander die Abflughalle in Richtung Taxistand verließen.

Die erste Hürde hatten sie problemlos genommen. Josés Papiere waren als echt durchgegangen.

Wolf hatte den größten Teil des Flugs verschlafen. War nur

einmal aufgewacht, um etwas zu essen. Eva hatte ihm eine Decke und ein Kopfkissen bei den Stewardessen besorgt. Hatte ihn zugedeckt. Sein Klapptischchen hochgeklappt. Sich um ihn gekümmert wie eine Mutter.

Für ihn galt es nun zuerst einmal so schnell wie möglich an Bart Ewing und die Redakteure der Washington Times zu kommen, um sie auszufragen. Irgendwo mussten die ihre Informationen über die Pläne für Weinbergers Laserkanone schließlich herhaben. Vorausgesetzt, es handelte sich in dem besagten Artikel tatsächlich um Weinbergers Pläne. Natürlich war es gut möglich, dass auch andere Wissenschaftler über der Herstellung einer neuartigen Laserwaffe saßen.

Danach galt es, die Fährte weiterzuverfolgen. Bis zum erklärten Endziel: Dem Auftraggeber für den Mord an Rebekka.

»Ins Hilton in der Innenstadt«, sagte er zu dem indischen Taxifahrer, der ihnen im Freien mit ausgebreiteten Armen entgegengekommen war.

»Yes, Sir. Sofort.« Der Chauffeur schüttelte ausgiebig grinsend den Kopf. Wie alle Inder, wenn sie Ja meinten.

38

Freitag, 14.00 Uhr, Lissabon, Portugal.

»Vorsicht, Maria!«

Anton sah einen Lastwagen mit hoher Geschwindigkeit

ums Eck biegen. Er rief erneut nach seiner Frau, um sie vor ihm zu warnen. Doch sie hörte ihn nicht. War anscheinend zu weit weg.

»Maria! Pass doch auf!«

Reifenquietschen. Ein markerschütternder Schrei. Panisch dreinschauende Passanten.

Anton rannte auf die Stelle zu, an der Maria von dem Fahrzeug überrollt worden war. Er zog sie blitzschnell darunter hervor, sah ihre gebrochenen, schreckgeweiteten Augen, ihren platt gewalzten Brustkorb, aus dem die Innereien austraten, ihren offenen Mund, aus dem das Blut in Strömen rann, der immer noch zu schreien schien.

Er fühlte ihren Puls, horchte nach ihrem Atem.

Zu spät. Sie rührte sich nicht mehr.

Alles Leben war aus ihr gewichen.

»Komm schon, du lahmer alter Gaul«, war das Letzte gewesen, was sie zu Anton gesagt hatte, als sie aus dem Hotel in die heiße Nachmittagssonne hinaustraten. Natürlich war es ein Scherz gewesen.

Er hatte ihre derben Bemerkungen immer gemocht. Es steckte viel Zuneigung darin. Das wusste er. Musste sie dabei jedes Mal nur ansehen, und schon brachen sie alle beide in Lachen aus. Oder sie grinsten zumindest.

Nachdem er ihr die Augen geschlossen und ihr Gesicht mit seinem Sakko bedeckt hatte, erhob er sich wie in Trance.

»Was glotzt ihr so blöd?«, herrschte er die Umstehenden an. »Holt lieber einen Krankenwagen. Macht schon!«

»Krankenwagen kommen. Ich rufen«, erwiderte ein junger dunkelhaariger Mann, dem der Schweiß auf der Stirn stand, auf Deutsch. »Ich Fahrer. Frau zu schnell.«

»Frau zu schnell?« Anton sah ihn an, als wolle er ihm auf der Stelle an die Gurgel gehen. »*Du* warst zu schnell«, brüllte er. »Viel zu schnell bist du um die Ecke gebogen, du

Arschloch. Jetzt ist sie tot!« Er bekam einen roten Kopf vor Wut und Empörung.

»Nein. Frau nix gucken und schnell auf Straße. Selbst schuld. Nix ich.« Der junge Mann brüllte ebenso wütend zurück. Es schien ihm nicht besonders leidzutun, gerade einen Menschen umgebracht zu haben.

Anton spürte, wie er in eine andere Dimension eintrat. Die Zeit schien stillzustehen. Er nahm keinerlei Geräusche mehr wahr. Sah nur noch dieses geifernde unrasierte Gesicht vor sich. Ballte seine Hand zur Faust. Holte aus und schlug blitzschnell mit voller Wucht zu.

Der LKW-Fahrer ging wie ein gefällter Baum zu Boden. Krachte dabei unglücklich mit dem Genick auf die Bordsteinkante.

Das unschöne Knacksen seiner brechenden Halswirbelsäule war noch aus gut vier Metern Entfernung zu hören.

39

Freitag, 6.00 p.m., Washington D.C., USA.

Das Telefon klingelte. Tom hatte keine Lust, ranzugehen. Er kam gerade aus dem Büro nach Hause. Nur Stress und Hektik.

Die Sache mit Sam hatte er darüber ganz vergessen.

Egal.

Bestimmt war er längst wieder heimgekommen. Sonst

hätte Judith sich auf jeden Fall gemeldet. Sie war aber auch immer so was von überbesorgt.

Offensichtlich waren sie und die Jungs noch mal rausgegangen. Eis essen wahrscheinlich.

Also biss er doch in den sauren Apfel. Er hob ab, damit das schrille Läuten endlich ein Ende hatte.

»Jansen.«

»Wenn du deinen Sohn lebend wiedersehen willst, tust du genau, was ich jetzt sage«, meldete sich eine mechanisch verzerrte Stimme.

»Sind Sie sicher, dass Sie mit mir sprechen wollten? Hier ist Tom Jansen. Meinem Sohn geht es gut.«

»Tom Jansen, der Vater von Sam Jansen. Ich weiß.«

»Was wollen Sie?« Tom beschlich ein mulmiges Gefühl.

»Den Namen deines Informanten.«

»Wen meinen Sie? Wegen was?«

»Laserkanone. Die Pläne. Wer hat dir davon erzählt?«

»Was ist mit meinem Sohn? Ist er gesund? Geht es ihm gut?« Tom wurde blass. Sam war also gar nicht mit Judith und Paul unterwegs? Er war entführt worden? Bitte nicht. Das wäre Wahnsinn. Er hoffte inständig, dass das Ganze nur der geschmacklose Witz eines Spinners war.

»Er lebt«, erwiderte die Stimme. Sie klang gruselig. Wie aus einem Science-Fiction-Film. »Noch. Aber wenn du nicht spurst, ist er tot. Also. Woher hast du deine Informationen?«

»Ich kenne den Namen nicht. Da war ein anonymer Mann am Telefon.«

Wenn der Kerl Sam tatsächlich in seiner Gewalt hatte, durfte Tom sein Leben natürlich auf keinen Fall gefährden. Andererseits durfte er aber auch seinen Informanten nicht preisgeben. Der wäre ebenfalls auf der Stelle tot.

Ach was. Alles Blödsinn. Wahrscheinlich war es wirklich nur ein Verrückter oder jemand, der ihn überrumpeln wollte, um an seine Informationen zu kommen. Judith hatte nicht mehr im Büro angerufen, was in der Regel hieß, dass mit Sam alles wieder in Ordnung war.

Moment mal. Genauso gut konnte sie sich aber lediglich an ihre Abmachung gehalten haben, in den nächsten zwei Stunden nichts Offizielles zu unternehmen. Oder sie suchte Sam gerade gemeinsam mit Paul.

»Finde heraus, wer dieser anonyme Informant war. Wenn du es bis heute Abend um 10 Uhr immer noch nicht weißt, stirbt dein Sohn.«

»Aber wie soll ich das herausfinden? Es war, wie gesagt, ein anonymer Anruf. Keine Ahnung, wer dahintersteckt.« Tom wusste nicht, ob er überzeugend genug log.

»Ein Journalist der seriösen Washington Post verbreitet ein Gerücht, das er nur vom Hörensagen kennt? Mach dich nicht lächerlich. Der Countdown läuft.«

»Aber es ist wirklich so.« Tom wusste nicht mehr, wo ihm der Kopf stand. Hatte der Kerl Sam wirklich in seiner Gewalt oder nicht? Das war hier und jetzt die einzig relevante Frage. Aber er konnte sie sich nicht beantworten. »Wozu brauchen Sie seinen Namen überhaupt? Kann *ich* Ihnen nicht weiterhelfen?«

»Tu einfach, was ich dir sage. Als Nächsten hole ich mir sonst deinen zweiten Sohn, dann deine Frau und deine Freunde. So lange, bis ich habe, was ich haben will. Keine Polizei. Sonst bekommst du deinen Sam gleich morgen in Einzelteilen zurück.«

»Das wagen Sie nicht. Lassen Sie meinen Sohn auf der Stelle frei. Er hat niemandem etwas getan.«

Tom begann zu zittern.

»Ich könnte gleich mal mit einem seiner zarten kleinen Fingerchen anfangen. Was meinst du?«

40

Freitag, 14.45 Uhr, Lissabon, Portugal.

Warum Maria? Warum jetzt und hier? Das macht doch gar keinen Sinn. Macht das Leben überhaupt Sinn?

Anton stieg widerstandslos in den Streifenwagen.

Sie würden ihn erst einmal aufs Revier bringen, meinten die uniformierten Polizisten. Er bat sie, seinen Kontaktmann bei der portugiesischen Kripo, Jorge Silva, zu verständigen. Nur ihm würde er sich anvertrauen. Erstens sprach er Deutsch, zweitens kannten sie sich.

Sie versprachen es dem deutschen Kollegen und fuhren los.

Marias Körper befand sich bestimmt auf dem Weg ins Leichenschauhaus oder in die Rechtsmedizin. Jegliche Hilfe war für sie zu spät gekommen. So viel wusste Anton. Aber niemand wollte ihm Genaueres über ihren weiteren Verbleib sagen.

Im Verlauf der Fahrt dämmerte ihm immer mehr, was geschehen war.

Seine Frau war tot. Von einem Lastwagen zerquetscht. Und er hatte einen Menschen getötet.

Der LKW-Fahrer hatte seinen Genickbruch nicht überlebt. Die Passanten hatten immer wieder mit ihren Fingern auf Anton gezeigt, während sie aufgeregt schnatternd ihre Zeugenaussagen bei den Uniformierten machten.

Daraufhin hatten die ihn verhaftet.

So schnell konnte es gehen. Ein Mensch, der sein ganzes Leben dem Kampf gegen das Verbrechen gewidmet hatte, wurde von einer Sekunde auf die andere selbst zum Täter.

Seltene Ironie des Schicksals. Oder war niemand jemals gefeit gegen das Böse? Konnte tatsächlich jeder jederzeit zum Kriminellen werden?

Im Moment sah es zumindest für Anton ganz danach aus.

Maria würde er wohl nie wiedersehen. Sie würden sie ohne ihn begraben. Irgendwo hier unten, weit fort von ihrem gemeinsamen Zuhause.

Er hielt mühsam die Tränen zurück. Es war alles zu viel für ihn. Zu schnell, zu überraschend, zu endgültig.

41

Freitag, 6.45 p.m., Umland Baltimore, USA.

»Dieser Artikel in der Washington Times und Bart Ewings seltsamer Unfall. Das wirbelt im Moment alles zu viel Staub auf, Mr. Snow.« Hugh Bender, der Direktor für Science & Technology bei der CIA, klang harmlos, als könnte er kein Wässerchen trüben.

Jeder, der ihn etwas besser kannte, hätte jedoch sofort gewusst, dass genau das Gegenteil der Fall war. Bender war ein harter Knochen, wenn es darauf ankam. Gefährlich wie eine Klapperschlange auf der Pirsch.

»Ich weiß, Hugh. Shit happens.« Arthur zog das Koks in seiner Nase, das er soeben geschnupft hatte, noch einmal gründlich hoch.

Dann nahm er sein Handy in die Linke, um mit der Rechten seine Terrassentür zu öffnen.

»Ich denke, es wäre besser, wenn wir ab jetzt übernehmen«, sagte Hugh leichthin.

»Wie meinen Sie das?«

»So, wie ich es sage. Wir übernehmen. Die Suche nach den Konstruktionsplänen, Zeugen und so weiter. Sie suchen diese Pläne doch nach wie vor, stimmt's? Wir zahlen Ihnen 20 Prozent für den Tipp.«

»Vielleicht habe ich sie ja längst«, erwiderte Arthur. »Und warum wollen Sie das überhaupt tun?«

»Damit es kein weiteres Aufsehen gibt.«

Und damit ihr nichts dafür bezahlen müsst, du dreckiger Mistkerl.

»Tatsächlich? Na gut. Dann bekommen Sie gar nichts. Keine Konstruktionspläne, keine Superwaffe, nichts. Versprochen. An meine Quelle kommt ihr in hundert Jahren nicht ran.«

Der Kerl spinnt wohl völlig. *Meint er ernsthaft, er kann mich einfach so aus dem Geschäft drängen?*

»Was schlagen Sie vor?«, fragte Hugh nach einer Weile des Schweigens.

Anscheinend hat er nachgedacht und gemerkt, dass er mit mir nicht so umspringen kann, wie er sich das eingebildet hat. Mieser Wichser.

»Sie halten die Füße still. Ich kümmere mich um die Angelegenheit.« Arthur blickte über seinen weitläufigen Garten.

»Jemand von Ihren Leuten muss geredet haben, Mr. Snow. Woher wussten Bart Ewing und die Leute bei der Times Daily sonst von der Laserkanone?«

»Suchen Sie erst mal in Ihren eigenen Reihen nach einem Sicherheitsleck. Jemand, der uns abhört, ein Bürobote, eine

Aushilfskraft. Vielleicht haben wir unser Ziel dann schon erreicht.«

»Ein Sicherheitsleck bei uns? Unmöglich. Warum sind Sie so sicher, dass es keinen Maulwurf bei Ihnen gibt?«

»Außer mir weiß hier niemand, um was es konkret geht.«

»Das soll ich Ihnen glauben? Kommen Sie. Sie beschäftigen sicher jede Menge Leute, die für Sie die Kohlen aus dem Feuer holen. Siehe nur Bart Ewing. Außerdem bieten Sie die Pläne bestimmt nicht nur uns an. Dann ist da noch Ihre eigene Quelle. Was, wenn die an anderer Stelle geplaudert hat? Sie haben die Pläne doch wohl nicht selbst gezeichnet, oder?«

»Das mit Bart Ewing war eindeutig ein Unfall, berichten sie in den Medien.« Arthur begann zu schwitzen.

Nicht etwa, weil er nervös wurde oder Angst vor Hugh Bender und der CIA gehabt hätte. Die kannten schließlich nur seinen Decknamen. Wussten also nicht, wer er wirklich war.

Nein. Es war schlicht zu warm auf der Südterrasse. Den ganzen Tag lang staute sich hier an unbewölkten Tagen die Hitze. Selbst jetzt, kurz vor Sonnenuntergang, strahlte sie immer noch von der Hauswand und den Terrakottafliesen ab.

»Ein tödlicher Unfall mit ungeklärter Fahrerflucht«, sagte Hugh. »Er hinterlässt eine Frau und einen kleinen Sohn. So etwas sorgt für Empörung und Aufruhr in der Bevölkerung. Jeder will wissen, was dahintersteckt.«

»Wie schon gesagt. Shit happens.« Arthur zuckte unwillkürlich die Achseln.

»Na gut. Lassen wir es vorerst dabei.«

»Auf jeden Fall sollte der Artikel über die Laserwaffe offiziell richtiggestellt werden«, meinte Arthur.

Er begab sich links um die Hausecke zur Ostseite. Hier

war es für gewöhnlich etwas kühler, da die Sonne nur morgens hinschien. Außerdem wehte immer eine leichte Brise vom nahe gelegenen Atlantik her.

»Machen Sie den Verantwortlichen bei der Washington Times klar, dass sie einer unbewiesenen Fehlinformation aufgesessen sind«, fuhr er fort. »Sie sollen gleich morgen eine Richtigstellung drucken.«

»Okay.« Hugh klang nach wie vor ruhig und sachlich. »Mal sehen, was sich machen lässt. Keine schlechte Idee.«

»Denke ich auch. In drei Tagen weiß kein Mensch mehr, dass es Konstruktionspläne für eine neuartige Laserwaffe geben soll. Auch Bart Ewing ist dann bereits Schnee von gestern.«

»Bringen Sie mir unbedingt diese Pläne, Mr. Snow. Ihr Vaterland kann doch auf Sie zählen? Ich stehe beim Präsidenten im Wort. Sagte ich das schon?«

War da gerade ein drohender Unterton zu vernehmen?

»Sie stehen ganz oben auf meiner Liste, Hugh. Wie kommen Sie im Übrigen darauf, dass die USA mein Vaterland sind?«

»Sie können Ihren Akzent nicht verleugnen. So spricht nur einer, der hier bei uns aufgewachsen ist.«

»Tatsächlich? Na gut. Wenn Sie meinen ...«

Hugh Bender solltest du unbedingt im Auge behalten, Arthur Smith. Vorerst nicht mehr mit ihm telefonieren. Vielleicht ist er dir bereits auf der Spur.

42

Freitag, 7.00 p.m., Hilton, Washington D.C., USA.

Wolf schaltete den Fernseher ein.

Er hatte gerade geduscht. Gar nicht so einfach, ohne seine Verbände nass zu machen.

Der Stumpf seines abgeschnittenen Fingers hatte dabei vor Schmerzen gepocht. Nur wenn er die Hand hochhielt, war es einigermaßen auszuhalten.

Jetzt saß er angezogen mit Eva auf seinem Bett. Egal, welchen Sender er wählte, überall liefen Berichte über den verunglückten Bart Ewing. Sie starrten gebannt auf den Flatscreen an der Wand über dem kleinen Schreibtisch gegenüber dem Fußende.

Den haben sie sicher umgebracht, vermutete Wolf. Weil er zu viel über Weinbergers Laserkanone wusste. Bestimmt wurde das den Leuten, die hinter den Plänen her waren, einfach zu gefährlich.

So schnell konnte es gehen.

Hoffentlich töteten sie ihn und Eva nicht, bevor er die Kerle, beziehungsweise ihren Auftraggeber, selbst erwischen konnte. Den großen Unbekannten, der hinter allem steckte. Den skrupellosen Kopf der Bande.

Es musste ihn geben. Nur wo?

»Schrecklich. Er hinterlässt eine junge Frau und einen kleinen Buben.« Eva schüttelte entsetzt den Kopf. »Glaubst du auch, dass es ein Unfall war, der nicht geklärt werden kann, wie sie sagen?«

»Keine Ahnung. Du bist die Hellseherin von uns beiden. Das Unfallfahrzeug ist jedenfalls spurlos verschwunden.

Schon seltsam. Kann aber auch eine ganz normale Fahrerflucht aus Panik gewesen sein.«

Wolf gab sich lässig. Jetzt nur keine Unruhe schüren, indem er laut sagte, was er wirklich dachte. Sonst kam Panik auf. Dann wurde generell zu viel geredet. Als Nächstes wurden sie alle beide erschossen.

»Ich hatte keine Vision mehr, seit ich in München aufbrach, um dich zu treffen.«

»Das heißt?«

Im Grunde genommen war er froh, dass ihre hellseherische Kräfte ihnen zurzeit nicht im Weg waren. Es hätte nur weiteren Stress emotionaler Art mit ihr bedeutet. Das wusste er aus Erfahrung.

»Weiß ich auch nicht. Aber auf jeden Fall bist du komisch.« Sie drehte den Ton des Fernsehers leiser. »Ist er etwa der Grund, warum wir hier sind?« Sie zeigte auf die Aufnahme von Bart auf dem Bildschirm. Blickte Wolf dabei forschend ins Gesicht. »Um was geht es?«

»Das kann ich dir nicht sagen.«

»Ein bisschen was musst du mir schon verraten. Wie soll ich dir sonst helfen?«

»Es ist besser, du weißt so wenig wie möglich. Rebekka und Roman sind tot. Ich möchte nicht, dass dir dasselbe passiert.« Er knirschte angespannt mit den Zähnen.

»Vertraust du mir etwa nicht?« Sie stand auf. Ging zum Fenster. Sah nachdenklich in die Dämmerung hinaus.

»Doch. Aber manchmal ist es besser, man weiß nichts von dem, was man unter Druck oder Folter verraten könnte.«

»Du meinst, man würde weniger gefoltert, wenn man nichts weiß? Das ist albern.« Eva drehte sich zu ihm um. Sah herausfordernd zu ihm hinüber. »Das weißt du selbst. Also?«

»Nein.«

»Doch.«

»Na gut. Du gibst ja sowieso keine Ruhe.« Er rieb nervös seine Handflächen aneinander. »Nur so viel. Ich bin immer noch hinter dem Schwein her, das an Rebekkas Tod schuld ist.«

»Hast du eine Spur?«

»Vielleicht.«

»Hat es etwas mit diesen Konstruktionsplänen für eine Laserkanone zu tun?« Sie nahm ihn prüfend ins Visier.

»Nein.«

43

Freitag, 7.10 p.m., Washington D.C., USA.

Tom lief unruhig im Wohnzimmer auf und ab. Er zermarterte sich sein Gehirn darüber, wie er am besten auf die Drohungen des Mannes am Telefon reagieren sollte.

Wenn es wirklich so war, dass der Kerl Sam hatte, musste er seine Quelle preisgeben. Natürlich würde er seinen Freund, den Oberst bei der Army, der ihm von der Laserkanone erzählt hatte, warnen. Damit der auf eventuelle Unannehmlichkeiten vorbereitet war.

Wenn Sam allerdings nicht entführt wurde, sondern gleich zur Tür hereinspaziert kam, musste er sich andere Schritte überlegen. Die Polizei verständigen. Eine Fangschaltung, die Kinder und Judith irgendwohin aufs Land schicken. So lange, bis der geheimnisvolle Anrufer gefunden war.

Er hatte bis 10 Uhr Zeit, einen Entschluss zu fassen. Länger nicht.

Er hörte den Schlüssel in der Haustür. Kurz darauf standen Judith und Paul vor ihm.

Sie sah blass aus. Die dunklen Ringe unter ihren grünen Augen bildeten einen auffälligen Kontrast dazu. Beides passte nicht zu ihrer ansonsten perfekten Erscheinung.

Paul schwitzte.

»Hallo, Sportsfreund. Warst du trainieren?«

»Hi, Dad. Mom und ich haben nach Sam gesucht. Er kam heute nicht von der Schule heim.« Paul sprang übermütig an seinem Vater hoch. »Dabei musste ich schnell rennen, damit wir vor dem Dunkelwerden fertig sind.«

Um Gottes willen! Wurde Sam tatsächlich entführt? Was hatte Tom da nur angerichtet? Hätte er doch bloß seine blöde Klappe gehalten wegen dieser bescheuerten Laserkanone.

»Der ist sicher bald wieder da«, sagte er. »Vielleicht hat er sich verlaufen.« Bloß nichts anmerken lassen. Damit würde er Judith nur noch mehr beunruhigen.

»Sam doch nicht«, erwiderte sie vorwurfsvoll. »Er hätte angerufen. Hast du etwas von ihm gehört?«

»Nein.«

»Wirklich nicht?« Sie sah ihn ungläubig an. »Paul, geh auf dein Zimmer, bitte.«

»Aber ich habe Hunger.« Paul machte ein unglückliches Gesicht.

»Nimm dir einen Apfel. Abendessen gibt es später. Mom und Dad müssen erst etwas besprechen.« Ihr strenger Tonfall ließ klar erkennen, dass sie nicht im Mindesten dazu bereit war, ihre Anordnung zu diskutieren.

»Na gut.« Paul ließ den Kopf hängen.

Er verzichtete auf den Apfel. Stieg lieber leise weitermotzend die Metalltreppe im hinteren Teil des kühl eingerichteten Wohnzimmers der Jansens hinauf.

Modernes Mobiliar, weiße Wände, wenig Bilder. Nicht gerade ein buntes Kinderparadies hier unten. Andererseits hing ein riesiger Flatscreen an der Wand gegenüber der weißen Sitzgruppe aus Veloursleder. Der machte einiges an Ungemütlichkeit wieder wett.

Natürlich nur, wenn er eingeschaltet war.

»Schau dir das mal an«, sagte Judith, sobald Paul außer Hörweite war. »Ist gerade angekommen, als ich die Tür aufsperren wollte.«

Sie hielt Tom mit zitternden Händen ihr Smartphone hin. Auf dem Display war Sam in einem winzigen Metallkäfig zu erkennen. Er sah sehr verängstigt aus.

Oh Gott. Also doch. Sam war in Lebensgefahr. Und jetzt zog das miese Erpresserschwein auch noch Judith in die Sache hinein.

»Ein übler Scherz? Klassenkameraden?«

»Sicher nicht. Sieh ihn dir doch an. Sieh deinen Sohn nur ein einziges Mal genau an.« Sie schüttelte fassungslos und empört den Kopf. »Und lies, was darunter steht.«

»Wollt ihr ihn wieder, muss Tom reden.«

»Was hat das zu bedeuten?« Sie sah ihn erwartungsvoll an.

»Keine Ahnung.« Er zuckte die Achseln. Tat immer noch so, als wüsste er von nichts.

»Über was sollst du reden?« Sie schrie ihn an. Ihre Stimme schrillte durchs ganze Haus. »Sprich mit mir, Tom. Dein andauerndes Schweigen zu allem macht mich noch mal wahnsinnig.«

»Ich regle das«, erwiderte er.

»Was heißt das?«, brüllte sie.

»Ich sorge dafür, dass Sam heil zurückkommt.« Er nahm sie in die Arme.

Sie riss sich weinend wieder los.

Trommelte mit den Fäusten gegen seine Brust.

Sah ihn aus weit aufgerissenen, tränenüberströmten Augen an.

»Wie? Wann?«

44

Freitag, 15.30 Uhr, Lissabon, Portugal.

»Der Herr Rechtsanwalt würde gerne mit mir und seinem Mandanten alleine reden.«

Jorge Silva zeigte mit dem Kopf auf Anton Wallner und Daniel Fernandes, den Anwalt, den er für seinen deutschen Kollegen besorgt hatte. Was Strafsachen betraf, war er der Beste im ganzen Land. Hatte einige Gastsemester in München und Harvard studiert.

»Natürlich, Comissário.« Die zwei Uniformierten ließen sie in dem muffig riechenden, beengten Verhörzimmer des Reviers alleine.

»Passen Sie auf, Anton«, sagte Jorge, sobald sie alleine waren. »Senhor Daniel Fernandes hier ist einer unserer fähigsten Köpfe, wenn es um Angelegenheiten wie Ihre geht. Er hat eine Idee. Sie können Deutsch mit ihm reden.«

»Vielen Dank, Jorge.« Anton räusperte sich. »Wie ist diese Idee?«, fuhr er an Daniel gewandt fort.

»Senhor Wallner. Zunächst möchte ich Ihnen mein Beileid aussprechen.«

»Danke.« Anton stiegen sofort die Tränen in die Augen. Bisher hatte ihm noch niemand zu Marias Tod kondoliert.

»Ich schließe mich natürlich an, Herr Kollege. Schrecklich, das mit Ihrer Frau.« Jorges Stimme klang rau. Er schien ergriffen zu sein.

»Danke, Jorge.«

Anton konnte nicht mehr anders. Er brach in sich zusammen. Weinte hemmungslos. Schnäuzte anschließend mehrmals kräftig in das Papiertaschentuch, das ihm Jorge reichte.

»Geht es wieder?«, fragte Daniel nach einer Weile des Schweigens.

Anton nickte stumm. Er straffte seinen Oberkörper.

»Zu den Fakten: Sie haben im Affekt einen Mann geschlagen, der sich aufgrund dessen in der Folge das Genick brach.«

»Ich war so unendlich wütend.« Anton regte sich gleich wieder auf. »Dann stritt er auch noch seine Schuld ab. Obwohl ich genau gesehen hatte, dass er viel zu schnell fuhr.«

»Er war schuld. Eindeutig.« Daniel verzog keine Miene. »Aber Sie sind es auch. Zum Teil zumindest.«

»Ich weiß.« Anton nickte zerknirscht. »Es war nicht richtig von mir, ihn zu schlagen. Aber es tut mir ehrlich gesagt nicht besonders leid um ihn.«

»Kann man verstehen.« Da nur zwei wackelige Holzstühle vorhanden waren, setzte sich Jorge auf die Kante des Tisches, der in der Mitte des Raumes stand.

»Was erwartet mich? Fünf Jahre?«

»Ich sprach bereits mit dem Richter, Senhor Wallner«, ergriff Daniel wieder das Wort. »Er wäre eventuell bereit, die Sache zu vergessen.«

»Tatsächlich? Einfach so?« Anton hob erstaunt die Brauen. »Wie das?«

»Er will 30.000 Euro.«

»Dachte ich's mir doch.« Anton grinste humorlos.

Herrgott im Himmel. Gibt es dich überhaupt? Es sieht so aus, als wären wir alle Verbrecher und keine Verbrecher zugleich. Egal wo auf der Welt. Schwarz und Weiß gibt es anscheinend gar nicht als Farben. Gab es wohl noch nie. Nur unterschiedliche Grautöne.

»Haben Sie 30.000 Euro?«

Anton nickte.

Eine ganze Menge. Die Hälfte seiner Ersparnisse, die er sich und Maria für die Rente zurückgelegt hatte. Er würde die gesamte Summe und noch mehr liebend gerne hergeben, wenn er sie dafür wiederbekäme.

Doch dabei half ihm wohl kein Geld der Welt mehr.

45

Freitag, 8.00 p.m., Hilton, Washington D.C., USA.

Es war bereits dunkel.

Wolf und Eva hatten sich unten in der Lobby verabredet, um irgendwo in der Stadt zum Essen zu gehen.

Er saß seit 20 Minuten in einem der bequemen Ledersessel.

Sie ließ auf sich warten.

Während er oberflächlich die anderen Gäste beobachtete, kreisten seine Gedanken unentwegt um Weinbergers

Laserkanone, Rebekkas Tod, die zwei Killer, die er auf dem Gewissen hatte, den toten Killer in der Flughafentoilette in Lissabon, den Tod seines besten Freundes Roman vor nicht einmal zehn Tagen und um den tödlichen Unfall des Politikers Bart Ewing, der offiziellen Quelle für den Zeitungsartikel, den er in Lissabon am Flughafen gelesen hatte.

Er befürchtete, dass jemand sie observierte. Fühlte sich seit ihrer Ankunft beobachtet. CIA, Homeland Security, FBI. Möglicherweise hatten sie gleich bei der Einreise ihre falschen Papiere entlarvt, sich nichts anmerken lassen, und hofften seitdem, einem Terroristenpaar auf die Spur gekommen zu sein. Schon bald würden sie zuschlagen und ihn und seine kleine Ex-Schwester nach Guantánamo bringen.

Ach was. Nichts als dumme Gedanken. Reine Paranoia. Du wirst langsam kirre. Wegschieben. Mach schon.

Eva tauchte vor ihm auf. Sie sah blendend aus. Enge weiße Jeans, blau-weiße Sneakers, ein dunkelblaues Top, die langen blonde Haare zu einem lässigen Dutt aufgesteckt, dezentes Make-Up, das ihre strahlend blauen Augen betonte, knallroter Lippenstift.

Jeder in Washington würde ihn um sie beneiden.

»Es gibt eine Vernissage nicht weit von hier«, meinte sie augenklimpernd. »Hast du Lust, hinzuschauen? Dort gibt es sicher auch etwas zu trinken und zu essen.«

»Woher weißt du das?«

Eine kleine Entschuldigung wegen der Verspätung wäre angebracht, Madame.

»Hellseherin. Vergessen?« Sie zeigte grinsend auf sich selbst. Dann hielt sie ihm einen der handlichen Veranstaltungskalender mit integriertem Stadtplan, die neben dem Empfangstresen auslagen, hin. »Es steht hier drin. Bitte, Wolf. Lass uns heute Abend erst mal Kraft schöpfen, bevor du dich auf deine Jagd machst.«

»Wir sollten aufpassen, dass wir nicht zu sehr auffallen.«
»Komm schon, Ex-Bruderherz.«
»Ich weiß nicht.«
»Hast du etwa Angst?«
»Natürlich. Du nicht?«

46

Freitag, 8.30 p.m., Umland Baltimore, USA.

»Was ist passiert, Mr. Snow? Die Zeitung in Washington schreibt über Ihre angebliche Geheimwaffe. Wie kommt das? Wissen die etwa noch mehr?« Abdul Masaad aus dem Irak hörte sich missgelaunt an.

»Nein. Alles in Ordnung.«

Arthur hielt die Sprechmuschel seines Handys zu. Er atmete tief ein und aus. Die nervtötenden Anrufe seiner potenziellen Kunden nahmen langsam Überhand.

Jetzt störten sie ihn schon beim wohlverdienten Feierabendgläschen mit seiner Frau. Höchste Zeit, dass das Sicherheitsleck endgültig geschlossen wurde.

Warum rief Dorian nicht an?

Verflucht nochmal. Alles ging immer viel zu langsam.

»Alles in Ordnung? Das finde ich nicht, Mr. Snow. Niemand sollte von unserem Vorhaben erfahren. Jetzt weiß die ganze Welt von Ihrer angeblich revolutionären Laserwaffe.« Abdul wurde immer lauter.

Typisch Araber. Heißblütiges Volk dort. Außerdem perfekt weltweit vernetzt. Vor allem die Terroristen. Nur gut, dass Arthur bei seinen Geschäften rein telefonisch und unter seinem Tarnnamen agierte. Sonst hätte er vielleicht längst keine Zunge mehr. Oder keine Ohren. Oder beides.

»Nur keine Panik, Abdul. Die wissen gar nichts. Außerdem kommt niemand an meine Adressdaten. Schon gar nicht an die der besonderen Kunden, wie Sie einer sind.«

»Das klingt schon besser.«

Arthurs Schmeichelei schien ihre Wirkung nicht zu verfehlen. Abdul fuhr einen Gang zurück. »Ich war tatsächlich beunruhigt«, gestand er.

»Müssen Sie nicht, mein Freund.« Arthur senkte seine Stimme, damit Jane, die gerade den Fernseher eingeschaltet hatte, ihn nicht hören konnte. »Den Artikel in der Zeitung sollten wir nicht überbewerten. Außerdem bin ich gerade dabei, deren Quelle für immer versiegen zu lassen.«

»Das klingt noch besser. Frieden, mein Freund.«

»Ich melde mich schon bald bei Ihnen. Heben Sie schon mal mein Geld ab.«

Arthur legte lachend auf.

»Noch Wein?«, fragte er anschließend an Jane gewandt.

»Hab noch.« Sie zeigte auf ihr halb volles Glas. »Ärger?«

»Nicht mehr als sonst«, erwiderte er knapp.

Seine Geschäfte gingen sie nichts an. So hatte er es immer gehalten, und so würde es auch in Zukunft bleiben.

Er schenkte sich ebenfalls großzügig von dem kalifornischen Sauvignon Blanc ein, den sie aus der Stadt mitgebracht hatte. Aus demselben exklusiven Laden in der Innenstadt, in dem sie ihn immer kaufte.

Ein beliebter Treffpunkt für Jung und Alt. Man konnte dort das ein oder andere Gläschen vor Ort verkosten und bekam allerlei kleine Leckereien dazu. Genügend Geld musste man allerdings auch mitbringen. Jane und ihre Freundinnen trafen sich ein- bis dreimal in der Woche nach dem Shoppen dort.

»Das ist deine zweite Flasche. Verträgt sich das mit dem vielen Kokain, das du dir andauernd in die Nase ziehst?« Sie sah ihn vorwurfsvoll an.

»Das verträgt sich hervorragend. Oder gibt es Grund zur Beschwerde von deiner Seite?« Er stellte sein Glas auf dem runden Glastischchen neben dem Sofa ab.

»Wie meinst du das?«

»So, wie ich es sage.« Er grinste zweideutig.

»Nein. Gibt es nicht. Eher im Gegenteil.« Sie schüttelte langsam den Kopf.

»Wie jetzt?« Er fixierte sie mit einem starren Blick.

»Du willst andauernd Sex.« Nun *klang* sie auch noch vorwurfsvoll.

»Na und?« Er zuckte die Achseln.

»Mir wäre es lieber, wenn wir uns mal wieder unterhalten, zusammen in den Urlaub fahren oder einfach nur zärtlich sind. Immer nur Geschäfte, Koks, Alkohol und Sex. Mich füllt das nicht aus. Außerdem bist du zu dick. Du erdrückst mich, wenn du auf mir liegst.« Die Worte platzten einfach so aus ihr heraus. Wie aus einem Vulkan, in dem sich das Magma zu lange gestaut hatte.

Arthur ignorierte die emotionale Wucht dahinter. Letztlich waren ihm Gefühle egal, solange es sich nicht um seine eigenen handelte.

»Und wie wäre es dann gleich mit ein bisschen Zärtlichkeit?«, fragte er grinsend. »Danach könnten wir dann kurz vögeln. Was meinst du? Ich lieg auch gerne unten, wenn du willst.« Er kicherte albern.

»Leck mich, Arthur.« Sie wendete sich kopfschüttelnd von ihm ab.

»Liebend gerne.«

»Ruhe jetzt. Ich würde gern meinen Film sehen.« Sie stellte den Ton lauter.

»Weiber. Nichts als launenhaft.«

»Männer. Nichts als notgeil.«

Arthur ließ sie in Ruhe. Obwohl ihn ihre Respektlosigkeit unangenehm berührte. Darüber würde bei Gelegenheit noch zu reden sein.

Jetzt schlurfte er lieber erst mal mit einer dicken Zigarre und seinem Weinglas in den Händen auf die Terrasse hinaus.

Statt weiter zu streiten, wollte er davon träumen, was er mit seinen etlichen Milliarden anstellen würde, nachdem er Weinbergers Pläne jedem seiner dämlichen Kunden unter dem Siegel der Exklusivität angedreht hatte.

Vielleicht kaufte er sich eine eigene Insel. Irgendwo weit weg im Pazifik. Einen riesigen Getränke- und Koksvorrat dazu. Und genügend willige Mädchen mit prallen Brüsten und Schenkeln, die ihn von vorne bis hinten bedienten.

So sollte ein Mann leben.

Nicht neben einer, zugegeben hübschen, aber dennoch dauermeckernden Megäre, die ihm die besten Jahre seines Lebens vermieste.

47

Freitag, 10.00 p.m., Washington D.C., USA.

»Hast du den Namen?«

Der Erpresser hatte pünktlich um zehn wieder bei Tom angerufen. Der war mit dem Telefon vor die Tür gegangen, damit Judith in ihrer Panik nicht alles gefährdete.

»Ja«, erwiderte er jetzt. »Aber bevor ich ihn Ihnen gebe, will ich einen Beweis, dass es Sam gut geht.« Tom zögerte innerlich immer noch.

Der Oberst bei der Army, von dem er die Informationen über die Laserkanone hatte, war einer seiner ältesten Freunde, Quinn Archer. Er hatte nach drei Flaschen Wein, die sie gemeinsam geleert hatten, im Plauderton davon erzählt. Die Pläne für die revolutionäre Waffe wären dem Verteidigungsministerium anonym angeboten worden.

Tom war nicht klar gewesen, dass es sich dabei um eine derartig brisante Angelegenheit handelte, bei der es sogar um Leben und Tod ging. Niemals hätte er Bart Ewing gegenüber sonst etwas davon erwähnt.

Herrje, wahrscheinlich wäre Bart noch am Leben, wenn er ihm nicht davon berichtet hätte.

Jetzt auch noch Sams Entführung. Vielleicht musste sein Sohn sogar sterben. Unvorstellbar. Alles nur wegen dieser verwünschten Laserkanone.

»Entweder du glaubst mir oder dein Sohn stirbt.« Die mechanisch verstellte Stimme des Erpressers ließ keinerlei Emotionen erkennen. »Such dir's aus.«

»Ich muss wissen, ob er lebt. Sonst sage ich gar nichts.«

»Er lebt.«

»Beweise. Schicken Sie mir ein Video. Holen Sie ihn ans Telefon.« Tom lief unentwegt in seinem großen Vorgarten im Kreis. Die Angst um Sam ließ ihn keine Sekunde lang zur Ruhe kommen.

»Okay. Ausnahmsweise.«

Zwei Minuten später kam ein Video von Sam auf Toms Handy.

»Hi, Daddy«, sagte er weinend. »Bitte tu, was der Mann sagt.«

Er saß immer noch in diesem viel zu kleinen Käfig. Aber offensichtlich lebte er. Vorausgesetzt, der Dreckskerl hatte das Video nicht lange vorher aufgenommen.

»Du mieses Schwein«, zischte Tom. Er war kurz davor, durchzudrehen. Sein Herz raste. Ihm wurde schwindelig. »Wenn du meinem Kind etwas antust, bringe ich dich um. Das schwöre ich dir.«

»Den Namen, Jansen. Mach schon.«

»Na gut. Der Mann, der mir von den Plänen für eine neuartige Laserkanone erzählt hat, heißt Quinn Archer. Er ist Oberst bei der Army. Hier in Washington. Arbeitet für das Verteidigungsministerium.«

»Na also. Geht doch. Wenn du die Polizei anrufst, ist dein Sohn tot.«

Der Erpresser legte auf.

Tom wählte blitzschnell Quinns Nummer.

»Ich musste deinen Namen verraten. Sie haben Sam entführt«, rief er in den Hörer, sobald sein Freund abgehoben hatte.

»Was?«

»Wegen dieser Laserkanone. Sie wollten wissen, woher ich meine Informationen über die Konstruktionspläne habe.«

»Aber doch nicht von mir.« Quinn klang überrascht. Außerdem lallte er gehörig.

»Doch. Du hast mir neulich im Suff davon erzählt.«

»Im Suff? Kann gar nicht sein.« Quinn lachte.

»Verdammt, Quinn. Hast du nicht gehört? Sie haben deswegen Sam entführt.«

Wie lange brauchte ein betrunkener Mensch, um zu begreifen, wie ernst etwas war? Ewig?

»Wegen dieser Pläne?«

»Ja.«

»Aber ich habe auch nur davon gehört. Jemand hat sie uns anonym angeboten. Wahrscheinlich irgendein Spinner. Keine Ahnung. Mach dir deswegen keinen Kopf.«

»Mach dir keinen Kopf? Hast du sie noch alle? Sam wird entführt und du sagst mir, dass ich mir keinen Kopf machen soll? Hör endlich auf zu saufen, du dämlicher Vollidiot!« Tom musste all seine Kräfte aufbieten, um nicht laut loszubrüllen.

Das fehlte gerade noch, dass seine Nachbarn Wind von der Sache bekamen.

»Ist ja gut. Was soll ich denn tun?«, erwiderte Quinn mindestens genauso empört wie Tom. »Etwa die Army in Gang setzen, um Sam zu finden? Er kommt bestimmt bald zurück. Die haben doch, was sie wollen: Du hast mich verraten.«

»Pass einfach nur gut auf dich auf, okay?« Tom stieß seine Worte zwischen zusammengepressten Zähnen hervor.

»Mir passiert schon nichts. Ich gönne mir in aller Ruhe noch ein schönes Fläschchen und sperre Fenster und Türen zu. In Ordnung?«

Quinn war kaum noch zu verstehen. Er musste wieder mal sehr ordentlich geladen haben. Seit dem Tod seiner Alma vor vier Jahren kam er psychisch nicht mehr auf die Beine. Dass sie ihn bei der Army nicht als Sicherheitsrisiko rauswarfen, grenzte an ein Wunder.

»Mach's gut, Mann.«

Tom legte auf.

Das war's. Er und Judith konnten im Moment nichts mehr für Sam tun. Nur noch beten und hoffen, dass er wohlbehalten zu ihnen zurückkehrte.

48

Freitag, 18.00 Uhr, Lissabon, Portugal.

Laute, metallene Geräusche. Antons Zellentür wurde geöffnet.

»Besuch für Sie.«

Er wurde von dem undurchsichtig dreinblickenden Uniformierten erneut in den kleinen Verhörraum vom Mittag geführt.

Daniel Fernandes erwartete ihn dort bereits am Tisch sitzend. Er lächelte zuversichtlich.

»Ich habe gute Nachrichten für Sie, Herr Wallner.«

»Erfreulich. Was ist geschehen?«

»Der tote Fahrer war ein gesuchter Zuhälter, der zwei Prostituierte der Konkurrenz umgebracht haben soll. LKW-Fahren war reine Tarnung von ihm. Das macht es uns noch leichter. Bestimmt kann ich den Richter jetzt auf 10.000 Euro herunterhandeln.«

»Tatsächlich?« Anton schüttelte ungläubig den Kopf. »Ich hab also einen Mörder getötet?«

»Sieht so aus. Prima, was?« Daniel schien äußerst erfreut über die unerwartete Wendung der Dinge zu sein. »Ich bekäme in diesem Fall allerdings einen kleinen Zuschlag auf mein Honorar. Wären 2.000 Euro in Ordnung für Sie?«

Es ist und bleibt wahr, Anton. Alles nur miese Abzocker und Verbrecher auf dieser Welt.

»2.000?« Er sah Daniel unschlüssig an.

Warum machte er es sich eigentlich selbst so schwer? Immer korrekt. Hadern. Zweifeln. Das war doch gar nicht mehr zeitgemäß.

»Exakt. Sie wären für, sagen wir mal, 15.000 Euro Gesamtkosten wieder auf freiem Fuß. Hört sich gut an, stimmt's?«

»Stimmt.« Anton nickte.

»Also machen wir es so?« Daniel schnappte sich gut gelaunt seine Aktentasche. Er stand auf.

»Ich überlege es mir.«

»Was gibt es da noch zu überlegen?« Daniel hielt inne. Er runzelte verwundert die Stirn.

»Ich habe mich schuldig gemacht. Kann ich mich morgen früh entscheiden?« Anton sah ihn gespannt an.

»Ich empfehle Ihnen dringend, das Angebot anzunehmen. Das Essen in portugiesischen Gefängnissen ist nicht das Beste. Außerdem drückt es gewaltig auf die Stimmung, wenn man für etliche Jahre jeden einzelnen Tag in einer winzigen Zelle verbringen muss.«

»Ich würde trotzdem gerne darüber nachdenken.«

»Na gut. Morgen früh. Aber denken Sie dabei auch an Ihre Frau. Sie wollen sie doch sicher bei sich zu Hause beerdigen.«

49

Samstag, 9.00 a.m., Hilton, Washington D.C., USA.

»Das war der schönste Abend meines Lebens«, schwärmte Eva, als sie verspätet an ihren gemeinsamen Frühstückstisch trat.

Wolf hatte gestern doch noch zugestimmt und sie waren auf die Vernissage gegangen.

»Mir hat es auch Spaß gemacht.« Er nickte. »Die Bilder waren toll. Und die Leute hier kommen mir viel freundlicher vor als in München.«

»Du hast schon angefangen?« Sie zeigte mit vorwurfsvollem Blick auf seinen benutzten Teller.

»Natürlich. Halb neun war abgemacht, meine Liebe. Selbst schuld, wenn du stundenlang duschen musst. Außerdem hab ich gleich noch was vor.« Er schenkte ihr Kaffee ein. »Ich sagte dir, dass es kein Spaziergang wird hier drüben.«

»Erzählst du's mir?«

»Was?«

»Was du vorhast.«

»Nein.«

»Bin trotzdem dabei.« Sie nickte eifrig.

»Glaub ich nicht. Du kannst solange shoppen gehen, und wir treffen uns später irgendwo in der Stadt?« Er wollte sie auf keinen Fall immer und überall neben sich haben. So weit wie möglich vermeiden, dass sie in Zusammenhang mit ihm wiedererkannt werden konnte.

»Hast du etwa Angst, dass ich dich blamiere?« Eva klang vorwurfsvoll und verunsichert zugleich.

»Nein. Ich hab schlicht und ergreifend Angst um dich. Man muss dich nicht andauernd mit mir sehen.«

Außerdem sind wir nicht verheiratet und ich bin dir keine Rechenschaft schuldig, kleine Schwester. Vielmehr Ex-Schwester.

Pause.

»Okay, gehe ich eben shoppen«, willigte sie schließlich ein. »Ich wollte dir zwar eigentlich helfen. Aber gut.« Sie zuckte resigniert die Achseln. »Frühstücken wir noch gemeinsam fertig?«

»Warum nicht? Da hinten steht alles. Rühreier, Speck, Käse, Marmelade, Kaffee.« Er zeigte auf das große Frühstücksbüffet rechts von ihr. »Sogar Fisch haben sie.«

»Manchmal glaub ich, du magst mich nicht mehr.« Sie sah ihn lange an.

»Was? Wie kommst du denn auf so was?« Wolf erwiderte ihren Blick verwundert.

»Seit ich dir gesagt habe, dass wir nicht einmal Halbgeschwister sind, bist du irgendwie … so merkwürdig.«

»Wie meinst du das?« Er stellte die Kaffeetasse, aus der er gerade trinken wollte, wieder ab. Hob den Blick. Betrachtete sie neugierig.

»So, wie ich es sage. Ich glaub, du magst mich nicht mehr.«

»Das ist kompletter Blödsinn, Eva. Ich bin zurzeit nur im Stress. Was du sicher verstehst. Für mich bist und bleibst du meine kleine Schwester.«

»Und wenn ich das gar nicht will?«

»Wie meinst du das?« Er zog irritiert die Brauen hoch.

»Denk drüber nach. Dann kommst du drauf.«

Sie drehte sich auf dem Absatz um. Stakste mit weit ausgreifenden Schritten zum Büffet hinüber.

50

Samstag, 9.30 a.m., Umland Baltimore, USA.

»Hallo, Mr. Snow. Dorian hier. Ich habe Tom Jansens Informanten.«

»Wunderbar, Dorian. Das gibt einen Bonus obendrauf. Wer gut arbeitet, soll gut verdienen. Kleinen Moment, bitte.« Arthur legte sein Handy kurz auf dem Esstisch ab, um den Gürtel seines weißen Bademantels straff zu ziehen. Anschließend nahm er es wieder an sich.

Er hatte gerade ein erfrischendes Morgenbad im Pool genommen. Jetzt befand er sich hier im kombinierten Ess- und Wohnbereich seines Hauses, um sich eine Havanna zu holen.

»Danke, Sir. Das klingt sehr erfreulich.«

»Wer ist es? Sagen Sie schon.«

»Ein gewisser Oberst Quinn Archer. Arbeitet hier in Washington beim Stab. Hat ein auffälliges Alkoholproblem.«

»Sehr gut.« Arthur senkte vorsichtshalber seine Stimme. Jane war sicher irgendwo in der Nähe. Auch wenn er sie momentan nicht sah. »Ich will, dass er ebenfalls von der Bildfläche verschwindet, bevor er noch mehr Unheil anrichtet. Gleich nach Tom Jansen.«

So ein elender Mist. Sein Kontakt bei der Army, ein sehr hohes Tier, musste diesem Quinn Archer gegenüber etwas ausgeplaudert haben. Dabei waren Arthurs erste Vorabinformationen streng vertraulich gewesen. Das hatte er jedem seiner Kunden gegenüber mehrmals betont.

Wieso hörte einem heutzutage eigentlich niemand mehr zu?

Er würde ein ernstes Wörtchen mit seinem Mann reden müssen. Der Vollidiot brachte ihn in Teufels Küche. Hoffentlich gab es nicht noch mehr Trinker in seinem Umfeld, die bereits von Weinbergers Plänen erfahren hatten.

»Lässt sich machen, Mr. Snow. Vielleicht Selbstmord? Alkoholiker, Depressionen, Army, Pistole, ehrenvoller Abgang. Sie wissen schon.«

»Gut so. Weg mit den bösen Störenfrieden, Dorian.« Arthur kicherte leicht irre. Danach sprach er laut weiter: »Sagen Sie Bescheid, wenn alle zwei Aufträge unter Dach und Fach sind.«

Eine unverfängliche Anweisung, die an jeden x-beliebigen hätte gehen können. Das durfte Jane auf jeden Fall hören.

»Natürlich, Sir.«

Dorian legte auf.

Arthur tat es ihm gleich. Anschließend beugte er sich mit einem zusammengerollten Hundertdollarschein in der Nase tief über seinen Esstisch.

Ich weiß genau, warum ich mir das Pseudonym Mr. Snow gegeben habe, dachte er grinsend, während er sich eine lange Line Koks reinzog.

Fertig. Stimmung perfekt. Alles obenauf.

Er zündete genüsslich seine Zigarre an. Blies ein paar beeindruckende Rauchwolken Richtung Zimmerdecke.

Ging hinaus. Setzte sich auf die Terrasse.

51

Samstag, 10.30 a.m., Washington D.C., USA.

Wolf trat grübelnd aus dem Verlagsgebäude der Washington Times auf die überfüllte Straße hinaus.

James Elliot Holmes war nicht für ihn zu sprechen gewesen. Schon gar nicht, wenn es um die Sache mit Bart Ewing und dieser Laserkanone ginge, hatte er Wolf von seiner resoluten Vorzimmerdame ausrichten lassen.

Nicht einmal Wolfs Hinweise darauf, dass Bart Ewing möglicherweise gar keinen Unfall gehabt hatte, sondern dass jemand wegen der Konstruktionspläne für die Laserkanone nachgeholfen hätte, hatten Wirkung gezeigt.

Was war da nur los? Die Sache musste Holmes doch interessieren. Er war ebenso Journalist wie Wolf selbst, und er hatte den besagten Artikel schließlich geschrieben.

Offensichtlich hatte er Angst. Wahrscheinlich wurde er von irgendwem eingeschüchtert. Oder er befürchtete nach Bart Ewings unerwartetem Tod, ebenfalls zum Opfer zu werden.

»Das ist der Kerl! Er hat mein Fahrrad gestohlen.« Ein Mann im mittleren Alter zeigte wild gestikulierend auf Wolf. »Haltet den Dieb!«

Wolf erfasste die Situation nicht sogleich. Er blickte verdutzt hinter sich. Aber dort stand niemand.

Meint der etwa mich? Was soll der Unsinn mit dem Fahrrad.

»Er hat mein neues Rennrad gestohlen!« Der Mann kam laut rufend näher. »Hilfe! Polizei! Ein Fahrraddieb!«

»Ich hab kein Fahrrad!«, brüllte Wolf zurück. »Sind Sie verrückt geworden?«

Zu spät. Die Lawine rollte bereits. Mehrere Passanten drängten sich zu ihm durch. Sie kamen auf ihn zu, wie Zombies in einem Horrorfilm. Nur um etliches schneller.

Nichts wie weg hier. Wenn dich die Cops erst mal haben, gehst du sofort wegen deiner falschen Papiere hinter Gitter.

Links von ihm entstand eine Lücke im Strom der Fußgänger. Er sprang hinein, wühlte und schubste sich weiter. Durch harte, weiche, große, kleine, dicke und dünne Leiber.

Sobald er genug Platz dazu hatte, begann er zu rennen.

Immer wieder blickte er sich um. Der Abstand zu seinen Verfolgern wurde nicht größer. Sie riefen sich gegenseitig Kommandos zu. Schienen ihn von mehreren Seiten erwischen zu wollen.

Es schien sich um eine eingespielte Gruppe zu handeln. Eine Straßengang, die sich auf das Ausrauben von Touristen spezialisiert hatte.

Irgendwas in der Art musste es sein.

Er überquerte die Straße, bog scharf rechts ab, entschied sich Sekunden später für eine schmale Gasse, die wiederum rechts abging.

Hastete weiter.

Schneller. Atemlos. Todesangst im Genick.

Die Gasse endete nach 30 Metern.

Er blickte hinter sich, drehte sich um, lief zurück, rüttelte verzweifelt an den Haustüren links und rechts.

Betete, dass sich eine von ihnen öffnen ließ.

52

Samstag, 10.35 p.m., Washington D.C., USA.

»Sehen sie mal da drüben, die Schwäne. Sind die nicht herrlich?« Jane zeigte auf eine Gruppe der strahlend weiß gefiederten Vögel, die sich rechts von ihnen am Ufer eines Bachlaufs niedergelassen hatten.

»Wunderschön trifft es perfekt. Wie Sie, Jane.« John Ferrari lächelte beseelt. »Wenn die Sonne auf ihr brünettes Haar trifft, fühle ich mich wie in einem Hollywood-Spielfilm. Ihre Augen sind die reine Versuchung.«

»Nehmen Sie sich in Acht, junger Mann.« Sie lachte geschmeichelt und amüsiert zugleich. »Alte Frauen sollte man nicht veräppeln. Sie könnten es falsch verstehen.«

Jane hatte sich gestern mit ihm hier im Clifton Park auf einen kurzen Spaziergang vor ihrer Tennisstunde verabredet. Was sie sich davon versprach, wusste sie nicht so genau.

Auf jeden Fall Ablenkung von Arthurs schlechter Laune.

Immer öfter brauste ihr Mann in letzter Zeit grundlos auf. Schrie sie an. Verbreitete denkbar ungemütliche Stimmung im Haus.

Sie kannte John aus dem kleinen Weingeschäft, in dem sie sich so gerne mit ihren Freundinnen traf. Ein junger aufstrebender Geschäftsmann. Irgendetwas mit Computern. Ein weltweites Patent, das sich verkaufte wie warme Semmeln. Recht viel mehr wusste sie bisher nicht über ihn.

Sie fand ihn sexy. Nicht nur wegen seines Geldes. Er war zudem jung, sportlich, sehr gebildet und charmant. Und er sah aus wie der junge Robert Redford.

Ein wahrer Traumprinz.

Das genaue Gegenteil von Arthur. Dem hatte sie vorhin gesagt, dass sie heute eine Stunde früher mit dem Tennisunterricht anfinge.

Er hatte es in seinem Koksnebel im Kopf wohl gar nicht mitbekommen. Außerdem hing er schon wieder die ganze Zeit über an seinem Handy und sprach wirres Zeug hinein.

Sie wollte gar nicht wissen, um was es dabei ging. War bestimmt besser so.

»Ich sehe hier keine alte Frau, Madame«, erwiderte John theatralisch. »Nur eine wunderbare junge Schönheit.«

»Lieben Sie gutes Essen?« Sie sah ihn neugierig an.

»Und wie! Wann soll es losgehen? Jetzt gleich?« Er lachte jungenhaft.

Sie lachte mit. »Ein bisschen früh für mich«, sagte sie kopfschüttelnd. »Dann noch vor dem Sport. Keine gute Idee.«

»Heute Abend?«

»Aber John. Ich bin eine verheiratete Frau.« Sie blickte Verlegenheit demonstrierend zur Seite.

»Haben verheiratete Frauen keinen Hunger?« Er lachte erneut.

Sie musterte ihn ausführlich. Die kleinen Falten um seine Augen fielen ihr dabei auf. Sie ließen ihn noch interessanter erscheinen.

»Aber wenn uns jemand sieht. Das geht doch nicht.« Ihr Ton verriet überdeutlich, dass es möglicherweise doch ginge.

»Ich kenne einen verschwiegenen Italiener. Wunderbares Essen, herrlicher Wein. Was sagen Sie?«

Den verschwiegenen Italiener kennt ihr natürlich alle, ihr Herzensbrecher. Wahrscheinlich reiten wir auch noch auf einem weißen Pferd dorthin.

»Kann ich Sie später wegen einer Antwort anrufen?«

Natürlich kannte sie die Antwort bereits. Aber eine Dame

der Washingtoner Gesellschaft gab nicht sofort jeder Regung nach. Das hätte nur ihrem Ruf geschadet.

»Unbedingt. Ich werde mein Handy heute keine Sekunde mehr aus den Augen lassen.« Jane lachte glockenhell.

John Ferrari. Ein wirklich hinreißender Name. Er klang so kraftvoll. Gleichzeitig wie eine Melodie.

»Sind Sie Italiener?«, erkundigte sie sich mit einem versonnenen Lächeln im Gesicht.

»Ertappt. Halbitaliener.« Er präsentierte ein stolzes Grinsen. »Mein Vater stammt aus Bologna.«

»Wie schön.«

Der Hauptgewinn. Romantik, Wildheit und Leidenschaft. In John versprach sich alles zu vereinen, was sie zu Hause so sehr vermisste.

53

Samstag, 10.45 a.m., Washington D.C., USA.

Wolf blieb erschöpft in einem leicht vertieften Hauseingang stehen. Bekam kaum noch Luft. Japste wie ein Fisch auf dem Trockenen.

Eine der Haustüren in der schmalen Gasse nahe dem Verlagsgebäude der Times Daily war offen gewesen. Er war hineingeschlüpft und zum Hinterausgang des Hauses wieder hinausgeeilt.

Die halbhohe Mauer im Hof hatte er blitzschnell überwunden.

Im Nebenhaus war die Hintertür ebenfalls offen gewesen.

Als er durch den Vordereingang wieder nach draußen auf die Straße kam, war niemand zu sehen gewesen.

Er war weitergerannt wie nie zuvor in seinem Leben.

Jetzt wurde sein Herzschlag langsam etwas ruhiger.

Was wollten die nur von ihm? Es war deutlich zu sehen, dass er kein Fahrrad bei sich hatte. Sah er etwa jemandem ähnlich, der irgendwann in den letzten Tagen ein Rad gestohlen hatte? Wollten sie ihn ausrauben? Aus Spaß verprügeln?

Es gab da diese seltsamen Studentenspiele überall in der Welt. Fremde Leute ausknocken. Er hatte darüber gelesen. Für Studenten waren die Kerle vor der Times allerdings zu jung gewesen.

Eine Verwechslung. Bestimmt. Es konnte nur so gewesen sein.

Er starrte wie hypnotisiert die Straße hinunter in die Richtung, aus der er gekommen war.

Die schreiende Meute, die ihn bis hierher gehetzt hatte, war nirgends zu entdecken. Offenbar hatte er sie endgültig abgehängt.

Gott sei Dank.

Moment. Waren sie das nicht? Die Kerle mit den Baseballkappen und den Lederjacken, die da vorne gerade um die Ecke bogen.

Hatten seine Verfolger Kappen aufgehabt?

Eher nicht. Oder doch? Er erinnerte sich nicht.

Wie auch immer. So oder so schien es sich bei den herannahenden Jugendlichen um einen Schlägertrupp zu handeln. Ihr ganzes Gehabe deutete darauf hin.

Es war also noch nicht vorbei.

Herrje. In welchem Viertel war er eigentlich gelandet? Offensichtlich in keinem besonders guten.

Blitzschnell zog er seinen Kopf zurück. Drückte sich zitternd an die Tür in seinem Rücken.

Er konnte die Schlagzeile schon deutlich vor sich sehen: *Leichtsinniger deutscher Tourist von Jugendbande erschlagen.*

Dass sie an ihm vorbeimussten, war so sicher wie das Amen in der Kirche. Blieb nur zu hoffen, dass sie ihn nicht sahen.

Sie kamen immer näher.

Unerbittlich.

Er begann zu beten.

Der Angstschweiß brach ihm aus.

Was war denn nur los? Hatte sich heute alles gegen ihn verschworen?

54

Samstag, 8.45 Uhr, Lissabon, Portugal.

Anton nutzte jeden freien Zentimeter in seiner winzigen Zelle, um wie ein Raubtier im Käfig darin hin und her zu stapfen.

Er hatte die ganze letzte Nacht kein Auge zugetan. Quälende Schuldgefühle wegen seines tödlichen Faustschlags hatten ihn nicht zur Ruhe kommen lassen. Plagten ihn nach wie vor.

Genauso wie die Sorge um Marias Beerdigung. Er wollte nicht, dass sie hier in der Fremde unter die Erde gebracht wurde.

Allein der Gedanke daran ließ ihn verzweifeln.

Andererseits wollte er sich seiner gerechten Strafe nicht durch billige Tricks entziehen. Es widersprach allem, was ihn bisher als Mensch und Polizisten ausgemacht hatte.

Allem, was ihm heilig war.

Dennoch bot sich ihm diese äußerst verlockende Gelegenheit: Einmalig 15.000 Euro bezahlen, und er wäre von einem Tag auf den anderen aus allem raus.

Er hielt vor dem winzigen vergitterten Fenster inne. Blickte hinaus in den frühen sonnigen Tag. Spürte den warmen Wind. Beobachtete eine Ameise, die zu ihm in die Zelle hineinwollte.

Sie schien die Dimensionen, die ein längerer Aufenthalt hier drinnen hatte, nicht abschätzen zu können.

Er nahm sie vorsichtig auf seinen Finger, hielt sie hoch, blies sie in die Freiheit zurück.

Wahrscheinlich stimmte etwas mit seiner grundsätzlichen Einstellung zu den Dingen nicht.

Sein Anwalt Daniel Fernandes hatte offensichtlich kein Problem damit, einem Totschläger wie ihm für ein paar Tausend Euro zur Freiheit zu verhelfen.

Anton selbst hatte eins.

Von Recht und Gesetz sprach heute anscheinend niemand mehr. Es ging offenbar nur noch ums Geld. Jeder, der es sich leisten konnte, kaufte sich frei. Nur die Summen, die aufgebracht werden mussten, waren unterschiedlich hoch.

Wo blieb da die Gerechtigkeit, die für alle gelten sollte?

Reue und Verantwortungsbewusstsein schienen zudem aus der Mode gekommen zu sein.

Aber war es jemals wirklich anders gewesen?

Er setzte sich erschöpft auf die von seinen Vorgängern durchgelegene Pritsche. Ihrem arg ramponierten Zustand nach mussten es sehr viele gewesen sein.

Eins sah er dabei auf einmal glasklar vor sich: Wenn er sich entgegen seinen bisherigen Überzeugungen entschließen sollte, das Angebot des Richters doch noch anzunehmen, musste er seine Tat anderweitig wiedergutmachen.

Gutes tun. Für Menschen, die Hilfe brauchten.

Eine großzügige Spende an ein Kinderheim, Altenheim oder etwas Ähnliches wäre das Mindeste.

Er wäre es sich selbst und seinen verratenen Überzeugungen in diesem Fall schuldig.

Natürlich würde er den Großteil seiner Ersparnisse für sich selbst behalten. Aber schließlich ging es dabei auch um die wohlmeinende Geste, die anderen als Vorbild dienen konnte.

Als Mensch seine Menschlichkeit nicht ganz aufgeben.

Das war letztlich das Wichtigste.

Ein paar Euro hin oder her waren dabei sicherlich nicht entscheidend.

55

Samstag, 4.30 p.m., Washington D.C., USA.

Zu Fuß. Bus. Metro. Dorian war Tom Jansen von dessen Haus aus zum Verlagsgebäude der Washington Post gefolgt. Und von dort aus gleich wieder zurück hierher in die Farragut Metrostation.

Was der Journalist am Samstag im Büro zu suchen gehabt hatte, wusste er wohl nur selbst. Wahrscheinlich hatte er irgendetwas hingebracht oder abgeholt.

Wie auch immer. Dorian war das völlig egal.

Für das, was er vorhatte, besaß es keinerlei Bedeutung.

Er stand jetzt knappe zwei Meter hinter Tom in der wartenden Menge auf dem Bahnsteig. Sah aufgrund der Masse an Menschen um sie herum beste Chancen, seinen Job zu erledigen.

In der Metrostation nahe Jansens Haus waren die Voraussetzungen dafür eher ungünstig gewesen.

Zu wenige Leute. Keine Möglichkeiten, aus einem Versteck heraus zu agieren.

Er wäre hundertprozentig aufgefallen.

Das Letzte, was man sich als Profi leisten konnte.

Die Anspannung in ihm stieg.

Wie immer, wenn er kurz davor war, einen Auftrag zu Ende zu bringen.

Der nächste Zug würde jeden Moment einfahren. So stand es auf der digitalen Anzeige.

Natürlich hatte er seinen schwarzen Vollbart angeklebt. Einen breitkrempigen Hut auf. Zudem trug er einen fast bodenlangen Trenchcoat.

Umsicht, Weitsicht und Vorsicht. Seine engsten Vertrauten.

Auch hier gab es, wie in allen U-Bahn-Stationen der Welt, überall Kameras.

»Achtung! Bitte zurücktreten!« Die Einfahrt des Zuges wurde über die Lautsprecher angekündigt.

Lautes Quietschen und Rattern. Die Fahrgeräusche der Räder auf den Gleisen ertönten aus dem Tunnel, noch bevor er zu sehen war.

Gleich.

Dorian trat einen Schritt vor.

Noch einen.

Er befand sich nun direkt hinter Tom.

Festigte seinen Stand.

Noch zehn Meter. Dann wäre der Triebwagen auf ihrer Höhe.

Keine Fehler.

Entschlossenheit zeigen.

Der Lärm des heranrollenden Zuges übertönte alles. Dorian versicherte sich mit einem schnellen Rundblick, dass ihn niemand beobachtete.

Jetzt.

Ein kräftiger Stoß zwischen Toms Schulterblätter.

Tom schrie erschrocken auf.

Stolperte nach vorn. Strauchelte.

Verlor das Gleichgewicht.

Kippte vornüber auf die Gleise.

Keine Sekunde später trennten die Räder seinen Kopf vom Rumpf. Der restliche Körper wurde vom scharf bremsenden Zug mitgeschleift, dabei immer weiter in kleine blutige Stücke zerfetzt.

Dorian trat schnell zwei Schritte nach hinten.

Blieb zunächst wie die geschockten übrigen Umstehenden regungslos stehen.

Er nahm die weinende Frau neben sich in den Arm. Sagte ihr, sie solle sich nicht aufregen.

»Aber, der Mann hat sich doch vor den Zug geworfen …« Sie starrte auf die Stelle, an der Tom gerade noch gestanden hatte.

»Vielleicht hatte er Sorgen«, beruhigte Dorian sie weiter. »Eine schwere Krankheit.«

Einige der Nächststehenden nickten Zustimmung murmelnd. Fassungslosigkeit im Blick.

Dorian wusste, dass er alles richtig machte.

Zeig dich allen auffällig in einem anderen Licht. Niemand wird dich als Täter verdächtigen.

Nach einer Weile forderte eine Lautsprecheransage die Fahrgäste auf, den Bahnsteig zu verlassen. Langsam und geordnet, damit nicht noch ein Unglück geschah. Zeugen des Unfalls sollten bitte abwarten, bis die Polizei da wäre.

Dorian ließ die weinende Frau wieder los.

»Geht's?«

»Ja, danke.« Sie lächelte ihn dankbar an.

Er reihte sich unauffällig in den Strom der Masse ein.

Verschwand gemessenen Schrittes mit den anderen in Richtung Ausgang. Den Kopf hielt er dabei wegen der Kameras leicht nach vorne gebeugt.

56

Samstag, 7.00 p.m., Umland Baltimore, USA.

»Noch mehr Wein?« Jane sah Arthur erstaunt an.

Ihrer Meinung nach trank er in letzter Zeit eindeutig zu viel. Er hatte schon immer viel getrunken. Aber seit gut einer Woche übertrieb er es eindeutig. Keinen Abend mehr war er nüchtern. Teilweise begann er bereits nachmittags nach dem Kongress mit Whiskey.

Und andauernd das viele Koks. Ein kleiner Berg davon lag seit Tagen offen auf dem Esszimmertisch herum. Damit er schnell genug rankäme, sobald er etwas brauchte. Was sehr oft der Fall war.

Gott sei Dank hatte sie dem Hausmädchen und der Putzfrau vor vier Tagen Urlaub gegeben. So bekam wenigstens nicht gleich alle Welt mit, in welch jämmerlichem Zustand Arthur sich momentan befand.

Wenn die Angestellten es nicht längst mitbekommen hatten.

Was mochte der Auslöser für seine Exzesse sein?

Stress im Kongress? In der Partei? Ihre Beziehung? Sonstige Sorgen? Probleme bei seinen dubiosen Geschäften, von denen sie so gut wie nichts erfuhr?

Warum drehte er nur derartig durch?

Sie hätte ihm gerne geholfen. Schließlich war sie seine Frau.

Doch er sprach nicht mit ihr. Ihr strahlender Held von einst veränderte sich seit kurzer Zeit immer mehr zum Negativen.

Es fühlte sich beängstigend an.

»Ich trinke, so viel ich will. Schließlich verdiene ich auch das Geld, von dem du andauernd einkaufen gehst.« Arthur wischte genervt mit der Hand durch die Luft.

»Das eine hat doch mit dem anderen nichts zu tun.«

»Im Gegenteil. Wer hart arbeitet und gut verdient, der darf sich auch bei ein paar Gläschen und Näschen entspannen.«

»Aber es sind nicht nur ein paar Gläschen und Näschen. In letzter Zeit übertreibst du es maßlos.«

Wenn er so weitermachte, war er auf dem besten Wege, alles kaputtzumachen. Ihre Ehe, ihre Freundschaften, ihr ganzes gemeinsames Leben. Genau genommen war es jetzt schon fast nicht mehr mit ihm auszuhalten.

»Das siehst du falsch, Jane. In letzter Zeit stehe ich beruflich sehr unter Druck. Probleme. Da brauche ich ab und zu ein kleines Ventil, sonst nichts.«

Er trank sein Glas Wein auf Ex.

»Warum nicht noch einen Whiskey hinterher?«, erkundigte sie sich kopfschüttelnd. »Dann fällst du vielleicht bald um, und ich kann in Ruhe fernsehen.«

»Ach, so ist das. Ich störe die gnädige Frau bei ihrer Lieblingsbeschäftigung.« Arthurs Stimme triefte vor Sarkasmus.

»Ich will einfach nur fernsehen.«

»Und ich will saufen, koksen und ficken.«

»Können vor Lachen.« Sie schnaubte verächtlich.

»Fotze.«

»Sei nicht so ordinär, Arthur Smith. Immerhin bist du Kongressabgeordneter. Auch wenn dir das im Moment kein Mensch der Welt abnehmen würde.« Sie zog mit stolzem Blick die Brauen nach oben. Auf dieses primitive Niveau würde sie sich nicht herunterziehen lassen.

»Dreckige Schlampe. Ich polier dir gleich die Fresse.« Arthur wankte mit finsterem Blick auf sie zu.

»Das wagst du nicht.«

»Meinst du?«

»Das fehlte gerade noch, dass du Frauen schlägst.«

»Du glaubst also wirklich, ich tue es nicht?« Arthur grinste diabolisch. Offensichtlich bereitete ihm die Sache auch noch größtes Vergnügen.

Er blieb kurz vor ihr stehen. Warf sein Glas quer durch das Wohnzimmer an die Wand. Spuckte auf den Boden.

Sie sah ihn erschrocken an. Wollte nicht glauben, was gerade geschah.

Er kam noch einen Schritt näher. Lachte dröhnend.

Jetzt ist es so weit. Er ist vollkommen verrückt geworden.

Sie machte sich klein, wie als Mädchen, wenn der Vater sie mit dem Gürtel geschlagen hatte. Der erste brutale Mann in ihrem Leben. Sie hielt wie damals schützend die Arme über ihren Kopf.

Arthur holte mit hassverzerrter Miene aus. Schlug ihr mit aller Kraft seine Faust gegen die Schläfe.

Einmal. Zweimal. Dreimal.

Sie schrie vor Schreck auf. Rief laut um Hilfe. Bekam keine Luft mehr vor Angst.

Er schlug erneut zu. Noch kräftiger als zuvor. Bis sie zu bluten begann.

Dann stürzte er sich mit dem ganzen Körper auf sie. Bohrte ihr seine Knie in Bauch und Unterleib. Hielt brutal ihre Handgelenke fest.

Spuckte erneut.

Diesmal direkt in ihr Gesicht.

Sie schrie wie am Spieß.

Er schlug sie zweimal mit der flachen Hand. Brüllte wie von Sinnen: »Verfickte Fotze!«

Dann ließ er schwer atmend von ihr ab. Entfernte sich Richtung Terrassentür.

Auf halbem Weg drehte er sich überraschenderweise noch einmal um. Wankte erneut auf sie zu.

Er holte weit mit dem rechten Fuß Schwung, als wolle er einen Elfmeter treten.

Traf sie mit voller Wucht in den Bauch.

Einmal. Zweimal. Noch mal.

»Du widerliches mieses Schwein!«, keuchte Jane halb besinnungslos. Niemals hätte sie geglaubt, dass er jemals so weit ginge. Dass er sie so brutal verletzen und demütigen würde. »Hätte ich dich bloß niemals kennengelernt, perverser Sadist!«

»Halt's Maul, dämliche Nutte. Nächstes Mal stirbst du.«

Sein Telefon klingelte.

Er verschwand damit auf die Terrasse.

57

Samstag, 7.25 p.m., Washington D.C., USA.

»Tom Jansen verstarb vorhin. Der Ärmste hat sich vor die U-Bahn gestürzt.« Dorian grinste amüsiert.

Es bereitete ihm große Freude, wenn ihm die Arbeit glatt von der Hand ging. Erfolgserlebnisse waren so immens wichtig für die Psyche. Gerade in seinem Job, bei dem man gelegentlich tatsächlich geneigt war, die Welt nur noch grau in grau zu sehen.

»Selbstmord? Depressionen?« Arthur lachte ausgelassen.

»Beides zutreffend, Mr. Snow.« Dorian trank einen Schluck von dem eiskalten Bier, das er sich gerade in der dunklen, wenig besuchten Bar am Stadtrand gönnte, die er gelegentlich aufsuchte. Vorausgesetzt, er hatte in Washington D.C. zu tun.

»Herrlich. Wenigstens auf Sie ist Verlass, Dorian. Gute Arbeit. Jetzt fehlt uns nur noch dieser Oberst. Wie hieß der Kerl noch?«

»Quinn Archer.« Dorian sprach so leise, dass ihn garantiert keiner der Umstehenden hören konnte.

»Ausschalten, Dorian. Ausschalten, umlegen, plattmachen. Dann ist meine Welt wieder in Ordnung. Das Leck gestopft, jawohl.« Arthur kicherte irr. »Ganz hervorragend. Prima, primissima. Haben Sie jemals über eine gut bezahlte Festanstellung nachgedacht?«

»Mit Kranken- und Rentenversicherung und bezahltem Urlaub?«

Er scheint ja bester Stimmung zu sein, der gute Mr. Snow. Bestimmt hat er sich einige Whiskeys reingezogen, so wie er lallt. Egal. Was geht's mich an? Hauptsache, er bezahlt pünktlich.

»So ungefähr. Und mit einem Bombengehalt natürlich. Anständige Erfolgsprämien gibt es ebenfalls. Ein Chef wie ich ist gut zu seinen Leuten. Solange sie spuren natürlich.«

Arthur lachte erneut. Diesmal allerdings weniger ausgelassen als selbstgefällig. Dorian entging es nicht.

»Hört sich interessant an, Mr. Snow. Ich denke darüber nach.« Er zündete sich eine Zigarette an. Inhalierte tief, hustete.

»Tun Sie das, mein Lieber. Wir hören voneinander. Übrigens dürfen Sie mich ab sofort bei meinem richtigen Namen nennen. Smith. Arthur Smith.«

Er scheint keine Freunde zu haben. Oder ist Smith nur ein

zweiter Deckname? Wie auch immer. Er bezahlt pünktlich und versorgt mich gut mit Aufträgen. Die Hand, die einen füttert, beißt man nicht. Zumindest nicht, solange man keinen Grund dazu hat.

»Der Politiker aus dem Kongress?«

»Woher wissen Sie das?«

»Man hat seine Ahnungen. Freut mich im Übrigen sehr, Ihre persönliche Bekanntschaft zu machen, Mr. Smith. Fühle mich sehr geehrt. Bitte sehen Sie es mir nach, wenn ich Ihnen meinen echten Namen im Gegenzug nicht verraten kann. Sie können sich trotzdem weiterhin hundertprozentig auf mich verlassen.«

»Das klingt alles sehr erfreulich, Dorian. Wie immer. Bis bald.«

Sie legten auf.

Dorian gab dem Barkeeper mit der fleckenübersäten Schürze über dem Kugelbauch ein Handzeichen für das nächste Bier. Einen doppelten Whiskey orderte er zur Feier des Tages auch noch.

Hatte Smith eigentlich gar keine Angst, von ihm hingehängt oder erpresst zu werden? Es sah nicht so aus. Bestimmt wusste der Kerl jede Menge über ihn. Hatte ihn garantiert ebenso in der Hand, wie er ihn. Also stillhalten und den Geldsegen genießen. Das Leben konnte jederzeit zu Ende sein.

58

Samstag, 7.30 p.m., Umland Washington D.C., USA.

»Was machst du denn ganz alleine hier draußen?« Officer Mark Davis staunte den völlig durchnässten Jungen, der vor ihnen auf dem kaum frequentierten Parkplatz des Highways 95 Richtung Baltimore stand, verblüfft an.

Er konnte höchstens acht oder neun Jahre alt sein. Trug ein helles T-Shirt, kurze Hosen und eine riesige braune Schultasche auf dem Rücken.

Keine Antwort. Der Blondschopf stand wie zur Salzsäule erstarrt im Regen. Blickte, ohne mit der Wimper zu zucken, geradeaus.

»Ja, wen haben wir denn da?«

Marks älterer Kollege, Brian Burns war zu ihnen gekommen.

»Er spricht nicht.« Mark schüttelte den Kopf. »Was machen wir mit ihm?«

»Hast du es mit Kaugummi probiert?«

»Noch nicht.«

»Magst du einen Kaugummi?«, fragte Brian den Jungen.

Nichts.

»Vielleicht hat er einen Schock«, raunte Mark Brian zu. »Das wäre dann eher ein Fall für unseren Psychodoc.«

»Lass mich noch mal.« Brian beugte sich ein Stück weit in Richtung des Jungen hinunter: »Haben dich deine Eltern hier vergessen?«, fragte er ihn.

Keine Reaktion.

»Wie heißt du denn?« Brian kniete sich ganz zu ihm hinunter. Er gab sich alle Mühe, nicht zu offiziell zu klingen.

Da er selbst keine Kinder hatte, fiel ihm das nicht unbedingt leicht.

Keine Reaktion.

»He, Kleiner. Schau mich doch mal an.« Er nahm Sam behutsam mit Daumen und Zeigefinger am Kinn. Drehte sein Gesicht damit so weit, bis er ihm direkt in die Augen blickte. »Also, noch mal. Wie heißt du?«

Der Junge zuckte die Achseln.

»Kannst du nicht reden?« Brian lächelte.

Erneut keine Reaktion.

»Er friert bestimmt, Brian. Ich hole eine Decke und dann nehmen wir ihn mit aufs Revier. Was meinst du?« Mark sah seinen Kollegen fragend an.

»Gute Idee. Vielleicht taut er bei Milch und Donuts auf. Außerdem sollten wir ihn unter die Dusche stecken. Er riecht, als hätte er in die Hosen gepisst.«

59

Samstag, 8.00 p.m., Baltimore, USA.

»Ein Glas Weißwein, bitte. Essen möchte ich nichts. Ich habe im Moment keinen Appetit.« Jane legte die Karte neben sich auf die rot-weiß karierte Tischdecke.

Der untersetzte Ober der unscheinbaren italienischen Trattoria am Stadtrand von Baltimore schnappte sie sich und entfernte sich damit.

Sie war vor einer halben Stunde voller Angst von zu Hause aus hierher geflohen. Zur Sicherheit würde sie heute in einem Hotel übernachten, bevor ihr Arthur noch Schlimmeres antat. So wie vorhin hatte sie ihn noch nie erlebt.

Doch zuvor wollte sie sich bei einem Glas Wein beruhigen.

Arthur würde sie hier drinnen garantiert nicht aufspüren. Ein einfaches Lokal wie dieses passte nicht in seine Welt.

Unterwegs hatte sie John Ferrari angerufen und ihn spontan gebeten, ihr Gesellschaft zu leisten. Er würde sie, sportlich, wie er war, bestimmt beschützen können, falls Arthur sie überraschenderweise doch noch finden sollte.

Außerdem würde ihr die Abwechslung guttun.

Sie trug den roten Hut, den sie sich letztes Jahr bei einem Shoppingausflug mit ihren Freundinnen in New York gekauft hatte. Die kleine Platzwunde auf ihrem Kopf, die Arthur ihr zugefügt hatte, konnte sie damit perfekt kaschieren.

Gott sei Dank hatten seine blindwütigen Attacken keine weiteren, offen sichtbaren Wunden hinterlassen.

»Hallo, Jane.« John war wie aus dem Nichts vor ihrem Tisch aufgetaucht.

Ganz in ihre Gedanken vertieft, hatte sie ihn zuerst gar nicht bemerkt.

»Schön, Sie zu sehen.« Sie hielt ihm ihre Hand hin.

Er ergriff sie und hauchte einen angedeuteten Kuss darauf.

»Finde ich auch. Obwohl ich von Ihrer Spontanität etwas überrascht war. Womit habe ich Ihre wundervolle Gesellschaft verdient?« Er lächelte charmant, während er sich setzte.

60

Samstag, 8.00 p.m., Hilton, Washington D.C., USA.

»So einen Wahnsinn hab ich noch nie erlebt. Sagt der Kerl doch glatt, ich hätte sein Fahrrad geklaut.«

Wolf erzählte die Geschichte bereits zum dritten Mal. Er saß mit Eva in seinem Hotelzimmer auf dem Bett. Stand immer noch unter dem Eindruck seines mittäglichen Verfolgungsrennens. Die Sache ließ ihm einfach keine Ruhe.

Nach wie vor konnte er sich nicht erklären, was diese Leute, die hinter ihm her gewesen waren, von ihm gewollt hatten.

Je länger er darüber nachdachte, kam er immer mehr zu dem Schluss, dass es sich um eine Verwechslung gehandelt haben musste. Er versuchte, es damit gut sein zu lassen. Die Sache abzuhaken.

Leichter gesagt als getan.

Er hatte Todesangst gehabt, als zuletzt auch noch die jungen Männer mit den Baseballkappen auf sein Versteck zukamen.

Erst als sie an ihm vorübergezogen waren, ohne ihn zu beachten, hatte er erleichtert aufgeatmet.

Danach war er sogleich mit dem Taxi hierher ins Hotel gefahren. Immer wieder beunruhigt durchs Rückfenster Ausschau nach Verfolgern haltend.

Er hatte geduscht, sich hingelegt, ferngesehen, gegessen, getrunken, gegrübelt, versucht, sich abzulenken. Seine Angst hatte sich nicht gelegt.

Die wichtigste Frage, die sich ihm im Moment stellte, konnte er ebenfalls nicht beantworten. Wie kam er an weitere Informationen über den Artikel mit der Laserkanone? Am besten, ohne umgebracht zu werden.

»Ist ja noch mal gut gegangen«, sagte Eva bestimmt zum fünften Mal.

Sie war vor einer halben Stunde zu ihm aufs Zimmer gekommen.

Hatte nach dem Frühstück ausgiebig gebummelt und sich danach ebenfalls hingelegt. War prompt eingeschlafen, während sie einen bebilderten Reiseführer über die Ostküste studierte. Wahrscheinlich immer noch die Folgen des langen Tages nach dem gestrigen Flug.

»Was heißt da, ›ist ja nochmal gut gegangen‹? Ich hatte richtig Angst, Mensch.«

»Ich hab zu Hause in einem Zeitungsartikel von Banden gelesen, die in den USA Touristen durch die Straßen jagen, um sie auszurauben.«

»Das beruhigt mich ungemein«, erwiderte er gereizt.

Manchmal frage ich mich, ob sie noch ganz richtig im Kopf ist.

»Aber du hast sie doch abgehängt. Alles ist gut.«

»Und wenn sie mich doch bis hierher verfolgt haben und mir irgendwo draußen auflauern?«

»Wenn du wirklich in Gefahr gewesen wärst, hätte ich eine Vision gehabt.«

»Das beruhigt mich allerdings noch mehr.«

»Wollen wir trotzdem irgendwo essen?«

»Wie kannst du jetzt ans Essen denken?«

Wolf war sauer. Sie schien seine Angst nicht ernst zu nehmen. Entweder war sie so sehr von ihren Fähigkeiten als Hellseherin überzeugt, dass sie es nicht für nötig hielt. Oder es fehlte ihr generell an Empathie und er hatte es bisher nur noch nicht bemerkt.

»Warum nicht.« Sie zuckte die Achseln.

»Hier im Hotel?« Er wusste, dass er sich ängstlich anhörte, konnte im Moment jedoch absolut nichts dagegen tun.

»In der Stadt. Wir können ein Taxi nehmen, wenn du Angst davor hast, zu Fuß zu gehen.« Sie verdrehte genervt die Augen.

»Ich krieg mich schon wieder ein.« Er bemerkte ihre zunehmende Ungeduld. Sie war nicht zu übersehen. »Ist nur alles ein bisschen viel zurzeit.«

Außerdem hab ich dich nicht gebeten, mit in die USA zu kommen. Immer wieder lass ich mich von jedem breitschlagen. Das muss sich ändern.

Er öffnete die Zimmertür. Ließ sie vorausgehen.

»Und was, wenn Rebekkas Mörder dahintersteckt?«, murmelte er für sie unhörbar, als er selbst auf den Flur hinaustrat. »Dann sind wir alle beide keine Sekunde mehr sicher.«

Bisher war der Überraschungseffekt auf seiner Seite gewesen. Das hatte sich heute Mittag möglicherweise geändert.

61

Samstag, 8.10 p.m., Baltimore, USA.

»Was machen wir mit dem angebrochenen Abend, liebe Jane?« John sah sie erwartungsvoll an.

»Bestellen. Jetzt, wo Sie da sind, habe ich sogar Hunger.«

Sie griff sich beherzt die Speisekarte, die der rundliche schwarzhaarige Ober erneut auf den Tisch gelegt hatte.

»Das klingt nach einer ganz hervorragenden Idee.« Er lächelte breit.

»Finde ich auch.«

»Haben Sie sich bereits für etwas entschieden?«, fragte er etwas später.

»Vitello tonnato als Vorspeise. Danach Tagliatelle *al funghi* e parmigiano.« Ihr Italienisch klang nahezu original. Sie sprach außerdem perfekt Französisch, Deutsch, Spanisch und Portugiesisch. Das Talent dafür hatte sie von ihrer Mutter.

»Das hört sich nach einer sehr guten Wahl an. Rotwein oder Weißwein dazu?« John machte ein fragendes Gesicht.

»Weißen für mich. Was essen Sie?«

»Ich werde wohl eine Lasagne bestellen.« Er legte die Karte beiseite. Sah sie lange an.

»Bitte küssen Sie mich, John.«

»Was?« Er stotterte verdattert.

»Schnell, küssen Sie mich.«

Jane geriet von einer Sekunde auf die andere in Panik. Ihr Puls raste. Jim Doyle, ein guter Bekannter von Arthur, kam gerade mit einer sehr jungen Frau zur Tür herein.

Ausgerechnet hier und heute musste sie auf ihn treffen. In einem Lokal, in dem sie nie zuvor gewesen war.

Sicher einer der dümmsten Zufälle, die geschehen konnten. Arthur würde garantiert ausrasten, wenn er von ihrem Treffen mit John erfuhr.

Ihre einzige Möglichkeit, Jims nach einem freien Tisch suchenden Blick zu entgehen, war, sich hinter Johns Kopf zu verstecken. Wobei würde das unauffälliger gelingen, als bei einem Kuss.

Sie packte ihn bei den Ohren. Zog ihn ruckartig zu sich her. Presste ihren geschlossenen Mund auf seinen.

Nachdem sich die erste Überraschung bei ihm gelegt hatte, ließ er es sich gefallen.

Das muss jetzt einfach sein, dachte Jane. Obwohl es alles andere als romantisch ist. Wahrscheinlich will er danach nichts mehr mit mir zu tun haben. Auch gut. Hauptsache, Arthur erfährt nichts hiervon. Der bringt mich glatt um.

»Das geht allerdings ein bisschen schnell«, hauchte er atemlos, sobald sie wieder von ihm abließ.

»Ein Bekannter meines Mannes«, erwiderte sie aufgeregt. »Er hat sich gerade mit dem Rücken zu uns gesetzt. Wir müssen hier auf der Stelle verschwinden. Bevor er mich entdeckt.« Ihr Blick glich dem eines gehetzten Tieres.

»Verstehe.« Leise Enttäuschung machte sich auf Johns Gesicht breit.

»Bring mich hier raus, bitte.« Ihr flehentlicher Blick hätte jederzeit einen Steinbruch zum Schmelzen gebracht.

Johns Herz erweichte er gerade auf jeden Fall. Unverzüglich sprang er auf, half ihr schnell in den Mantel, legte schützend den Arm um sie.

Gemeinsam schritten sie so an Doyle vorbei. Jane immer in Johns Schatten.

»Und jetzt?«, fragte er, nachdem sie auf der spärlich beleuchteten Straße angekommen waren.

»Keine Ahnung. Erst mal durchatmen.« Sie blinzelte ihn erleichtert an. »Das war knapp. Mit Arthur ist nicht zu spaßen, glaub mir.«

»Duzen wir uns jetzt?«

»Natürlich. Wir haben uns geküsst.« Sie nickte.

»Na gut. Also, liebe Jane. Dein Mann ist gefährlich, sagst du?« Er zog ungläubig die Brauen hoch.

»Sagen wir mal so. Er kann sehr unangenehm werden.«

»Brutal?«

Sie nickte unbestimmt.

»Schlägt er dich?«

»Darüber möchte ich nicht reden.«

»Verstehe.« Er sah sie nachdenklich an. »Noch irgendwo einen Absacker?«

»Eigentlich habe ich keine Lust auf *Alkohol.*« Sie schüttelte mit einem vielsagenden Lächeln den Kopf.

62

Samstag, 8.30 p.m., Washington D.C., USA.

Außer den beiden Detectivs Alvin Strauss und Boyd Flex war die übliche Besetzung, die jede Nacht ihren Dienst versah, im Revier anwesend.

Die beiden besprachen wieder und wieder den tödlichen Unfall in der Metro heute Morgen.

Den ganzen Tag lang hatten sie sich damit herumgeschlagen. Zeugenaussagen verifiziert, den Tathergang rekonstruiert, den Hintergrund des Opfers beleuchtet.

Bis vor einer halben Stunde hatte alles klar auf einen Selbstmord von Tom Jansen hingedeutet. Doch dann hatte sich überraschend eine neue Zeugin gemeldet: Joy Small.

Sie wollte einen Mann erkannt haben, der Jansen vor den Zug gestoßen hatte.

Das hätte all ihre bisherigen Erkenntnisse allerdings mit einem Schwung über den Haufen geworfen. Ein voller Tag Arbeit für die Katz.

Da ihm Stimme und Name der Zeugin bekannt vorkamen, hatte Alvin sogleich den Computer über sie befragt.

Prompt war er auf eine Notiz gestoßen, die besagte, dass es sich bei Joy um eine geistesgestörte Wichtigtuerin handelte.

Die alkoholkranke Rentnerin hatte bereits mehrmals polizeiliche Ermittlungen mit ihren erfundenen Behauptungen auf den Kopf gestellt. Einige Male war man ihr dabei zunächst auf den Leim gegangen. Bis schließlich die Wahrheit ans Licht kam.

Seit Jahren lebte sie mit 20 Katzen in einem alten Haus außerhalb der Stadt. Ihre Nachbarn sprachen nur als »crazy old Lady« von ihr.

»Also doch ein Unfall, wie wir zuerst angenommen haben?«, fragte Boyd.

»Absolut.« Alvin nickte entschieden. »Eine notorische Lügnerin, diese Joy Small. Die Akte Tom Jansen können wir guten Gewissens abschließen. Selbstmord. Eindeutig. Diese Journalisten haben doch heute fast alle einen Burn-out. Die Folgen sind bekannt. Depressionen und zack.«

»Gott sei Dank. Fertig für heute. Noch eine Minute länger in unserem heißen Affenpuff hier, und ich wäre zum geschlossenen Fenster rausgesprungen.«

»Unglaublich mutig im Erdgeschoss. Vor allem wenn Gitter davor sind.«

Beide lachten.

»Also gut. Ich hau ab, Alter.«

»Durch die Tür?« Alvin grinste breit.

»Dieses eine Mal noch.« Boyd lachte erneut.

»Ich gehe auch gleich. Monica wartet mit dem Abendessen. Wenigstens einmal möchte ich vor Mitternacht zu Hause sein.«

»Wem sagst du das, Alter.«

»Dir.« Alvin grinste noch breiter. »Dem ewigen Junggesellen.«

»Stell dir vor, auch Junggesellen müssen mal schlafen. Wer schreibt den abschließenden Bericht?«

»Mach ich morgen. Hab sowieso noch einen Stapel anderes Zeugs zu bearbeiten. Die Morde in dieser beschissenen Stadt nehmen einfach kein Ende.« Alvin seufzte entnervt.

»Ist doch nichts Neues.«

»Aber es geht einem trotzdem auf die Nüsse. Weißt du so gut wie ich. Also, wie gesagt, ich schreib den Bericht morgen.«

»Hast ein Bier gut bei mir.« Boyd rollte seine Hemdsärmel herunter. Er streifte sein Sakko über.

»Zwei. Und einen Cheeseburger mit allem in der nächsten Mittagspause.«

»Klar, Alter. Bis dann.«

»Bis dann, Boyd. Und immer schön nach links und rechts schauen, bevor du über die Straße gehst.«

63

Samstag, 16.30 Uhr, Lissabon, Portugal.

Anton stand von Jorge und Daniel begleitet auf der Treppe vor dem Gerichtsgebäude. Die tief stehende Sonne schien ihm ins Gesicht. Er atmete ein paarmal durch.

Ob er glücklich oder betrübt sein sollte, wusste er nicht so genau.

Auf jeden Fall wurde er gerade tatsächlich freigesprochen, nachdem er das Angebot mit den 15.000 Euro angenommen hatte. In einem schnellen Verfahren unter Ausschluss der Öffentlichkeit

Der Richter hatte die Sache als unglücklichen Unfall dargestellt. Die offizielle Version des Tathergangs, die auch die Presse bekommen würde.

Dass das Opfer, Manuel Sousa, ein landesweit gesuchter Schwerverbrecher gewesen war, hatte Anton zusätzlich entlastet.

Er konnte also unbehelligt nach München zurückreisen. Seine tote Maria durfte er ebenfalls nach dorthin überführen, um sie in der Heimaterde zu begraben.

Sie wäre bestimmt glücklich darüber gewesen.

»Gut dass sie sich für die Zahlung des Geldes entschieden haben, Senhor Wallner«, meinte Daniel. »Wir können die Welt nicht retten. Schon gar nicht alleine.«

»Aber versuchen sollten wir es.« Anton stand die Skepsis nach wie vor ins Gesicht geschrieben.

Er fand es auch jetzt, nach seinem Freispruch, nicht richtig, dass er sich sein Urteil so billig erkauft hatte. Andere gingen für Totschlag im Affekt jahrelang ins Gefängnis.

»Wozu?«, mischte sich Jorge ein. »Es geht uns da wie Sisyphos. Wir beginnen immer wieder von vorne. Völlig sinnlos.«

»Wenn wir es nicht tun, wer dann? Wir sind doch eigentlich die Guten.« Anton schüttelte langsam den Kopf, während sie die Treppen zum Taxistand hinunterstiegen.

Herrgott noch mal. Auch wenn es hier um ihn selbst ging. Recht und Gesetz durften nicht einfach ausgehebelt werden.

Weil die Moral dabei auf der Strecke blieb.

Andererseits war er nun frei, um in Deutschland weiter Verbrecher zu jagen. Vielleicht konnte er damit etwas von dem, was er hier in Portugal so gründlich verbockt hatte, wiedergutmachen.

»Niemand.« Daniel zuckte gleichmütig die Achseln.

»Eben«, sagte Jorge. »Die Welt soll sich gefälligst selbst retten.«

64

Samstag, 9.00 p.m., Umland Baltimore, USA.

»Verdammte Schlampe. Die meint wohl, sie kann sich alles erlauben.«

In seinem tiefsten Inneren ahnte Arthur, dass eine Sicherung bei ihm durchgebrannt sein musste. Doch es half nichts. Er kam nicht mehr runter. Wollte es auch gar nicht, wenn er ehrlich war.

Wie ein angeschossener Berserker tobte er durch die Zimmer ihres großzügigen Anwesens, das Jane in all den Jahren so liebevoll eingerichtet hatte.

Er riss die Matratzen aus ihren Betten, ihre CDs und DVDs aus den Regalen, sich selbst die Kleider vom Leib, rannte splitternackt vor die Tür und rief: »Freiheit für den weißen Mann!«

Anschließend raste er wie von der Tarantel gestochen ins Haus zurück.

Warf Flaschen und Gläser gegen die Wände, kippte Schränke und Regale um, leerte den gesamten Inhalt ihres Kühlschrankes auf den Boden.

Zwischenrein beugte er sich immer wieder über den Esstisch. Zog sich eine Line Koks nach der anderen in die Nase.

»Warum gibt es keine Erfolgsmeldung aus Europa?«, brüllte er unentwegt. Wie eine Schallplatte mit Sprung. »Was ist mit diesem beschissenen Mr. Black? Diese dämliche Sau. Auf niemanden kann man sich verlassen. Auf nie-man-den! Scheißwelt. Nur Vollidioten und dämliche Schweine. An die Wand mit ihnen! Alle an die Wand!«

Sein großes Glück war, dass sie keine unmittelbaren Nachbarn hatten. Sonst wäre er wohl längst zwangsweise in die nächste Nervenklinik verfrachtet worden.

Kurzfristig hatte er während seines Amoklaufs immer wieder klare Momente.

War Wolf Schneider noch am Leben?

Wo waren die Konstruktionspläne für Weinbergers Laserkanone?

Hatte Schneider Mr. Black in Portugal erledigt? Wie Frank und Nobody letzte Woche in München?

War er eine Gefahr? Sicherlich.

War mit ihm zu verhandeln? Vielleicht.

Auf jeden Fall musste dieser Siebert umgebracht werden. Die Sache duldete keinen Aufschub mehr. Nicht den geringsten.

Erst mal noch eine Line reinziehen.

Nachdenken. Eine Strafe für Jane finden. Das hatte im Moment Vorrang. Einen Arthur Smith verließ man nicht einfach so mir nichts, dir nichts.

Er könnte sie einsperren.

Fesseln und täglich quälen.

Erwürgen.

Vergiften.

Im Pool ertränken.

Totschlagen.

Ihr den Mund mit Kaviar vollstopfen, bis sie erstickte.

Es gab jede Menge Optionen.

Allerdings musste er sie dazu erst einmal finden.

Oder er beauftragte gleich Dorian damit. Das ersparte ihm Arbeit. Befriedigte seinen Rachedurst allerdings nur indirekt.

Doch zur Not war auch das akzeptabel.

Dorian. Der Einzige, auf den in diesen turbulenten Zeiten noch Verlass war. Arthur wollte ihn gerne enger an sich binden. Ihn zum getreuen Vasallen machen. Deshalb hatte er ihm bei ihrem letzten Telefonat auch seinen richtigen Namen verraten.

Vertrauen schaffen. Mehr als nur Auftraggeber und Auftragnehmer sein. Eine tiefergehende Bindung unter Männern herstellen. Im Idealfall einen Freund bekommen. Das war das Ziel.

Dorian würde ihn bestimmt nicht ausnützen oder hinhängen. Dazu war er zu klug. Er konnte sich sicher denken, dass ihm Arthur seine wahre Identität niemals verraten würde, ohne selbst genügend Informationen über seinen zukünftigen Angestellten in der Hinterhand zu haben. Zum Bespiel, dass Dorian in Wahrheit Walter Roof hieß und höchstpersönlich seine Eltern ermordet hatte.

Nein, nein. Das mit Dorian würde auf jeden Fall in Ordnung gehen. Arthur würde ihn brauchen und umgekehrt.

Außerdem musste man im Leben auch mal bewusst einen Schritt nach vorne gehen, ganz ohne Netz und doppelten Boden. Das Gefühl haben, dass man wirklich lebte. Frischen Wind um die Nase spüren. Das erhöhte die Spannung. Gab dem Ganzen neuen Schwung.

65

Samstag, 9.30 p.m., Washington D.C., USA.

Villenviertel. Mark Davis und Brian Burns hielten bei der Adresse an, die sie über ihren Computer herausgefunden hatten. Sie stiegen aus, gingen mit dem kleinen Jungen vom Highway-Parkplatz zwischen sich die Auffahrt zum Haus hinauf.

Er hatte ihnen auf dem Revier doch noch seinen Namen verraten: Sam Jansen. Allerdings erst nach dem vierten Donut. Er musste völlig ausgehungert gewesen sein.

Nur seinen Namen hatte er gesagt. Danach war er wieder in sein undurchdringliches Schweigen verfallen.

Mark läutete.

Judith Jansen öffnete keine zehn Sekunden später.

»Sam!«, rief sie weinend. »Mein Junge. Komm her zu mir. Schnell.« Sie bückte sich hinunter und breitete die Arme aus.

Sam riss sich von Brian los. Er rannte wie der Blitz zu ihr.

»Geht's dir gut mein, Schatz?«, fragte sie.

»Ja, Mama. Alles okay.« Er nickte.

»Gott sei Dank. Vielen Dank, meine Herren.« Judith blickte schniefend zu ihnen hinauf. »Wenn er auch noch … Das hätte ich nicht überlebt.«

»Auch noch?« Brian sah sie fragend an.

»Gehst du schon mal zu Paul rein, Sam? Auf dem Küchentisch ist Pizza.« Sie löste sich langsam von ihrem verloren geglaubten Sohn.

»Pizza! Super!« Als wäre er gerade mal nur ums Eck gewesen, gab ihr Sam ein schnelles Küsschen auf die Wange und stürmte ins Haus.

»Das ist der schlimmste Tag meines Lebens«, sagte Judith, nachdem er verschwunden war. »Sein Vater hatte heute Morgen einen tödlichen Unfall.«

»Was?« Brian blieb vor Staunen der Mund offen stehen.

Mark ging es nicht anders. Der bekannte Journalist Tom Jansen tot. Beide hatten nichts davon gehört. Nicht einmal bei der Recherche zu der Adresse hier.

Streifendienst. Viel los. Und dann der Junge.

Über Funk war jedenfalls nichts darüber gemeldet worden. Oder sie hatten es überhört, als sie in der Mittagspause waren. Burger und Kaffee bei »Annies« wie immer.

»Er ist vor die Metro gestürzt.«

»Hat er sich …?« Brian beendete den Satz nicht.

Sie nickte nur mit bebenden Lippen.

»Herzliches Beileid, Mrs. Jansen. Können wir irgendetwas für Sie tun?«

Mark reichte ihr die Hand.

Brian tat es ihm gleich.

»Nein, danke. Ich komme zurecht.« Sie schüttelte schluchzend den Kopf. »Meine Schwester ist da. Sie hilft mir.«

»Warum haben Sie Sam nicht als vermisst gemeldet?«, wollte Brian nach einer kleinen Pause wissen. »Ihnen ist sicher bekannt, dass die Vernachlässigung von Kindern ein ernstes Delikt ist.«

»Mein Mann meinte, das wäre übertrieben. Wahrscheinlich würde Sam bei einem Kumpel übernachten.«

»Haben Sie mit den Eltern seiner Freunde telefoniert?«

»Mit den meisten.« Sie nickte. »Zwei Familien waren nicht erreichbar.«

»Das hat Sie nicht weiter beunruhigt?«

»Doch. Aber mein Mann meinte, sie würden sicher irgendwo gemeinsam mit Sam am Lagerfeuer sitzen.«

»So, so. Am Lagerfeuer.« Brian rieb sich nachdenklich das Kinn.

»Ja, es war schließlich Freitagabend. Heute war keine Schule.«

»Kam es bisher oft vor, dass ihr Sohn einfach so wegblieb?«

»Gelegentlich. Deshalb ließ ich mich von meinem Mann auch beruhigen.« Judith sah mit großen Augen von einem zum anderen. »Oh, Gott. Und jetzt ist er nicht mehr da.« Sie brach erneut in Tränen aus.

Brian gab ihr Zeit, sich wieder zu beruhigen.

»Und heute Morgen?«, fuhr er anschließend fort. »Kam Ihnen Sams Fernbleiben da nicht seltsam vor?«

Sie schüttelte den Kopf. »Heute Morgen überschlugen sich die Ereignisse. Hat Ihnen Sam denn nicht gesagt, wo er war?«

»Leider nicht.«

Gott sei Dank!

»Er muss sich verlaufen haben. Ich frage ihn später noch ganz genau aus.«

»Verlaufen? Wir fanden ihn 10 Meilen von hier.« Brian zog zweifelnd die Stirn kraus.

»Vielleicht ist er auch per Anhalter gefahren. Wir haben das neulich zusammen in einem Spielfilm gesehen. Diese kleinen Burschen machen doch alles nach.«

»Das können nur Sie selbst herausfinden, Mrs. Jansen.« Mark machte ein ernstes Gesicht. »Jedenfalls sollten Sie Ihren Kindern klarmachen, unter gar keinen Umständen zu Fremden ins Auto zu steigen.«

»Sie haben natürlich recht, Officer.« Sie sah von einem zum anderen.

»Normalerweise müssten wir diesen Fall gründlich untersuchen.« Brian blickte ebenfalls ernst drein. »Es wäre unsere Pflicht.«

»Ich weiß.« Judith nickte dankbar.

»Aber wir sehen, dass Sie im Moment mehr Sorgen haben, als Ihnen lieb ist«, fuhr er fort. »Außerdem sagten Sie, Ihre Schwester wäre hier, um Ihnen zu helfen. Ich denke, für uns ist die Sache damit erledigt. Was meinst du, Mark?«

»Ich schätze auch, dass der Junge hier normalerweise gut aufgehoben ist.« Mark zeigte auf Judiths imposantes Haus in der sehr exklusiven Wohngegend hier am Stadtrand von Washington D.C. »Und wenn jetzt sogar noch ihre Schwester da ist …«

»Na gut. Auf Wiedersehen, Mrs. Jansen. Und alles Gute.« Beide reichten ihr die Hand zum Abschied.

»Vielen Dank noch mal, Officers.«

»Sie verheimlicht uns irgendwas«, raunte Brian seinem jüngeren Kollegen zu, während sie zu ihrem Streifenwagen zurückgingen. »Das spüre ich genau.«

»Wird schon nicht so schlimm sein.« Mark zuckte die Achseln.

»Was, wenn der Junge entführt wurde? Nur mal so in die Tüte gesprochen.« Brian kratzte sich nachdenklich am Kopf.

»Dann ist er jetzt wieder da. So what?«

»Vielleicht hat sie Angst, darüber zu reden. Wegen den Entführern.« Bauchgefühl. Riecher. Beides täuschte Brian nur sehr selten.

»Glaub ich nicht. Eine aus den besseren Kreisen wie sie ist doch die Erste, die laut um Hilfe schreit.« Mark sperrte die Fahrertür auf. »Du weißt selbst, dass diese Leute denken, wir wären nur für sie da.«

»Kommt jetzt wieder dein Sozialneid durch?« Brian grinste provozierend.

Sie stiegen ein.

66

Samstag, 9.40 p.m., Washington D.C., USA.

Eva und Wolf waren beim Nachtisch angelangt. Schokoladenkuchen mit Vanilleeis.

Sie leckte begeistert immer wieder gründlich ihren Löffel ab. Bereits als Kind hatte sie Schokoladenkuchen über alles geliebt. Wolf gab ihr seit damals regelmäßig die Hälfte von seinem Stück ab, sobald sie mit ihrem fertig war. So auch heute.

»Danke schön.« Sie lächelte. »Du hast es also nicht vergessen.«

»Wie sollte ich? Man muss dir nur beim Essen zusehen.« Er grinste gutmütig.

Ein Zeitungsbote marschierte eilig an ihrem Tisch vorbei. Wolf kaufte ihm eine Washington Times ab. Vielleicht schrieben sie etwas Interessantes über den toten Bart Ewing und die Laserkanone.

»Schau mal an«, staunte er, als er die Titelschlagzeile auf der dritten Seite las: *Starjournalist tödlich verunglückt.* »Schon wieder einer. Das gibt es doch gar nicht.« Er schüttelte ungläubig den Kopf.

»Wie meinst du das?« Jane sah ihn neugierig an.

»Ein Journalist ist tot.«

»Tatsächlich?«

»Selbstmord, schreiben sie.« Wolf legte nachdenklich die Stirn in Falten. »Moment mal. Da steht Tom Jansen. Den kenn ich doch. Aus München.« Er fasste sich erschrocken an den Kopf. »Ein ehemaliger Kollege beim Tageblatt. Was ist denn zurzeit nur los?«

»Was?«

»Hier.« Wolf zeigte auf Toms Gesicht. Sie hatten ein älteres Foto von ihm abgebildet. »Das ist er, Tom. Unglaublich.«

Er wurde blass.

»Ich brauche dringend einen Schnaps.« Er winkte den Ober herbei. Bestellte einen doppelten Grappa.

»Du kennst den Mann? Tatsächlich?«

»Wenn ich es dir sage. Ein früherer Kollege. Seine Frau und er waren sogar mal bei Rebekka und mir zu Besuch.« Sobald er Rebekkas Namen erwähnte, stiegen ihm Tränen in die Augen. So schlimm die Sache mit Toms Tod gerade war. Über ihren Tod würde er niemals hinwegkommen. »Ein echt netter Kerl. Etwas maulfaul, aber charakterlich einwandfrei. Er und Judith haben zwei Kinder. Jungs, soweit ich mich erinnere … Jetzt ist er tot, wie Rebekka. Wahnsinn.«

»Oh Gott.« Eva hielt beim Essen inne.

»Ich habe sogar irgendwo noch seine Telefonnummer. Muss in meinen Kontakten im Handy stehen.«

»Selbstmord. Ein Familienvater. Schrecklich.«

»Ja.« Wolf nickte. »Dabei war Tom gar nicht der Typ, der sich umbringt. Aber die Polizei scheint sich absolut sicher zu sein. Wer weiß, was in den letzten Jahren bei ihm los war.«

»Oder wer ihn unter Druck setzte.«

»Auch das. Was ist los? Du hörst dich an wie eine Polizistin.«

»Ich ahne einen Zusammenhang mit Bart Ewings Unfall.« Ihr Blick flackerte unruhig.

»Eine Vision?«

»Nein. Eher eine Ahnung. Irgendetwas verbindet die beiden. Du musst mich endlich in die Sache, wegen der wir hier sind, einweihen. Ich kann dir bestimmt helfen.« Sie legte ihre Hand auf seinen Unterarm.

»Zu gefährlich.« Er machte sich los. »Ich rufe Judith an. Bestimmt braucht sie Hilfe.«

»Er ist direkt vor die einfahrende Metro gestürzt«, stammelte Judith unter Tränen, sobald sie sich begrüßt hatten. »Die Polizei meint, es kann nur Selbstmord gewesen sein.«

»Hatte er Probleme?«

»Selbst wenn, wüsste ich nichts darüber. Du kanntest ihn doch auch.«

»Der Gesprächigste war er nicht. Das stimmt wohl.« Wolf konnte immer noch nicht fassen, was geschehen war.

Immer mehr Menschen aus seinem Freundes- und Bekanntenkreis verabschiedeten sich in letzter Zeit für immer von ihm.

Niemals durfte er Eva sagen, um was es bei seiner Suche ging. Je weniger sie über seine Rachepläne wusste, umso besser für sie. Das konnte er sich gar nicht oft genug sagen.

»Sollen wir vorbeikommen? Brauchst du Hilfe?«, fragte er. »Wir sind in Washington.«

»Meine Schwester ist da und hilft mir mit den Kindern. Das mit der Beerdigung am nächsten Wochenende muss auch geregelt werden.« Judith schniefte unentwegt.

»Ich muss mal.« Eva stand auf. Stakste auf ihren neuen Highheels Richtung Toilette. Sie hatte sich die knallroten Ungetüme heute Vormittag während ihres Shoppingausflugs besorgt.

»Na gut. Sollen wir uns dann am Dienstag in der Stadt sehen?« Wolf senkte die Stimme. »Ich mochte Tom. Dich natürlich auch. Vielleicht tut dir die Abwechslung gut.«

Von Evas Ahnung, dass Toms Selbstmord und Bart Ewings Unfall möglicherweise miteinander zu tun hatten, sagte er erst einmal nichts. Einerseits war das sehr spekulativ, anderseits regte es sie sicher nur noch mehr auf.

Bestimmt ging sie danach davon aus, dass sie und ihre Kinder sich ebenfalls in Gefahr befanden. Was wohl auch nicht besonders weit hergeholt gewesen wäre. Vorausgesetzt, Evas Theorie stimmte.

»Okay, du hast recht«, sagte sie. »Vielleicht tut es mir wirklich gut. Dienstagnachmittag? Vier Uhr? Es gibt da so eine Weinhandlung, in der sich die Damen der Kongressabgeordneten gerne auf ein Schwätzchen treffen. Ich schicke dir die Adresse per SMS. Wer ist übrigens *wir*?«

»Wie bitte?«

»Du hast gefragt, ob *ihr* vorbeikommen sollt.«

»Ach so, ja. Moment mal. Vielleicht komme ich doch besser alleine.« Ihm fiel ein, dass die Themen, die er mit Judith erörtern wollte, nicht für Evas Ohren bestimmt waren.

Zum Beispiel hätte er zu gerne gewusst, ob Tom genau wie Bart Ewing etwas von den Plänen für die Laserkanone aus der Washington Times erfahren hatte. Die beiden kannten sich dem Zeitungsartikel nach.

Außerdem war da noch Evas Ahnung.

»Wie du willst, Wolf.«

67

Sonntag, 10.00 a.m., Washington D.C., USA.

Oberst Quinn Archer trat zufrieden vor sich hin blickend ins Freie hinaus.

Es war wieder mal eine ganz wunderbare Predigt gewesen. Der Pfarrer der Megakirche hatte viele nützliche Wahrheiten vom Stapel gelassen. Tiefgehende Erkenntnisse, die einem das Alltagsleben leichter machten, ohne dabei gleich an Gott glauben zu müssen.

Unter anderem hatte Quinn es so verstanden, dass er seinen Alkoholkonsum zwar bereuen solle. Aber er solle sich auch selbst verzeihen, Verständnis für sich und seine Seelenlage aufbringen.

Er dürfe also weitertrinken, wenn er das so wolle. Das war zumindest seine Interpretation.

Und es war gut so. Zumindest in seinen Augen. Seit seine geliebte Alma vor vier Jahren gestorben war, bedeutete das Trinken für ihn die einzige Freude im Leben.

Dass es ihn früher oder später umbringen würde, war ihm entfernt bewusst. Meistens verdrängte er den Gedanken jedoch vollständig. Einfacher so.

Hin und wieder sagte er sich sogar, dass ihm der Tod durchaus gelegen käme. Die Welt war nur noch kalt und einsam ohne Alma.

Er vermisste ihr Lachen.

Ihre zärtlichen Blicke.

Alle ihre Blicke.

Und er vermisste ihren Sonntagsbraten. Jeden gottverdammten Sonntag, der ins Land ging.

68

Sonntag, 10.00 a.m., Washington D.C., USA.

Dorian sah Oberst Quinn Archer die Kirchentreppe hinuntersteigen. Er war ihm von dessen Haus aus hierher gefolgt. Hatte dann aber lieber draußen auf seine Rückkehr gewartet.

Kirchen, egal welcher Art, waren ihm nicht geheuer.

Gelegenheit, seinen Auftrag auszuführen, hatte sich auf dem Herweg keine ergeben. Zu viele potenzielle Zeugen unterwegs. Zu wenige günstige Situationen.

Zudem war er im Moment hin- und hergerissen, ob er es nach einem Unfall oder nach einem Selbstmord aussehen lassen sollte. Beides hatte seinen Reiz. Beides beherrschte er aus dem Effeff.

Nachdem der Oberst in seinen Wagen gestiegen und losgefahren war, folgte er ihm unauffällig.

69

Sonntag, 10.20 a.m., Washington D.C., USA.

»Guten Morgen, Sunshine. Es war wunderschön letzte Nacht.« John schleppte ein großes Tablett mit Kaffee, Toast,

Lachs, Schinken, Käse, Rühreiern, Honig und Marmelade darauf ins Schlafzimmer.

»Ein luxuriöses Frühstück ans Bett. Mein Gott, wie lange hat das niemand mehr für mich getan.« Jane setzte sich mit begeisterter Miene auf, sodass sie sich mit dem Rücken gegen die Wand lehnen konnte. »Das ist … einfach toll!«

»Nur das Beste für die Allerbeste.« Er ging um das Bett herum auf seine Seite hinüber, nachdem er das Tablett auf ihrem Schoß abgestellt hatte.

»Danke. Du bist ein echter Gentleman. Ich bin sprachlos.« Sie legte ein Stück Lachs auf eine Scheibe handwarmen Toast und begann gierig zu essen.

»Es war wirklich wunderschön letzte Nacht.« Er sah sie verliebt von der Seite an.

»Finde ich auch.« Sie erwiderte seinen Blick.

»Bleib doch einfach bei mir. Du kannst alles haben, was mir gehört. Das Haus, den Garten, den Pool.« Er strahlte begeistert.

»Aber das geht nicht. Ich bin immer noch verheiratet.« Sie trank einen Schluck Kaffee. Er schmeckte köstlich. Genau wie der Lachs.

Arthur bringt mich glatt um, wenn er von der Sache hier erfährt.

»Na und? Du wärst nicht die erste Frau, die sich scheiden lässt.« Er zuckte die Achseln.

»Stimmt schon.« Sie nickte.

»Na also. Dann überleg nicht lange. Bei den besten Angeboten sollte man sofort zugreifen. Sonst sind sie weg, ehe man sich's versieht.« Er lachte, während er ihre Hand nahm, um einen Kuss darauf zu hauchen.

»Willst du mir etwa drohen?«

»Nennen wir es aggressives Marketing.«

»Na gut. Mal sehen«, sagte sie, wusste aber bereits, dass

eine neue Beziehung in ihrem Leben auf keinen Fall infrage kam. Im Moment zumindest noch nicht. »Jetzt könnte ich aber erst mal einen Nachtisch vertragen.«

»Die Dame möchte einen Nachtisch? Kommt sofort.« Er nahm das Tablett, stellte es auf sein Nachtkästchen und kroch zu ihr unter die Bettdecke.

»Sag Bella zu mir, wie letzte Nacht«, flüsterte sie.

»Bella zu mir, wie letzte Nacht.«

»Blödmann.«

»Blödmann.«

»Hör auf.« Sie lachte ausgelassen.

»Ich soll aufhören?«

»Du sollst aufhören, mich nachzuäffen. Nicht damit.« Sie holte schnell seine Hand zurück, die gerade ihren Oberschenkel hinaufgefahren war.

70

Sonntag, 10.30 a.m., Washington D.C., USA.

Dorian war Quinn Archer fast bis zu dessen Haus zurück gefolgt. Um von ihm unbemerkt zu bleiben, hatte er das gestohlene Auto, mit dem er ihn verfolgte, zwei Straßen weiter geparkt.

Jetzt pirschte er sich mit einer nicht registrierten Waffe im Anschlag durch Archers Garten an die Rückseite des Hauses heran.

Er wusste schon, wie er es machen würde.

Ein Offizier, der auf sich hielt, erschoss sich, wenn er sich umbringen wollte. Das war glaubhaft. Ein kurzer Abschiedsbrief würde die Sache perfekt abrunden.

Es sollte kein Problem sein, Archer dazu zu zwingen.

Danach würde er ihm in den Kopf schießen, wie er das bereits etliche Male zuvor getan hatte. Aufgesetzter Lauf, mit dem Schalldämpfer versehen.

Anschließend würde er den Schalldämpfer wieder abschrauben, sorgfältig seine Fingerabdrücke von der nicht registrierten Pistole wischen, sie dem Toten in die Hand drücken und sie von dort aus auf den Boden fallen lassen.

Saubere Sache.

Archer schien seit dem Tod seiner Frau allein zu leben. Über eine neue Frau, eine Freundin oder Kinder war weder im Internet noch bei einschlägigen Stellen in der Stadtverwaltung etwas herauszufinden gewesen. Das würde die Sache zusätzlich erleichtern.

Dorian schlich auf Zehenspitzen an die Terrassentür heran. Er hörte Gläserklirren und Geschirrgeklapper aus dem Inneren des Hauses.

In der Nachbarschaft bellte ein Hund. Sonst war es ruhig.

Wenn er jetzt hineinginge, hätte er beste Chancen, seinen Auftrag schnell und sauber zu erledigen.

Jemand läutete an Archers Tür.

»Verdammt«, zischte Dorian ärgerlich. »Das passt gerade gar nicht.«

»Hey, Quinn, altes Haus. Bier schon kalt gestellt?«, erkundigte sich eine raue männliche Stimme.

Eine weitere lachte dröhnend.

»Nicht nur Bier. Wir haben außerdem Weißwein, Wodka, Whiskey und Mineralwasser.« Archer klang ausgelassen.

»Super. Die Sonntagsparty kann also beginnen«, rief Stimme eins. »Aber wozu das Mineralwasser? Hast du dein Auto noch nicht gewaschen?«

Erneutes Gelächter. Diesmal von allen.

»Ich hab es besorgt, falls jemand von euch eine Abkühlung braucht«, sagte Archer. »Meine Dusche ist kaputt. Im Pool schwimmen massenhaft Blätter. Wo bleiben die anderen?«

»Die müssten jeden Moment da sein«, erwiderte Stimme zwei. »Kann ich meinen Hund in deinen Garten lassen?«

»Wenn er nicht alles vollscheißt, Joe.«

Wieder lachten alle drei.

Es klingelte erneut an der Tür.

»Das müssen Phil und Roy sein. Nehmt euch schon mal was zu trinken. Ich mache ihnen auf.«

»Höchste Zeit, abzuhauen«, murmelte Dorian.

Einen Hund zu erschießen, fehlte ihm gerade noch. Er liebte Tiere. Sie waren für ihn die besseren Menschen. Ein Massaker unter Quinns Gästen konnte er auch nicht anrichten. Das hätte viel zu viel Aufhebens verursacht. Zu viele Fragen aufgeworfen.

Er würde wiederkommen, wenn Quinn Archer allein und der Moment günstiger wäre. Morgen zum Beispiel.

Inzwischen konnte er sich um eine andere Sache in Philadelphia kümmern. Der Chef eines Start-up-Unternehmens der IT-Branche hatte zu hoch gepokert und sich mit den falschen Leuten angelegt.

Jetzt wollten die ihn so schnell wie möglich loswerden.

Über eine schwache Auftragslage konnte er sich in letzter Zeit wahrlich nicht beklagen. Im Gegenteil, die halbe Welt schien es darauf angelegt zu haben, sich gegenseitig über den Jordan zu schicken. Na ja. Wie hieß es gleich wieder: Des einen Freud, des anderen Leid.

Musste es unbedingt ein Selbstmord sein?, kam es ihm in den Sinn. Möglicherweise hatte Archer morgen Abend auch einen Unfall. Er könnte besoffen in seinen Pool fallen und ertrinken.

Eine gute Option. Wesentlich unkomplizierter als der inszenierte Selbstmord und genauso effektiv.

Schnell steckte er die Waffe in die Innentasche seines Sakkos, schritt wie ein lautloser Schatten zügig zum Gartentor hinüber, öffnete es und verschwand hinter dem Ginsterbusch der Nachbarn.

Gerade noch rechtzeitig, bevor sich Joes Dobermann Butch daranmachte, im Garten nach Mäusen, Knochen und Maulwürfen zu stöbern.

71

Montag, 11.30 Uhr, Polizeipräsidium, München, BRD.

»Machen Sie erst mal weiter Urlaub, bis sich die Wogen geglättet haben. So eine Gerichtsverhandlung wegen Totschlags ist kein Pappenstiel. Auch wenn sie im Ausland stattfand und Sie freigesprochen wurden.« Antons Chef, Kriminalrat Peter Maurer blickte mit einer Mischung aus Wohlwollen und Ungeduld auf seinen Abteilungsleiter Mordermittlung.

»Wieso?« Anton hob erstaunt die Brauen. »Wie Sie richtig sagten, wurde ich freigesprochen. Ich will arbeiten. Es lenkt mich von meinen privaten Sorgen ab.«

»Verstehe ich, Herr Wallner. Es muss schrecklich für Sie sein … der Verlust … also Ihre Frau, meine ich. Mein Beileid noch mal, äh … an dieser Stelle.« Maurer legte die Hände flach auf seinen sauber polierten Schreibtisch. Er setzte ein verständnisvolles Gesicht auf. »Aber bevor Sie wieder loslegen, gibt es einige Dinge zu klären. Befehl von oben. Ich kann da gar nichts machen.«

»Wollen die mich etwa feuern? Weswegen denn?«

Anton rutschte unruhig auf dem schlecht gepolsterten Besucherstuhl herum, den ihm Maurer angeboten hatte. Dessen lederner Chefsessel war sicher nicht annähernd so unbequem.

»Davon hat niemand geredet.«

»Hört sich aber so an.« Anton bekam einen roten Kopf vor Ärger. Seine Stimme klang alles andere als zurückhaltend.

»Passen Sie auf, Wallner. Sie nehmen einfach noch mal vier Wochen Sonderurlaub, den ich Ihnen hiermit aus dem Stand bewillige. Danach kommen Sie zurück und versehen ihren alten Posten. Einverstanden?« Maurer war die Sache sichtlich unangenehm. In die Karten schauen ließ er sich dennoch nicht.

»Und wer macht solange meine Arbeit?«

»Der Kollege Moll. Er war nun bereits eine ganze Zeit unter Ihren Fittichen tätig. Soll er sich ruhig mal alleine bewähren.«

»Der Severin Moll kann nicht bis drei zählen«, polterte Anton los. Er sprang empört auf. »Der verwechselt morgens die Dusche mit seiner Dienstpistole.«

»Wollen wir mal nicht ungerecht sein. Der Severin macht seine Arbeit so gut oder schlecht wie jeder andere. Zumindest hat man mir das so zugetragen.« Maurer wurde nun ebenfalls laut.

»Tatsächlich. Das ist mir neu. Wer hat Ihnen das denn zugetragen, wenn ich fragen darf?«

Du sagst das alles doch bloß, weil er der Sohn deines Cousins ist, du bornierter Arsch.

»Dürfen Sie nicht, Wallner. So, und jetzt: Gespräch beendet. Schönen Urlaub wünsche ich.«

»Das werden wir noch sehen.«

Anton stand ruckartig auf. Er verließ grußlos den Raum.

Draußen atmete er erst einmal tief durch.

Dann stob er den Flur hinunter. In seinem Büro lagen noch persönliche Dinge. Die würde er Moll garantiert nicht überlassen.

Ausgerechnet den größten Dummkopf der Abteilung machten sie zu seinem Nachfolger. Und ihn wollten sie schassen.

Das werde ich mir auf gar keinen Fall bieten lassen, ihr Arschlöcher. Wartet es nur ab.

72

Montag, 5.00 p.m., Umland Baltimore, USA.

»Sieh an, sieh an. Die gnädige Frau lässt sich auch mal wieder zu Hause blicken.« Arthurs Stimme hörte sich traurig an. Lange nicht so auftrumpfend wie gewöhnlich. Auch kein bisschen wütend oder aufbrausend.

Er ließ den Kopf hängen. Schien sich aber ansonsten wieder im Griff zu haben. Gott sei Dank.

Das Wohnzimmer sah aus, als hätte eine Bombe eingeschlagen.

»Wieder nüchtern«, erwiderte Jane. Sie blieb in sicherem Abstand auf der Türschwelle stehen.

»Ich bin da am Samstag wohl etwas ausgeklinkt«, erwiderte er reumütig.

»Wohl etwas ausgeklinkt?« Sie sah ihn entsetzt an. »Du hast mich brutal geschlagen und getreten. Und sieh dich bloß mal hier um.« Sie zeigte auf die umgekippten Regale, Schränke, Blumentöpfe und Stühle, die überall im Raum verteilt herumlagen. »Das ist doch nicht mehr normal. Wer soll dieses Chaos wieder aufräumen? Ich etwa?«

»Ich habe vorhin jemanden angerufen. Eine Reinigungsfirma kommt übermorgen vorbei. Sie bauen auch alles wieder auf, soweit es noch intakt ist.«

»Und damit ist dann alles vergeben und vergessen?« Ihre Stimme quietschte schrill vor Empörung.

»Komm schon, Jane. So schlimm war es auch wieder nicht. Du siehst doch super gut aus wie immer.« Er winkte freudlos ab.

»Super gut wie immer? Willst du wissen, wie es in meinem Herzen aussieht?« Sie schloss die Tür hinter sich. »Du lieber Gott, Arthur. Du machst alles kaputt mit deiner Sauferei und dem scheiß Koks. Im Übrigen siehst du schrecklich aus.«

»Tut mir leid.« Er zuckte die Achseln. »Im Moment geht es geschäftlich drunter und drüber. Viel Druck.« Er hob hilflos die Arme. »Du weißt so gut wie ich, dass ich so was vorher noch nie getan habe.«

»Und damit ist es entschuldigt?« Jane sah ihn fassungslos an.

»Nein. Entschuldige bitte. Kommt nie wieder vor. Aber bleib bei mir. Ich brauche dich.« Er sah sie mit schief gelegtem Kopf von unten herauf an. »Meine wunderschöne Prinzessin. Was sollte ich denn ohne dich anfangen?«

Bitte nicht den Dackelblick. Er weiß genau, dass ich dann schwach werde.

»Ich bin mir nicht sicher, Arthur. Ich will nie wieder Streit. Das halte ich nervlich nicht aus.«

»Ich auch nicht. Gib dir einen Stoß.« Er lächelte.

Sie zögerte. »Und so was wie am Samstag will ich auf gar keinen Fall noch mal erleben. Hörst du?«

»Versprochen.«

»Du schlägst mich nie wieder. Sonst mache ich dir dein Leben zur Hölle. Das kann ich nämlich auch.« Sie stemmte selbstbewusst die Hände in die Hüften.

»Botschaft angekommen.« Er nickte. »Komm mal zu mir.« Er streckte ihr versöhnlich seine Hand entgegen. »Soll ich dir was verraten?«

»Was?« Sie ging voller Misstrauen langsam auf ihn zu. Wollte er sie nur anlocken, um ihr die nächste Abreibung zu verpassen? Zuzutrauen wäre es ihm allemal. Obwohl er sich gerade zahm wie ein Kätzchen gab.

»Ich hab dir was besorgt.«

»Wie, du hast mir *was besorgt*?« Sie schüttelte den Kopf.

»Etwas, das du dir schon lange wünschst.«

»Was sollte das sein?« Sie sah ihn verwirrt an.

»Denk mal nach. Dann kommst du drauf. Ich sag nur so viel: Wenn man drinnen sitzt, scheint die Sonne rein.«

»Nein!« Ihre Miene hellte sich auf. »Doch nicht das neue Cabrio, von dem wir neulich sprachen?«

Er hat mich am Haken. Wie schafft er das nur?

»Schau mal in die Garage, dann weißt du mehr.« Er machte ein geheimnisvolles Gesicht.

73

Montag, 6.00 p.m., Washington D.C., USA.

»Kommen Sie herein, Mr. Schneider.«

»Sehr freundlich, dass Sie mich empfangen, Mrs. Ewing. Es muss alles gerade ganz schrecklich für Sie sein.«

Wolf war Evas Eingebung gefolgt, dass Bart Ewing und Tom Jansen möglicherweise in irgendeiner Weise miteinander verbunden waren. Allerdings war er alleine zu Ewings Frau gefahren. Um Eva weiter aus der Sache herauszuhalten.

»Es ist absolut schrecklich.« Liz Ewing nickte. »Normalerweise empfange ich auch keine Journalisten. Aber Sie sagten am Telefon, Sie wüssten vielleicht, was hinter Barts Unfall steckt. Das hat mich neugierig gemacht.«

Sie führte ihn in ihr Wohnzimmer. Blaue und beige Pastelltöne. Mit den grazilen Möbeln darin wirkte es wie eine mediterrane Puppenstube.

Liz, die mit ihren langen blonden Haaren, den strahlend blauen Augen und ihrer schlanken Figur gut als lebendige Barbiepuppe hätte durchgehen können, passte perfekt hier hinein.

Wolf war froh, sich endlich setzen zu können.

Er hatte fast den ganzen Weg vom Hotel aus zu Fuß zurückgelegt. Um den Kopf freizukriegen. Und um sich ausgiebig die Beine zu vertreten.

»Wasser? Kaffee? Saft?« Sie sah ihn fragend an.

»Ein großes Glas Wasser wäre perfekt. Vielen Dank.«

Sie holte es aus der Küche.

»Erzählen Sie«, sagte sie, während sie sich zu ihm setzte.

»Es ist nur eine Vermutung von mir«, begann er, nachdem er sein Glas in einem Zug leer getrunken hatte. »Aber möglicherweise hat der Unfall Ihres Mannes mit den Plänen für diese Laserkanone zu tun, über die in der Washington Times berichtet wurde.«

»Wie denn das?« Ihre Augen ließen ihn nicht mehr los.

»Es könnte sein, dass jemand dachte, Ihr Mann wüsste zu viel über diese Wunderwaffe.«

»Und hat ihn deswegen umgebracht?« Sie starrte ihn verblüfft an. »Aber mein Mann wurde überfahren, als er in unsere Einfahrt einbog. Ein schrecklicher Unfall.«

»Könnte sein, dass es ein absichtlicher Unfall war. Der Fahrer des Autos ist jedenfalls geflohen. Niemand will ihn gesehen haben. Ein Phantom.«

»Fahrerflucht kommt jeden Tag vor.« Sie schüttelte ungläubig den Kopf. »Die Menschen werden schnell panisch, wenn sie Fehler machen.«

»Mag sein.«

»Aber?«

Sie merkte offensichtlich, dass ihm diese Erklärung nicht genügte.

»Merkwürdig, dass er überfahren wurde, nachdem die Zeitung von der Laserwaffe berichtet hatte, über die er ganz offensichtlich Bescheid wusste.«

»Was hat es denn mit dieser geheimnisvollen Waffe auf sich? Wissen Sie mehr darüber?«

Eine kluge, sehr selbstbeherrschte Barbiepuppe. Sie gefiel ihm. Er dachte an den Spruch, dass hinter jedem erfolgreichen Mann eine starke Frau stand. Auf Liz und Bart Ewing schien er absolut zuzutreffen.

»Sagen wir mal so. Ich nehme an, dass gefährliche Leute dahinter her sind, um Profit daraus zu schlagen.«

»Wie kommen Sie darauf?«

»Sie sind auch hinter mir her.«

»Um Himmels willen. Und da sitzen Sie hier ganz ruhig und vertrauen sich einer Wildfremden an?«

»Hab ich eine andere Wahl? Ich will an diese Hintermänner herankommen. Sie haben meine Frau auf dem Gewissen.«

»Sie haben sie …«

»Umgebracht. Richtig. Daheim in Deutschland. Ich will den Auftraggeber für den Mord endlich in die Finger kriegen. Wenn Ihr Mann Ihnen vor seinem Tod irgendetwas Außergewöhnliches verraten hat, bitte ich Sie, es mir zu sagen.«

»Woher weiß ich, dass Sie nicht zu den Bösen gehören?«

Schau an. Sogar eine kluge starke Frau.

»Weil ich Sie in diesem Fall längst ebenfalls umgebracht hätte.«

»Vielleicht wollen Sie bloß herausfinden, wie viel ich weiß und mich dann umbringen.« Ein leichtes Zittern machte sich in ihrer Stimme bemerkbar.

Offenbar wurde ihr bewusst, dass sie sich mit ihrer forschen Art auf sehr dünnes Eis begab.

»Die Sache ist wirklich ernst, Mrs. Ewing. Diese Kerle sind äußerst gefährlich. Das müssen Sie mir einfach glauben. Vielleicht ist es auch nur einer. Ich muss ihn unbedingt kriegen.« Er sah ihr fest in die Augen.

»Na gut. Er hatte es von Tom Jansen von der Washington Post.«

Wolf sprang überrascht von seinem Sitz auf. Das war es, was Eva gemeint hatte. Natürlich.

»Was? Aber Tom ist ebenfalls verunglückt. Am Samstag in der Metro. Sehr merkwürdig, stimmt's? Er war übrigens ein Kollege von mir. Früher in München.«

»Sie kennen Tom?« Der letzte Rest von Zurückhaltung in ihrem Blick wich blankem Erstaunen.

»Besser gesagt, ich kannte ihn.« Er nickte nachdenklich. »Ich treffe seine Frau Judith morgen Nachmittag.«

»Richten Sie ihr meine Grüße aus. Mein Mann und ich sind seit Langem mit den Jansens befreundet. Waren es vielmehr.« Sie räusperte sich.

»Mach ich. Bitte tun Sie mir einen großen Gefallen, Mrs. Ewing.« Er setzte ein sehr ernstes Gesicht auf. »Sie dürfen unter gar keinen Umständen irgendwem von unserem Gespräch erzählen.«

Zwei Unfallopfer. Beide Männer hatten Kenntnis von einer neuartigen Laserkanone. Wahrscheinlich handelte es sich tatsächlich um Weinbergers Erfindung, da in der Zeitung explizit von der einzigartigen Durchschlagskraft und einer noch nie dagewesenen Zielgenauigkeit der Waffe geschrieben wurde.

Zwei außergewöhnliche Besonderheiten, die der inzwischen tote Roman bereits vor Tagen hervorgehoben hatte.

Wolf wusste mit einem Mal, dass er dem oder den großen Unbekannten immer näher kam.

74

Montag, 13.00 Uhr, München, BRD.

Es goss wie aus Eimern, als Anton vor dem Polizeipräsidium auf die Straße hinaustrat. Er entschied sich dafür, nicht nach Hause zu fahren. Dort wäre er im Moment nicht gut aufgehoben. Keine Maria, nichts zu essen und zu trinken im Kühlschrank – und dann noch das triste Regenwetter.

Er würde sich seine neue Situation lieber bei einem Bier hier in der Innenstadt durch den Kopf gehen lassen.

Nicht weit vom Isartorplatz gab es ein Stüberl, in das er immer wieder gerne ging. Dort war nicht allzu viel los. Sie hatten gutes Bier und deftige Brotzeiten. Außerdem war der Wirt ein alter Freund von ihm.

Er machte sich auf den Weg.

Dummerweise hatte er keinen Regenschirm dabei. In einem Geschäft für junge Leute direkt in der Fußgängerzone kaufte er sich einen, damit er nicht völlig durchnässt wurde.

Fünf Euro.

Erstaunlich, wie billig manche Dinge waren.

Rein äußerlich wirkte er ruhig wie immer. Innerlich kochte er allerdings wie ein Vulkan kurz vor dem Ausbruch.

In Maurers Büro vorhin hätte er alles kurz und klein schlagen können. Inklusive Maurer selbst. Der Kerl hatte ihn auf dem Kieker, seit man ihn ihm vor die Nase gesetzt hatte.

Maurer, der Kriecher, wie man ihn auf dem Flur nannte, steckte bis zum Kragen in den Ärschen der Oberen.

Seinen Untergebenen gegenüber nahm er dagegen eine rein herablassende Haltung ein. Es sei denn, sie gehörten zu seiner Verwandtschaft, wie Moll.

Sein Vorgänger, Antons früherer Chef Florian Meyerbeer, war dagegen ein grandioser Kerl gewesen. Ein Mann wie ein Berg und ein aufrechter Mensch. Hatte sich immer vor seine Leute gestellt, wenn es Ärger gab. Niemanden ohne Grund zurechtgestaucht.

Er konnte außerdem einen Stiefel vertragen.

Bis ihn eines Tages die Leberzirrhose dahinraffte. In Bayern nicht unbedingt ein ehrloser Tod. Vor allem, wenn er vom Bier- und Schnapskonsum herrührte. Allemal würdiger, als zum Beispiel bei Vorgesetzten herumzuschleimen.

Vom harmlosen Portugalurlauber zum Totschläger und schließlich zum arbeitslosen Vorverurteilten. Antons Leben hatte eine Wendung eingenommen, die er vorher nie für möglich gehalten hätte.

Je länger er auf seinem Weg zum Isartor über die Ereignisse der letzten Tage nachdachte, desto mehr konnte er sich in Wolf Schneider hineindenken.

Schneider musste es ähnlich gegangen sein, seit er des Mordes an seiner Frau und an zwei Unbekannten verdächtigt wurde. Dabei war überhaupt nicht erwiesen, dass er es getan hatte.

Moll und Maurer bildeten sich das lediglich ein. Ohne ausreichende Beweise. Einfach so. Auf Befehl von ganz oben.

Hirnlose Volldeppen, alle beide.

75

Montag, 7.00 p.m., Umland Baltimore, USA.

Jane trat das Gaspedal bis zum Boden durch. Das neue Porschecabrio, das ihr Arthur gekauft hatte, machte einen Satz nach vorne.

Sie überholte den Truck, der in der Dämmerung vor ihnen herfuhr, in Windeseile.

Die Landschaft sauste an ihnen vorbei.

»Geht es etwas langsamer?«, erkundigte sich Arthur, der mit verkrampftem Gesichtsausdruck neben ihr in den Beifahrersitz gedrückt wurde.

Frauen hinter dem Steuer machten ihm prinzipiell Angst. Wenn Jane fuhr, ergriff ihn jedes Mal tödliche Panik.

»Wie soll das gehen? Ich fahre doch schon ganz vorschriftsmäßig.« Sie lachte laut.

Hätte er sich doch bloß nicht breitschlagen lassen, mit ihr spontan in das romantische Landhotel zu fahren, in dem sie früher gelegentlich ihre Wochenenden verbrachten. Bevor sie ihr Haus bauten.

Andererseits erwies sich ihr, von ihm selbst verwüstetes trautes Heim, im Moment nicht gerade als wohnlich. Außerdem würde ihm die Abwechslung vielleicht guttun.

Er hatte sein offizielles Handy bewusst auf dem Wohnzimmertisch liegen lassen. Nur das für spezielle Kunden hatte er mitgenommen. Für besondere Angelegenheiten, wie zum Beispiel Weinbergers Pläne für die Laserkanone, musste er immer zu sprechen sein.

Der Rest der Welt konnte ihn die nächsten zwei Tage ganz gepflegt gernhaben.

»Bitte, Jane. Langsam. Mir wird schlecht.«

»Dann sauf nicht so viel.«

»Trotzdem. Bitte.« Er sah sie lange an.

»Na gut.«

Sie bremste ab. War immer noch viel zu schnell. Wenn Cops in der Nähe waren, würde sie heute ihren Führerschein abgeben. Davon war Arthur überzeugt.

»Danke.« Er entspannte sich etwas.

»Gerne.« Sie schaltete fröhlich einen Gang herunter, um den nächsten Truck zu überholen.

»Wo warst du eigentlich die letzten zwei Tage?«, fragte

er. Einmal wollte er es wirklich wissen. Zum anderen würde ihn ein Gespräch von Janes riskantem Fahrstil ablenken.

»Im Hotel.« Sie musste schreien, um die Motorengeräusche um sie herum zu übertönen. »Ich brauchte Zeit für mich. Musste mir alles durch den Kopf gehen lassen.«

»In welchem Hotel? Mit wem? Deinem neuen Liebhaber?«

»Ich war allein. In einem Hotel eben. Ist das mit dem Namen so wichtig?«

»Nein.« Er schüttelte den Kopf. »Nur so.«

Klar will sie mir nicht sagen, wo sie war, damit ich sie beim nächsten Mal nicht finden kann.

»Glaubst du mir etwa nicht? Du guckst so komisch.«

»Doch, doch. Alles gut.« Er winkte ab.

Darüber wird noch zu reden sein, Mädchen. So einfach kommst du mir nicht davon.

Sie schwiegen.

»Sag mal, verfolgt uns etwa jemand?«, fragte ihn Jane fünf Minuten später. Sie blickte beunruhigt in den Rückspiegel.

»Fahr beim nächsten Parkplatz rechts ran, dann weißt du's.«

Arthur drehte sich nicht um. Er trank stattdessen lieber einen großen Schluck aus der Whiskeyflasche, die er sich vorhin in einem Spirituosengeschäft geholt hatte.

Sie beobachtete es missbilligend aus den Augenwinkeln.

76

Montag, 8.00 p.m., Washington D.C., USA.

»Mein Finger tut unmenschlich weh!«

»Er muss sich entzündet haben. Geh besser ins Krankenhaus.« Eva schaute Wolf besorgt an.

»Ist wohl wirklich das Beste. Jetzt gleich vor dem Essen?« Er sah alles andere als glücklich aus. Hatte Hunger und schon gar keine Lust auf Krankenhaus.

Leidende im Bademantel. Tropfinfusionen auf Ständern durch die Flure geschoben. Zu deprimierend.

Sie waren unterwegs in ein Lokal in der Nähe, das ihnen der Portier empfohlen hatte. Pasta, Pizza, Meeresfrüchte.

»Du solltest unbedingt sofort hingehen. Ich komme mit. Wird schon schiefgehen.« Sie blieb stehen.

»Vielleicht hast du recht.« Er hielt die Hand hoch, damit die Wunde, die ihm Nobody vor ein paar Tagen in Deutschland zugefügt hatte, nicht so stark pulsierte.

Sie nahmen ein Taxi.

Der Fahrer drückte aufs Gaspedal.

Keine zehn Minuten später fuhren sie bei der Notaufnahme vor.

Nachdem drinnen die Formalitäten erledigt waren, kam Wolf sogleich an die Reihe. Bestens. Selten genug, dass es beim Arzt so schnell geht, dachte er.

»Und?« Eva sah ihn gespannt an, als er eine Stunde später aus dem Behandlungszimmer herauskam. Sie hatte im Flur auf ihn gewartet.

»Sie haben die Wunde gesäubert. Spritzen, Tabletten,

Salbe. Ich muss aufpassen, dass kein Schmutz reinkommt, dann kann ich eine Sepsis verhindern.«

»Nichts Schlimmeres?« Sie zog besorgt die Stirnfalten zusammen.

»Nein.« Wolf behielt das wahre Untersuchungsergebnis für sich. Es würde sie nur aufregen.

Der Arzt hatte gemeint, dass es gut sein konnte, dass er seine Hand verlor, wenn sich der Zustand der Wunde weiter verschlechterte. Er müsse unbedingt regelmäßig zur Weiterbehandlung gehen. Viel Ruhe. Keinen Stress.

Wolf hatte ihm natürlich verschwiegen, dass er genau das in den nächsten Tagen nicht haben würde.

»Gott sei Dank. Du weißt gar nicht, was für große Sorgen ich mir um dich mache.« Sie umarmte ihn, gab ihm ein zärtliches Küsschen auf die Wange. Dann noch eins. Und noch eins.

»Was soll das?« Er machte sich irritiert von ihr los. Marschierte Richtung Ausgang.

»Ich liebe dich. Schon immer.« Sie eilte ihm hinterher. »Mehr als mein Leben. Wie eine Frau einen Mann liebt.«

»Was?« Er meinte, sich verhört zu haben. »Hör schon auf. Die Leute gucken schon.« Er zeigte auf die umstehenden Krankenschwestern, Patienten, Besucher, Pfleger.

»Ich liebe dich. So wie Julia ihren Romeo liebte.«

»Spinnst du? Geht's noch schmalziger? Haben sie dir Tabletten gegeben?« Er beäugte sie neugierig.

»Nein. Es ist so, wie ich dir sage.« Sie hielt ihn am Arm fest.

Er blieb stehen. Drehte sich zu ihr um.

»Ich liebe dich auch«, sagte er. »Weißt du doch. So wie man eine kleine Schwester eben liebt.«

Dann strebte er weiter dem Ausgang zu.

»Bitte, Wolf«, rief sie ihm nach, während sie sich erneut beeilte, mit ihm Schritt zu halten.

»Komm schon. Nichts wie raus hier. Der Laden macht mich depressiv.««

Drehte sie langsam durch? Sie konnte sich doch vorstellen, dass er so kurz nach Rebekkas Tod keinen Nerv für andere Frauen oder eine neue Beziehung hatte. Außerdem war sie, zumindest rein gefühlt, immer noch seine Schwester.

Auch wenn sie es rein physikalisch nicht war, wie sie sagte.

»Aber ich liebe dich anders als eine kleine Schwester.« Sie blieb neben ihm stehen, während er draußen ein Taxi herbeiwinkte.

»Hör endlich damit auf, Eva. Ich kann den Scheiß gerade wirklich nicht gebrauchen.« Er reagierte heftiger, als er wollte. Konnte aber nichts dagegen tun. Es geschah wie von selbst. Die Dinge nahmen ihren Lauf. Einfach so.

»Scheiß? Meinst du das im Ernst?« Sie blickte ihn entsetzt an. »Meine Liebe ist … Scheiß?«

»Ja, meine ich. Was denkst du eigentlich? Meine Frau ist erst vor wenigen Tagen gestorben, umgebracht. Ich will den Mann, der den Auftrag dafür gegeben hat, erwischen. Sonst nichts.« Er schaute starr geradeaus.

»Sonst gar nichts?«, fragte sie leise.

»Absolut nichts. Ich liebe Rebekka nach wie vor. Basta.« Er blieb stehen wie zur Salzsäule erstarrt.

»Dann kann ich ja gehen.«

»Das steht dir jederzeit frei. Ich kann sowieso keinen Klotz am Bein gebrauchen. Sagte ich dir bereits.«

Wolf wusste selbst nicht, warum er auf einmal so wütend war. Es war wohl alles zu viel für seine Nerven in letzter Zeit. Jetzt auch noch die Aussicht auf eine Handamputation und eine offensichtlich liebeskranke ehemalige Halbschwester.

Das gab ihm gerade den Rest. Zur Hölle damit.

»Wie du meinst«, erwiderte sie und schniefte gekränkt.

»Rufst du mir bitte auch ein Taxi.« Sie sah ihn ebenfalls nicht mehr an.

»Du kannst mit mir ins Hotel zurückfahren. Morgen fliegst du heim nach München.« Der entschiedene Klang seiner Stimme duldete keinen Widerspruch.

»Nein. Ich möchte lieber nicht.« Sie schüttelte vehement den Kopf. »Und wann ich nach München fliege, entscheide ich immer noch selbst.«

»Na gut. Wie du meinst. Mach, was du willst. Ich fahre jedenfalls ins Hotel. Mir ist für heute der Appetit aufs Abendessen mit dir vergangen.«

»Mach's gut, Wolf. Viel Glück. Du brauchst mich nicht. Ich hab's kapiert.« Sie stieg in den Wagen, der vor ihnen anhielt. Ohne sich noch einmal umzusehen.

»Ja, ja. Wiedersehen«, murmelte Wolf halblaut. Er winkte dem nächsten Chauffeur, der gerade um die Ecke bog.

Mach's gut und viel Glück. Das klang wie ein endgültiger Abschied.

Egal. Sollte sie doch bis an ihr Lebensende beleidigt sein. Er hatte gerade wirklich andere Sorgen.

Gefühlloser Trampel. Was bildete sie sich eigentlich ein, ihn anzumachen, obwohl Rebekka noch überall anwesend war. Gerade sie als Hellseherin musste das doch spüren.

Liebe? Von wegen. Nichts als purer Egoismus war das.

77

Montag 17.00 Uhr, München, BRD.

»Hast du vielleicht ein Problem?« Anton blickte den grauhaarigen älteren Mann, der im Cordanzug neben ihm am Tresen in »Huberts Stüberl« stand, herausfordernd an.

»Nein. Gar nicht.« Der Grauhaarige lächelte unsicher.

»Dann schau gefälligst woanders hin.«

»Schon gut.« Grauhaar drehte sich schulterzuckend um.

»Alles Arschlöcher!«, plärrte Anton lauthals.

Er hatte sein zehntes Bier samt Obstler vor sich stehen. War dementsprechend betrunken.

Seit heute Mittag in Maurers Büro herrschte bei ihm der Ausnahmezustand. Verantwortliche für seine Misere mussten gesucht und gefunden werden.

»Alles Arschlöcher«, brüllte er erneut in den kleinen holzgetäfelten Raum hinein. »Saudumme Arschlöcher! Alle miteinander!«

Raunen. Kopfschütteln. Vogelzeigen. Scheibenwischer.

»Bitte, Anton.« Der Wirt, Hubert Stallberger, stellte sich direkt vor ihn. »Wir wissen, dass dir deine Maria fehlt. Aber schrei etwas leiser, sei so gut. Die anderen Gäste haben ein Recht auf ihre Ruhe.«

»Du hast doch keine Ahnung«, erwiderte Anton. »Keine geringste Ahnung hast du, Hubert.« Er stierte schielend in sein Glas. »Niemand hat eine Ahnung von dem, was wirklich abgeht. Alles nur saudumme Arschlöcher, hirnlose Zombies. Kalt wie Eis. Kein Herz.«

»Bitte reiß dich zusammen. Zum letzten Mal.« Huberts Gesicht gefror zu einer grimmigen Maske.

»Arschlöcher seid ihr!«, lallte Anton unbeeindruckt in Richtung der zumeist männlichen Gästeschar weiter. »Alle miteinander! Hört ihr?« Er fixierte jeden Einzelnen von ihnen.

Ängstliches Schweigen machte sich breit. Alle wichen seinen Blicken aus. Offenbar wollte keiner der Erste sein, der ihn zu einem Gewaltausbruch reizte.

»Anton! Es reicht! Endgültig! Entweder ist sofort Ruhe oder du gehst.« Hubert wurde es endgültig zu dumm. »Das ist immer noch mein Lokal.«

»Du willst mich rausschmeißen? Ausgerechnet du? Wo ich dir so oft aus der Patsche geholfen habe?« Anton sah ihn entgeistert an.

»Ja, will ich. Weil du dich anscheinend nicht mehr beruhigen willst.«

»Na und? Dann beruhigt sich halt einmal jemand nicht beim Bier und seiner beruhigenden Wirkung. Dann ist halt mal einer sauer und ein bisserl unbequem in unserer braven immerzu nur beruhigten Stadt.« Anton reckte streitlustig das Kinn nach vorne. Er machte einen Schritt auf Hubert zu.

»Mit dir ist nicht mehr zu reden. Geh einfach heim und komm morgen wieder. Das reicht jetzt wirklich. Raus!« Hubert wies ihm mit ausgerecktem Arm die Tür.

»Und so was will ein Freund sein.« Anton trank sein Bier aus. Er warf das leere Glas an die Wand hinter die Theke. »Leck mich am Arsch, Mann. Leckt mich alle am Arsch, ihr Arschlöcher. Hört ihr? Am Arsch.«

Der berühmte Tropfen, der das Fass zum Überlaufen brachte.

Hubert packte Anton von hinten am Kragen. Er schob ihn gewaltsam zur Tür hinaus.

»Hau schon ab und schlaf deinen Rausch aus«, gab er ihm draußen mit auf den Weg. Dann stieß er ihn grob von sich.

Anton stolperte, strauchelte, stürzte kopfüber aufs Trottoir, landete mit dem Gesicht neben einem großen Haufen Hundekot.

Er blieb laut stöhnend liegen.

»Hast du dir wehgetan?«

Hubert sah einigermaßen besorgt auf ihn hinab.

»Nein, Arschgesicht.« Anton stand auf.

Hubert drehte sich um. Kehrte kopfschüttelnd ins Lokal zurück. Schloss die Tür von innen ab.

78

Montag, 8.15 p.m., Landhotel, Umland Baltimore, USA.

»Ist er immer noch hinter uns?«, fragte Arthur, während sie die Auffahrt zum Hotel hinauffuhren.

»Nein.«

Natürlich hatte Jane nicht am nächsten Parkplatz angehalten, um zu überprüfen, wer hinter ihnen her gewesen war. Viel zu gefährlich auf der einsamen Landstraße, die vollständig im Dunkeln dagelegen hatte. Sie hätten überfallen werden können.

Lieber war sie noch stärker aufs Gaspedal getreten.

»Na, siehst du. Reine Paranoia.«

»Gott sei Dank.« Sie nickte erleichtert.

»Wer sollte uns schon verfolgen, Darling? Und vor allem warum?« Arthur grinste breit.

Er trank seine Whiskeyflasche leer. Warf sie mitsamt der braunen Papiertüte, in der sie immer noch steckte, in den Abfallkorb neben der grün lackierten Bank vor dem Eingang. Lachte.

Er schien gut drauf zu sein. Fast schon fröhlich.

Zu fröhlich? Dass seine gute Stimmung jederzeit blitzschnell ins Gegenteil kippen konnte, wusste sie, befürchtete sie. Hoffte aber inständig, es hier und heute nicht erleben zu müssen.

»Eben«, erwiderte sie leichthin.

»Höchstens einer deiner Liebhaber.« Er lachte hölzern.

»Oder eine deiner Geliebten«, parierte sie seinen neuerlichen Vorstoß.

Sie meinte daraufhin ein gefährliches Glitzern in seinen zusammengekniffenen Augen aufblitzen zu sehen.

Ach was. Wahrscheinlich nur die gleißenden Scheinwerfer, die den Eingangsbereich ausleuchteten.

79

Montag, 8.15 p.m., Umland Baltimore, USA.

Specialagent Thomas Fox parkte seinen Wagen ein Stückweit vor der Auffahrt zum Hotel. Durch die auseinanderstehenden Äste zweier Bäume hatte er von hier aus freien Blick auf die Glasfront der Lobby.

Er schaltete das Licht aus. Ließ sich tief in den Fahrersitz sinken. Arthur Smith und seine Frau sollten keinesfalls spitzkriegen, dass sie in Hugh Benders Auftrag verfolgt wurden.

Der Direktor für Science & Technology bei der CIA hatte eine groß angelegte streng geheime Überwachung sämtlicher Leute angeordnet, die Kontakt mit Bart Ewing oder Tom Jansen kurz vor deren Tod hatten.

Arthur Smith zum Beispiel war am Tag vor Bart Ewings Tod zusammen mit ihm im Kongress und beim Mittagessen gesehen worden. Natürlich war Smith nicht der einzige Kontakt gewesen. Weitere Arbeits- und Parteikollegen von Ewing und Jansen wurden im Moment ebenfalls beobachtet.

Bender vermutete einen Zusammenhang zwischen den beiden Unfällen und den Plänen für die Laserkanone, über die Elliot Holmes in der Washington Times geschrieben hatte.

Dass es sich hierbei sehr gut um dieselbe Waffe handeln könnte, die ihm Mr. Snow anbot, erzählte er niemandem. Auch nichts davon, dass er von Mr. Snows diesbezüglichen Angeboten an die NSA und an das Militär wusste. Nur er selbst würde die Pläne bekommen und das Lob des Präsidenten einheimsen.

Das stand außer Frage. Dafür würde er sorgen.

Seinen Leuten gegenüber verlautbarte er, es hätte sich um keine Unfälle gehandelt. Vielmehr um gezielte Attentate, die Bart Ewing und Tom Jansen für immer zum Schweigen bringen sollten. Beide hätten Holmes nachgewiesenermaßen mit Informationen für seinen Artikel über eine noch unbekannte Laserwaffe gefüttert.

Wahrscheinlich hätten sie wesentlich mehr gewusst, als sie verraten hatten. Zu schade, dass man sie nicht mehr befragen konnte.

Das hätte vieles erleichtert.

Dass er die Pläne für die Laserwaffe in diesem Fall möglicherweise sogar ohne Mr. Snow als Zwischenhändler hätte erwerben können, verriet Bender natürlich ebenfalls niemandem.

Den Gedanken, dass Mr. Snow die beiden Männer auf dem Gewissen hatte, um seine Geschäftsinteressen zu schützen, schloss er nicht aus.

Aber langsam. Im Moment war noch nicht einmal einwandfrei erwiesen, dass es sich um ein und dieselbe Laserwaffe handelte. Reine Vermutungen waren deshalb nicht das Mittel der Wahl. Eindeutige Erkenntnisse mussten her.

Dann konnte gehandelt werden.

Arthur, der gerade das Anmeldeformular in der Lobby des Hotels unterschrieb, durfte sich glücklich schätzen, ohne zu wissen, warum.

Denn dass er Mr. Snow war, wusste der CIA-Direktor Bender nicht. Er ahnte es nicht einmal.

Keine noch so winzige Spur führte in diese Richtung.

Dafür arbeitete Arthur zu professionell. Noch jedenfalls. Falls er sich nicht frühzeitig mit Koks, Crystal, Speed und hartem Alkohol um den Verstand brachte.

»Alles ruhig so weit«, meldete Thomas der Zentrale. »Keine besonderen Vorkommnisse. Smith und seine Frau checken gerade in einem kleinen Landhotel 30 Meilen westlich von Baltimore ein.«

Er machte es sich gemütlich, so gut es ging. Schloss die Augen für ein ausgiebiges Nickerchen.

Vor morgen früh brauchte er nicht wieder aufzuwachen. Smith und seine Frau besorgten es sich bestimmt erst mal anständig in ihrem lauschigen Liebesnest.

Wozu fuhr man als älteres Ehepaar sonst in ein kleines verschwiegenes Hotel auf dem Land. Wahrscheinlich feierten sie irgendein Jubiläum. Hochzeitstag, Verlobungstag, erstes Mal miteinander Sex oder irgendwas in der Art.

80

Montag, 10.00 p.m., Washington D.C., USA.

Es regnete in Strömen. Im fahlen Licht der wenigen Laternen hier draußen in der Vorstadt war so gut wie nichts zu erkennen.

Dorian setzte, den Arm schützend vor die Augen gelegt, einen Fuß vor den anderen. Er kam nur schwer gegen den laut heulenden Wind an.

Immer wieder blitzte es um ihn herum.

Laute Donnerschläge hallten durch die Nacht.

»Verdammt ungemütliches Wetter«, wie es der Sprecher vorhin im Autoradio beschrieben hatte, war weit untertrieben. Das hier glich einem Weltuntergang.

Aber es hatte auch sein Gutes. Die Voraussetzungen für das Gelingen seines Auftrags ergaben sich nahezu ideal.

Niemand war mehr auf den Straßen unterwegs.

Die Fenster der Bewohner blieben wegen des anhaltenden Sturmes fest verschlossen.

Keine Zeugen. Keine Probleme.

Quinn Archers Haus lag völlig unbeobachtet da.

Noch gut 50 Meter. Dann würde Dorian in seinem Garten stehen. Genau dort, wo er gestern Vormittag schon einmal gewesen war.

Sicherlich trieben sich dort heute Abend keine Dobermänner herum. Bei einem Unwetter wie diesem jagte man bekanntlich keinen Hund vor die Tür.

81

Montag, 10.00 p.m., Washington D.C., USA.

Wolf war Eva mit seinem Taxi ins Hotel gefolgt. Zumindest nahm er das an.

Jetzt klopfte er an ihre Zimmertür.

»Eva? Bist du da?« Er klopfte lauter.

Nichts.

Er rief zum dritten Mal auf ihrem Handy an. Wollte sich für seine abweisende Art entschuldigen. Ihr erklären, dass er im Moment den Kopf einfach nicht für Liebe oder Ähnliches frei hatte.

Im Speisesaal war sie nicht gewesen. Auch nicht in der Bar, im Garten oder im Fitnessbereich. Sogar in der Sauna hatte er nachgesehen und, angezogen, wie er war, böse Blicke geerntet.

Er machte sich bittere Vorwürfe. Größte Sorgen. Letztlich war sie immer noch seine kleine Schwester. Gefühlt zumindest. Egal, worüber sie gestritten hatten. Was, wenn sie irgendwo an die falschen Leute geraten war?

Washington war eine riesige Stadt. Hier gab es massenhaft Verbrecher. Räuber, Vergewaltiger, Mörder.

Er musste sie unbedingt finden.

Aber der Reihe nach.

Wenn sie tatsächlich mit dem Taxi hierher ins Hotel gefahren war, konnte sie nicht weit sein. Vielleicht in dem Café in der Nähe, in dem sie gestern Nachmittag Espresso getrunken hatten.

Klar. Das war's.

Er fuhr mit dem Lift in die Lobby hinunter. Verflixt noch

mal. Gestern und heute Nachmittag war das lahme Ding mindestens doppelt so schnell gewesen.

Draußen eilte er mit großen Schritten durch die Dunkelheit.

Er überquerte die erste Kreuzung gleich beim Hotel, obwohl die Fußgängerampel auf Rot stand. Wurde prompt beinahe von einem Taxi überfahren.

Überall nur Taxis. Diese Stadt war überfüllt von Taxis, stellte er fest. Bestimmt gab es hier die höchste Taxidichte der Welt. Gleich nach Mumbai oder Hongkong.

Der Fahrer, der wegen ihm bremsen musste, fluchte lauthals. Schüttelte seine geballte Faust zum Fenster hinaus. Rief ihm dabei weitere unflätige Schimpfwörter hinterher.

Wolf ignorierte es. Hastete weiter.

Noch knapp 200 Meter, dann wäre er dort.

Schneller. Je näher er dem winzigen Café kam, desto panischer wurde er. In seinem Kopf fuhren die schlimmsten Befürchtungen Karussell.

Er legte noch einen Zahn zu.

Begann zu rennen.

Kam an.

Riss die Tür auf.

Stürmte hinein.

Sah sich mit sorgenvollem Blick um.

Nichts. Unter den Gästen war sie nicht. Sehr viele junge Leute, die einem schmächtigen rothaarigen Mann am Klavier lauschten.

Sie starrten Wolf erschrocken an.

Der Mann am Klavier hörte zu spielen auf.

Bob Dylan samt Anhängern in seiner Anfangszeit, schoss es Wolf durch den Kopf. Nur ohne Gitarre.

Er hetzte weiter zur Damentoilette, klopfte, rief ihren Namen, brüllte ihren Namen, wartete. Zog wie zuvor in der Hotelsauna böse Blicke der wartenden Frauen auf sich.

Nichts.
Eva blieb von der Bildfläche verschwunden.
Sie hatte ihn im Zorn verlassen. Nicht gut. Gar nicht gut.
Wieder draußen lehnte er sich mit dem Rücken gegen die Hauswand neben dem Café. Sein Herzschlag pumpte in riesigen Mengen Adrenalin und Blut durch seine Adern.
Schnell, unaufhaltsam, atemraubend.
Das Schlimmste und zugleich Unverzeihlichste, was hier drüben in diesem riesigen fremden Land passieren konnte, war eingetroffen: Er hatte nicht gut genug auf Eva aufgepasst.
Ehemalige Halbschwester hin oder her.
Der Fehler lag eindeutig bei ihm.

82

Montag, 10.05 p.m., Washington D.C., USA.

Dorian öffnete lautlos Quinn Archers Gartentor. Trat ein. Verschloss es sorgfältig wieder hinter sich.
Er schlich auf Zehenspitzen durch den Garten, bis er vor der schwach beleuchteten Terrassentür stand.
Aus dem Zimmer hinter den zugezogenen Vorhängen waren Stimmen und Schüsse zu hören.
Fernseher. Ein Western. Oder ein Kriegsfilm. Was sonst.
Er fragte sich, wie er Archer nach draußen an den Pool locken konnte. Am besten erst mal Einlass begehren.

Archer würde ihm öffnen. Dann würde er weitersehen.

Er klopfte an die Scheibe der Terrassentür.

Drinnen wurde der Vorhang zurückgeschoben. Quinn Archers aufgedunsenes Gesicht kam dahinter zum Vorschein.

»Was gibt's«, rief er.

Dorian bedeutete ihm durch Handzeichen, die Tür zu öffnen. Er zeigte dabei immer wieder auf den Garten hinter seinem Rücken.

»Was wollen Sie?« Quinn trat zu ihm auf die Terrasse hinaus.

»Guten Abend, Sir. Miller mein Name.«

»Was machen Sie in meinem Garten? Das ist ein Privatgrundstück.« Quinn lallte und schielte in einem. In der linken Hand hielt er eine halb volle Flasche Whiskey.

Dorian hatte Mühe, ihn zu verstehen.

»Ich bin der Bruder Ihres Nachbarn Jake Carpenter, Sir. Leider ist etwas Schreckliches passiert.«

»Ist der alte Trottel endlich gestorben?« Quinn lachte scheppernd.

»Nein, Sir.« Dorian lächelte höflich. »Bedauerlicherweise ist etwas mit Ihrem Pool passiert.« Seine Miene zeigte aufrichtige Besorgnis.

»Mit meinem Pool? Habe ich einen Pool?« Quinn schielte noch mehr als zuvor. Seine Pupillen drohten dabei gänzlich in der nasenzugewandten Innenseite der Augenhöhlen zu verschwinden.

»Ja, Sir. Ein bedauerlicher Unfall. Der Birnbaum meines Bruders wurde vom Blitz getroffen. Er fiel dummerweise genau in ihren Pool. Haben Sie gar nichts gehört?«

»Tatsächlich? Nein, hab nichts gehört.« Quinn schüttelte den Kopf. »Dann holen Sie ihn doch einfach wieder raus. Wird ja wohl nicht so schwer sein.«

Er zeigte kein weiteres Interesse an dem Vorfall. Wedelte unwirsch mit den Armen. Drehte sich um. Schien lieber wieder zu seinem Film zurückkehren zu wollen.

»Darf ich es Ihnen nur kurz zeigen.« Dorian fasste ihn am Oberarm, bevor er im Inneren des Hauses zu verschwinden drohte.

»Na gut. Von mir aus. Aber nur, wenn es nicht zu lange dauert. Ist ein echtes Dreckswetter.«

»Es geht ganz schnell. Das kann ich Ihnen sogar garantieren, Sir.« Dorian lächelte undurchsichtig.

83

Montag, 18.00 Uhr, München, BRD.

Anton hängte seine durchnässte Jacke auf. Natürlich musste er seinen neuen Regenschirm vorhin in Huberts Kneipe zurücklassen, als er von ihm rausgeworfen wurde.

Er zog seine Schuhe aus. Wankte ins Wohnzimmer. Ließ sich auf die Couch fallen.

»Wie soll es nur weitergehen mit dir, Anton Wallner?«, murmelte er, während er mit Tränen in den Augen zur Decke hinaufsah.

Er bekam Hunger. Normalerweise hatte Maria bereits gekocht, wenn er nach Hause kam. Das Essen für ihn kalt gestellt, wenn es bei ihm später wurde.

Jetzt war der Kühlschrank leer. Bis auf eine Dose Ölsardinen und ein halb volles Glas Erdbeermarmelade. Kein Brot.

Wer nicht einkaufen ging, hatte keine Lebensmittel im Haus. So war das nun mal.

»Wegen dem Begräbnis muss ich auch noch anrufen«, fiel es ihm ein. »Morgen. Heute schaff ich es einfach nicht.«

Es fiel ihm nicht weiter auf, dass er Selbstgespräche führte. Er war zu betrunken, um irgendetwas zu realisieren. Nur, dass er alleine war, wusste er – und dass er in kürzester Zeit seine Frau und seinen Job verloren hatte.

Moment. In der Vitrine, die sie vor Jahren auf der Auer Dult gekauft hatten, musste noch eine Flasche Obstler stehen. Er hatte sie für einen besonderen Anlass aufgehoben.

Wenn heute nicht der perfekte Zeitpunkt war, sie zu öffnen, wann dann.

Er stand auf, fiel über seine Beine, stürzte wie eine gefällte Eiche auf den schmalen Glastisch vor dem Sofa.

Das ovale Designerstück, das Maria so sehr geliebt und gepflegt hatte, zerbarst mit lauten Splittergeräuschen unter seinem Oberkörper.

Wie durch ein Wunder erhob er sich unverletzt aus den Scherben.

»Scheißdreck«, murmelte er dabei. »Elender Scheißdreck.«

Er schüttelte seine Kleider aus, so gut es ging. Holte den Schnaps. Schraubte ihn auf. Trank einen großen Schluck. Setzte sich erneut auf die Couch. Natürlich gab er dabei Acht, dass er nicht in die herumliegenden Glassplitter trat. So klar war er immerhin noch im Kopf.

»Was mach ich nur?«, haderte er weiter. »Hat doch alles keinen Sinn mehr. Du bist ein mieser Mörder, Anton. Ein Witwer und auch noch arbeitslos.«

Das Nylonseil, das er wegen einer Bergtour mit zwei Bekannten vor Jahren in einem Sportgeschäft in der Innenstadt besorgt hatte, fiel ihm ein. Ob es immer noch im Keller lag? In dem alten Küchenschrank?

Maria hatte es irgendwann dort hinuntergeräumt, weil aus der Bergtour dann doch nichts geworden war. Auch später nicht. Einer der beiden Bekannten hatte auf dem Weg zur Arbeit einen Motorradunfall gehabt, kurz bevor sie in die Dolomiten aufbrechen wollten.

Beim Überholen in der Kurve frontal in einen Lastwagen.

Er war auf der Stelle tot gewesen.

Die schlimmen Dinge passierten offensichtlich immer dann, wenn keiner damit rechnete.

84

Montag, 10.10 p.m., Washington D.C., USA.

»Aber ich sehe hier gar keinen Baum.« Quinn schüttelte den Kopf. »So ein Scheißwetter! Ich hol mir lieber einen Mantel.«

Er machte Anstalten, zum Haus zurückzugehen.

»Warten Sie, Sir. Wenn Sie noch ein kleines Stück näher kommen, sehen Sie es.« Dorian, der direkt am Rand des kleinen Swimmingpools stand, winkte ihn herbei.

»Na gut.« Quinn nickte. »Bin sowieso schon nass. Passen Sie bloß auf, dass Sie nicht hineinfallen. Verdammt rutschig da am Rand.« Er schnaufte wie eine alte Dampflok, während er mit staksigen Schritten schwankend näher kam.

»Hier, sehen Sie.« Dorian zeigte auf das dunkle Wasser, nachdem Quinn neben ihm angekommen war.

»Nein. Ich sehe nur Blätter und Schmutz. Muss das verdammte Ding wohl mal wieder reinigen lassen.« Quinn schüttelte langsam den Kopf.

»Aber gleich sehen Sie was.« Dorian packte ihn ohne Vorwarnung am Hemdkragen.

Er zog ihn blitzschnell nach unten.

Quinn hob ab, flog ein Stück weit durch die Luft, klatschte mit einem überraschten Schrei auf den Lippen ins eiskalte Nass.

Dorian kniete am Beckenrand. Er drückte ihn unerbittlich unters Wasser.

Jeder Versuch Quinns, wieder aufzutauchen und nach Luft zu schnappen, war vergeblich. Er strampelte zuerst wild um sich. Dann wurden seine Bewegungen immer langsamer.

Nach einer Weile hörte er ganz auf zu zappeln.

Er versank regungslos.

Die Whiskeyflasche, die er bis zuletzt in der Hand gehalten hatte, folgte ihm nicht auf seinem letzten Weg. Sie schaukelte nach wie vor halb gefüllt auf der Oberfläche hin und her.

Wie eine Boje auf offener See.

85

Montag, 11.00 p.m., Hilton, Washington D.C., USA.

Wolf betrat voller Selbstvorwürfe die Lobby ihres Hotels. Wenn er Eva nicht wiederfand, nicht auszudenken. Oder noch schlimmer, wenn ihr etwas Schlimmes zugestoßen war. Er würde es sich niemals verzeihen können.

In seinem momentanen Zustand konnte er unmöglich auf sein Zimmer gehen. Am besten versuchte er, sich bei einem Bier in der Hotelbar zu beruhigen.

Als er den lichtgedimmten länglichen Raum betrat, entdeckte er sie auf einem Barhocker. Sie musste ihn ebenfalls gesehen haben, reagierte aber nicht.

Er trat neben sie.

Leise Musik erklang aus versteckten Lautsprechern. Ein Countrysong. Verschmähte Liebe, keinen Job, kein Geld. Das Übliche.

»Tut mir leid«, sagte er.

»Mir auch.« Sie spielte mit dem Weinglas in ihrer Hand. Drehte es, schob es hin und her. Sah ihn immer noch nicht an.

»Mach das bitte nie wieder. Ich hatte eine Heidenangst um dich. Einfach davonlaufen. Dir hätte alles Mögliche passieren können.«

»Also liegt dir doch was an mir.« Sie behielt ihren Blick auf den Tresen gerichtet.

»Natürlich liegt mir was an dir. Du bist doch meine kleine Schwester.« Er knuffte ihr sanft in die Seite.

»Bin ich eben nicht. Sag mir lieber endlich, um was es geht. Dass du nichts von mir wissen willst, hab ich kapiert.

Aber ich will wenigstens wissen, wie ich dir helfen kann. Als gute Freundin und Ex-Schwester, wenn du so willst.« Sie sah ihn lange an.

»Das kann ich nicht. Tut mir leid.« Er schüttelte langsam den Kopf. »Viel zu gefährlich. Ich will nicht, dass dir etwas zustößt. Das musst du einfach verstehen.«

»Aber wenn du es mir sagen würdest, könnte ich mich besser schützen, weil ich wüsste, woher die Gefahr kommt.«

Er antwortete nicht. Bestellte ein Bier beim Barkeeper.

»Bitte, Wolf.«

Ihr flehentlicher Blick machte es ihm schwer, weiter zu schweigen.

»Hör endlich auf damit. Ich verspreche dir, wenn ich deine Hilfe brauche, erfährst du alles, was notwendig ist. Abgemacht?«

»Na gut. Ich liebe dich übrigens wirklich. Das war kein Spaß vorhin.« Sie starrte erneut auf den Tresen. Wurde rot.

»Für mich ist das wie gesagt kein Thema«, erwiderte Wolf sachlich. »Ich habe Rebekka sehr geliebt. Weißt du doch.« Er nahm sein Bier vom Barkeeper entgegen und trank.

»Ich weiß.« Sie nickte. »Ich geh auf mein Zimmer. Rufst du mich morgen früh an, bevor du aus dem Haus gehst?«

»Sicher. Gute Nacht.«

86

Montag, 11.15 p.m., Washington D.C., USA.

Agent Jonathan Scott parkte schräg gegenüber dem Haus der Jansens. Sein Chef Hugh Bender hatte ihn hergeschickt, um die Witwe des verunglückten Tom Jansen zu überwachen.

Er sollte auf Besonderheiten achten.

Besuche. Autonummern. Ausflüge.

Es bestand der Verdacht, dass Tom Jansen eventuell absichtlich vor die U-Bahn gestoßen wurde. Es könnte mit diesen Plänen für eine neuartige Laserwaffe in der Zeitung zusammenhängen, von denen Jansen genauso wie Bart Ewing offenbar gewusst hatte.

Möglich, dass der Täter nun versuchte, mit Judith Jansen Kontakt aufzunehmen. Vielleicht hatte ihr Mann wertvolle Informationen für ihn hinterlassen.

Ebenfalls im Bereich des Möglichen lag es, dass er Judith Jansen töten wollte, weil sie, wie ihr Mann, zu viel wusste.

Auch um das zu verhindern, war Jonathan abgestellt worden.

Er lehnte sich in seinem Fahrersitz zurück. Gähnte ausgiebig.

Seit 7 Uhr morgens war er heute auf den Beinen. Zuerst der ganz normale Alltag im Büro. Dann zwei Verhaftungen, ein heftiger Streit mit seinem alten Freund und Kollegen Ronnie Seeger und eine ziemlich wilde Verfolgungsjagd auf dem Highway.

Jetzt das Haus der Jansens.

Bei dem Streit mit Ronnie war es darum gegangen, ob

man Gefangene oder Verdächtige foltern sollte oder nicht. Ronnie hatte es eindeutig befürwortet.

Jonathan fand es nicht rechtens. Lediglich in Ausnahmefällen wäre es für ihn so etwas wie eine letzte Möglichkeit. Aber auch nur dann, wenn dabei das Leben Dritter auf dem Spiel stand.

Er gähnte erneut.

Liebend gern würde er ein paar Minuten schlafen. Stattdessen zündete er sich eine Zigarette an, um sich wach zu halten.

Ihm fiel ein, dass er die App auf seinem Handy ausprobieren könnte, die er sich gestern Abend auf Anraten seines 14-jährigen Sohnes heruntergeladen hatte.

Man sprach etwas hinein und das Programm wandelte das Gesprochene in Musik um.

Sehr cool.

Vor allem, da Jonathan ein großer Musikfan war. Er hatte früher sogar einmal selbst eine Band. »The Runaways« hießen sie. Wie diese Frauenband aus den 70ern mit Joan Jett.

Nur dass sie keine Frauen waren, sondern harte Jungs.

87

Montag, 18.30 Uhr, München, BRD.

Anton hatte das Nylonseil gefunden. Es war genau dort gelegen, wo Maria es verstaut hatte. In dem alten Küchenschrank im Keller.

Er band eine Schlaufe wie bei einem Lasso. Streifte sie über seinen Kopf. Zog sie am Hals zu.

Fühlte sich seltsam an. Was mochte Wolf Schneiders Kollegin Manuela Schaller gedacht haben, als sie vor einigen Tagen dasselbe tat? Oder hatte doch jemand bei ihr nachgeholfen? Zufriedenstellend gelöst war der Fall noch lange nicht. Zu viele Fragen waren offengeblieben.

Egal. Was gingen ihn diese Leute noch an. Niemand ging ihn mehr etwas an. Niemand brauchte ihn. Er war fertig mit den Menschen. Der Draht zwischen ihm und dem Rest der Welt war ein für alle Mal durchtrennt.

Verwitwet, gekündigt, ein Mörder kreiste es ihm immer wieder durch den Kopf. Sosehr er auch suchte, er fand keinen überzeugenden Grund dafür, weiterleben zu wollen.

Geh deinen Weg. Schau nicht zurück.

Ein kräftiger Balken musste her, um den er das lose Ende des Seils binden konnte. Oder etwas in der Art.

Und einen Stuhl oder Hocker bräuchte er.

Dort im Eck, der alte Küchenstuhl. Der würde sich perfekt eignen.

Er stellte ihn in die Mitte des Kellerabteils. Genau unter das Heizungsrohr, das direkt unter der Decke verlief.

So müsste es gehen.

Hoffentlich hielt der Stuhl ihn aus. Ein Bein war locker.

Egal. Würde schon schiefgehen.

Er hatte ihn vor Jahren hier unten deponiert, um ihn bei Gelegenheit zu reparieren, fiel ihm ein. Zu spät. So vieles, das nicht mehr zu reparieren war. Zu viel.

Er stieg auf ihn.

Warf das lose Ende des Seils über das Heizungsrohr.

Zog es an der anderen Seite wieder hervor.

Straffte es.

Verknotete es fest.

Maria und er in Italien. Wein. Pasta. Pizza. Sternenhimmel. Blaues Meer. Weißer Sandstrand. Ihr Lächeln.

Verliebt. Verlobt. Verheiratet.

Maria und er im Bayerischen Wald. Herrlich frische Luft. Blumenwiesen. Bäume im Wind. Weite Wanderungen. Köstlicher Schweinsbraten. Schmackhaftes Bier.

Gemeinsame Blicke auf die Wunder der Natur.

Maria und er am Starnberger See. Kinderlachen. Freie Sicht auf die Alpen. Radtouren. Brotzeit.

Marias Lachen.

Ihr fröhliches Lachen.

Immer und immer wieder nur ihr ausgelassenes Lachen.

Er versetzte dem wackeligen Küchenstuhl einen kräftigen Tritt.

Schwebte. Entschwebte. Baumelte am Seil hin und her wie eine Rinderhälfte am Haken.

Maria. Maria und er. Für immer.

88

Montag, 11.45 p.m., Landhotel, Umland Baltimore, USA.

»Was ist denn nun mit den Plänen für diese Laserwaffe?« Der Deputy Secretary of Defense Ronald Burbank klang nicht nur aufgebracht. Er schien stocksauer zu sein.

»Deswegen wecken Sie mich mitten in der Nacht?«,

zischte Arthur ärgerlich in den Hörer seines Handys für besondere Angelegenheiten.

Er wollte nicht, dass Jane, die neben ihm lag, aufwachte und ihn hörte.

»Ich sagte doch, ich melde mich bei Ihnen, sobald ich etwas Konkretes in den Händen halte«, fuhr er flüsternd fort. »So eine Laserkanone ist schließlich kein Hamburger, den man sich mal eben an der Ecke holt. Die Pläne dafür auch nicht.«

»Das ist mir klar, Mr. Snow. Aber Ihre Vertröstungen helfen Ihnen nicht weiter. Das Verteidigungsministerium der USA lässt sich nicht verarschen, guter Mann. Von niemandem.« Ronalds Stimme besaß einen drohenden Unterton.

Leck mich doch, du Großmaul. In der freien Wirtschaft hätten sie einen faulen und korrupten Sesselfurzer wie dich längst gefeuert.

»Ist mir klar, Ronald. Aber ich kann nichts dafür, wenn meine Lieferanten Scheiße bauen. Sie müssen sich einfach noch etwas gedulden.« Arthur ging ins Bad. Er verschloss die Tür, damit Jane ihn nicht hören konnte, falls sie aufwachte.

»Schwierig, Mr. Snow. Hier weht in dieser Sache ohnehin ein starker Gegenwind. Vor allem nach dem Artikel in der Washington Times. Ich weiß nicht, wie lange ich meine Gegner noch in Schach halten kann.«

»Halten Sie sie in Schach und ich garantiere Ihnen die modernste und schlagkräftigste Waffe, die Sie je gesehen haben.« Arthur schwitzte.

Es war warm im Zimmer. In der Toilette erst recht. Offensichtlich funktionierte die Klimaanlage nicht. Wieso war ihm das nicht schon früher aufgefallen? Der viele Whiskey?

»Treten Sie aufs Gas, Mann. Sonst können Sie unser Geschäft vergessen.« Ronald hörte sich nach wie vor wütend und ungeduldig an.

»Ich bringe die Sache mit der Laserkanone in Ordnung. Sorgen Sie dafür, dass bei Ihnen nicht noch mehr Leute quatschen.« Arthur schlug seinerseits einen scharfen Tonfall an. »Sonst ist es wirklich Essig mit unserem Geschäft. Drohen lasse ich mir nicht. Auch nicht von Ihnen. Kapiert?«

»Was erlauben Sie sich, Snow? Reißen Sie sich gefälligst zusammen, Mann. Wer quatscht bei uns? Bei uns quatscht niemand.«

»Sie haben ein Leck.«

»Blödsinn. Wer sollte das sein.«

»Kein Blödsinn. Aber keine Sorge. Ich kümmere mich um die Sache.«

»Es gibt tatsächlich eine Ratte bei uns?«

»Ja, Ronald. So leid es mir tut. Also, wie sieht's aus? Haben Sie noch etwas Geduld?« Arthur grinste selbstsicher. Er hatte ihn an der Angel. Das wusste er.

»Na gut. Sie melden sich? Auch wegen der Ratte. So was muss ich wissen.« Ronald gab seiner Stimme einen versöhnlichen Anstrich.

»Natürlich. Ich melde mich, wie abgemacht.« Arthur blieb sachlich. »Kommen Sie wieder runter. Alles wird gut.«

»Na gut.« Ronald legte auf.

Yes! So redet man mit euch arroganten Arschlöchern. So und nicht anders.

Arthur kehrte sichtlich zufrieden ins Schlafzimmer zurück.

Dass Jane die ganze Zeit über wach gelegen war, hatte er nicht bemerkt. Dass sie aufgrund der dünnen Wände zum Badezimmer alles mitgehört hatte, ebenfalls nicht.

Die Pläne, die Pläne. Immer wieder diese beschissenen Pläne. Druck, Druck, und noch mehr Druck. Jeder schien in Panik zu geraten. Bescheuerte Hohlköpfe. Idioten. Flachwichser.

Wo waren sie bloß, die Pläne? Wo war dieser Schneider?

Höchste Zeit, dass etwas geschah.

Was war nur mit Mr. Black los? Warum rührte sich der Vollidiot nicht?

War denn auf niemanden außer Dorian mehr Verlass? Das musste sich ändern.

Sonst war alles aus.

89

Montag, 11.50 p.m., Hilton, Washington D.C., USA.

Eva lag wach auf ihrem Bett. Sie weinte.

»Und wenn ich ihn nun für immer verloren habe?«, fragte sie schluchzend in das leere Hotelzimmer hinein.

»Red keinen Unsinn«, gab sie sich selbst die Antwort. »Er braucht einfach noch Zeit. Muss das mit Rebekka erst einmal verdauen.«

Sie ahnte, dass er sich an den Mördern seiner Frau rächen wollte. Vielleicht hing alles mit dieser Laserkanone zusammen. Und mit den seltsamen Unfällen, von denen in der Zeitung die Rede war. Tom Jansen und Bart Ewing.

Wolf schien in die Sache involviert zu sein. Wie weit und warum genau, wusste sie allerdings nicht.

Warum vertraute er sich ihr nicht an? Sie war sich sicher, dass sie ihm nützlich sein konnte. Aber wie sollte sie ihm das beibringen?

Wenn er nur nicht so stur und schweigsam gewesen wäre. Typisch Mann eben.

Kluger Mann. Starker Mann. Gefühlvoller Mann.

Jedenfalls keine alltägliche Erscheinung. Nein, die war ihr Ex-Halbbruder beileibe nicht. Bereits am Gymnasium waren alle Mädchen hinter ihm her gewesen.

Sie schloss ihre Augen. Sah sein Gesicht vor sich. Seinen weich geschwungenen Mund, seinen entschlossenen Blick, sein offenes Lächeln.

Sie liebte alles an ihm. Die Gedanken an ihn jagten wohlige Schauer über ihren Körper.

Sie hatte lange Zeit keine Vision mehr gehabt. War es möglich, dass ihre übernatürlichen Fähigkeiten von der Liebe zu ihm blockiert wurden?

In diesem Fall hätte er recht.

Sie wäre ihm wohl doch eher keine Hilfe.

Im Gegenteil. Es konnte sogar gefährlich für sie beide werden. Indem sie ihre Ahnungen fehlinterpretierte, ihre Ängste nicht mehr wahrnahm, ihre Vorsicht vergaß.

Lass ihn machen. Vertraue auf ihn. Vertraue auf Gott und mach dich frei. Nur so kannst du ihm helfen.

Ihr Handy meldete eine SMS: »Kommst du bitte in mein Zimmer. Muss dir was erklären.«

90

Montag, 18.40 Uhr, München, BRD.

Unter lautem Knirschen löste sich das Heizungsrohr aus seiner Verankerung in der Decke.

Anton krachte mit voller Wucht auf den Kellerboden. Das Rohr folgte ihm. Landete scheppernd mitsamt dem Putz drumherum auf seinem Oberkörper.

Eine Weile lang blieb er regungslos liegen.

Dann schlug er die Augen auf. Riss und zerrte panisch nach Luft japsend an dem Strick um seinen Hals.

Lockerte ihn schließlich. Bekam wieder Luft.

»Scheißdreck«, fluchte er heiser. »Nicht mal umbringen kannst du dich anständig, Anton Wallner.«

Er schob das abgebrochene Stück Heizungsrohr von seiner Brust. Rappelte sich mühsam schnaufend hoch.

»Zu schwer, alter Fettsack«, stellte er emotionslos fest. »Einfach zu schwer.«

Er löste das Seil vollständig von seinem Hals. Warf es auf den Boden. Für heute war es das mit Selbstmord, sagte er sich.

Ein andermal wieder. Vielleicht. Mal sehen.

Langsam wankte er die Stufen zu seiner Wohnung hinauf.

Er sperrte auf, ging ohne Umwege ins Bad, zog seine verstaubten Kleider aus und duschte. Kalt und heiß. So lange, bis das Leben nahezu vollständig in ihn zurückgekehrt war.

Eine halbe Stunde später läutete jemand an der Tür.

Er streifte umständlich den langen Frotteemorgenmantel über, den ihm Maria letzte Weihnachten geschenkt hatte, schlüpfte in seine Hausschuhe, ging nachsehen.

»Servus, Chef.« Berta Stocker grinste ihn breit an, nachdem er geöffnet hatte. »Ich dachte mir, ich schau mal nach dem Rechten.« Seine langjährige Assistentin quetschte sich resolut an ihm vorbei. Sie sauste geradewegs ins Wohnzimmer.

»Hallo, Frau Stocker«, haspelte er überrascht, während er ihr langsam folgte. »Ich bin aber gar nicht auf Besuch …«

»Macht nix, Chef.« Sie stellte ihre Handtasche und eine große gefüllte Einkaufstasche auf dem Tisch ab. »Ich hab Essen mitgebracht. Wo ist der Herd?«

»Da drüben.« Anton zeigte auf den Durchgang, der vom Wohnzimmer aus direkt in die Küche führte.

»Alles klar. Ich finde mich zurecht. Sie dürfen sich inzwischen anziehen. In einer halben Stunde steht alles auf dem Tisch.« Sie schnappte sich ihre Taschen und eilte los.

»Ja. Aber … äh … na gut, also«, stammelte Anton. »Was gibt's eigentlich?«

»Fleischpflanzerl und Kartoffelsalat«, rief sie ihm über die Schulter hinweg zu. »Ist alles schon fertig. Ich muss nur noch die Pflanzerl aufwärmen.«

»Aha. Na gut.« Er zuckte unschlüssig die Achseln. »Dann ziehe ich mich halt an.«

»Ich bleibe übrigens über Nacht. Hab alles Nötige dabei.«

»Wie? Was? Warum?« Anton verstand überhaupt nichts mehr. Das ging gerade alles entschieden zu schnell für einen, der vor Kurzem noch auf dem Weg ins Jenseits war.

»Ich lass meinen Chef doch nicht hängen, wenn er Sorgen hat. Sie werden schon sehen. Gutes Essen von mir persönlich zubereitet, ein wenig nette Gesellschaft und viel Ruhe, dann sind Sie bald wieder toppfit fürs Büro. Herzliches Beileid übrigens. Das mit Ihrer Frau ist wirklich schrecklich. Die ganze Abteilung richtet Grüße aus.«

»Woher weiß sie das bloß mit dem Aufhängen?«, fragte sich Anton leise murmelnd, während er ins Schlafzimmer trottete.

91

Dienstag, 9.00 a.m., Landhotel, Umland Baltimore, USA.

Es klopfte an der Zimmertür.

»Wer ist da?« Arthur bellte seine Frage unfreundlich vom Bett aus Richtung Tür.

Jane war im Bad. Duschen. Frischmachen. Schminken. Das übliche Morgenprogramm.

»Roomservice«, ertönte die junge Stimme einer Frau.

»Kommen Sie rein.«

Arthur hatte vorhin telefonisch Frühstück für zwei mit allen Schikanen aufs Zimmer bestellt.

»Da rüber, bitte.« Er zeigte auf die kleine Polstersitzgruppe ihrer Honeymoon-Suite.

Die attraktive Hotelbedienstete mit dem südländischen Teint stellte das Tablett mit duftendem Toast, Kaffee, Eiern, Fisch, Wurst, Käse, Früchten und Joghurt auf dem niedrigen Couchtisch in der Mitte ab.

»Kommen Sie her.« Arthur winkte sie zum Bett herüber. Er reichte ihr eine Zehndollarnote. »Für Sie.«

»Danke schön.« Sie deutete einen Knicks an.

»Und jetzt schön umdrehen und stehen bleiben«, kommandierte er.

»Okay …« Sie tat, was er befahl.

Er betatschte ihren Po, griff kräftiger zu, grunzte anerkennend, schlug kräftig mit der flachen Hand drauf.

»Autsch«, quietschte sie lächelnd.

»Bis zum nächsten Mal«, sagte Arthur breit grinsend.

Sie stakste fröhlich zur Tür hinaus.

Diese geilen mexikanischen Nutten können auch nie genug kriegen. Ich sollte es ihr irgendwann mal anständig besorgen. Bestimmt schreit sie wie am Spieß.

»Oh, Frühstück aufs Zimmer. Wie romantisch.« Jane, die wie aus dem Nichts frisch geduscht und geföhnt im Zimmer stand, betrachtete den gedeckten Tisch voller Vorfreude. »Setzen wir uns.«

»Natürlich, Schatz. Für dich nur das Beste.«

Arthur zog die Line Koks, die er sich auf seinem Nachtkästchen zurechtgelegt hatte, in einem Sitz ins rechte Nasenloch hinauf. Das linke folgte auf dem Fuße.

»Muss das schon wieder sein?«, erkundigte sich Jane kopfschüttelnd. »Ich dachte, du wolltest es etwas ruhiger angehen.«

»Nur zwei kleine Lines vor dem Frühstück.« Arthur lächelte einnehmend. »Komm schon, Darling. Du weißt genau, wie gut ich danach vögeln kann.« Jetzt grinste er sehr anzüglich.

»Ich will aber gar nicht schon wieder vögeln. Ich will essen.« Sie goss sich Kaffee ein.

»War nur ein Scherz, Darling. Lach doch mal.« Arthurs Miene verdunkelte sich. »Einfach so mal lachen. Tut gar nicht weh. Ich schwöre es dir.«

»Setz dich zu mir. Das Frühstück ist wundervoll«, erwiderte sie, ohne auf seine Provokation einzugehen.

»Nur, wenn du lachst.«

»Keine Lust. Hör schon auf.« Sie winkte ab.

»Doch, ganz sicher. Du wirst lachen. Und zwar auf der Stelle.« Er ging langsam auf sie zu. Sein Grinsen gefror zu einer hässlichen Grimasse.

Warum tut sie nie, was ich will, die blöde Schlampe? Was ist so schwer dran, ein bisschen fröhlich und dankbar zu sein, wenn man von seinem Mann verwöhnt wird?

»Hör schon auf, Arthur.« Sie lächelte flüchtig. Zumindest das. »Lass uns frühstücken.«

»Du willst Kaffee?«, fragte er mit irrem Blick. »Okay, du kriegst Kaffee.«

Ohne weitere Vorwarnung schüttete er ihr den heißen Inhalt seiner Tasse über die Brust und den Bauch.

»Aua, bist du verrückt geworden? Das tut weh.« Jane sprang auf wie von der Tarantel gestochen. Sie rieb sich instinktiv mit beiden Händen die betroffenen Körperstellen. Der Schmerz trieb ihr die Tränen in die Augen.

»Lach, habe ich gesagt!«, erwiderte er in militärischem Befehlston. Sein Gesicht lief puterrot an. Die Adern an seinen Schläfen traten pulsierend hervor. »Lach endlich, Dreckstück.«

»Hör auf, Arthur. Du machst mir Angst.« Sie blickte sich panisch nach dem besten Fluchtweg um.

Zumindest interpretierte er das so.

»Gut so. Eine dämliche Schlampe wie du sollte auch Angst haben.« Er brüllte sie an. »Sonst fängt sie nur an, Scheiße zu reden.«

Jetzt bist du fällig, du mieses Luder.

Er machte einen weiteren Schritt auf sie zu. War bereit zum Äußersten. Dass das Koks ihn langsam, aber sicher immer mehr in den Wahnsinn trieb, realisierte er nicht. Er fühlte sich einfach nur unendlich stark, überlegen, unbesiegbar und im Recht.

Auf die Knie. Erweise deinem Herren Respekt, du Fotze.

»Nicht schon wieder, Arthur Smith. Ich warne dich. Sobald du mich anrührst, bin ich für immer weg.« Jane hob die Fäuste zur Verteidigung.

Er ließ sich nicht im Geringsten davon beeindrucken.

Kam immer näher.

Holte zum Schlag aus.

Hielt mitten in der Bewegung inne.

Blickte nach unten.

Entdeckte die Gabel in seinem Schmerbauch.

Mindestens zwei Zentimeter tief steckte sie darin.

Er sah Jane überrascht an. Dann sackte er vor Schreck und Schmerzen in sich zusammen.

Sie rannte an ihm vorbei, schnappte sich ihre Handtasche und die Autoschlüssel, hetzte zur Tür.

»Such erst gar nicht nach mir, Arschloch«, rief sie ihm über die Schulter hinweg zu, bevor sie in den Flur hinaustrat. »Mich siehst du nie wieder. Geh zum Arzt. Du hast sie doch nicht mehr alle, du geisteskranker Psycho.«

92

Dienstag, 10.00 Uhr, München, BRD.

Es regnete. Die ersten Blätter an den Bäumen begannen sich zu verfärben. Der Ostfriedhof wirkte noch deprimierender als sonst.

Verwandte, Freunde, Arbeitskollegen von Anton. Alle waren sie gekommen, um Maria das letzte Geleit zu geben.

Anton stand am Rand der rechteckigen Grube, die sie für den Sarg ausgehoben hatten.

Dieses Holzding hat nichts mit meiner Maria zu tun, sagte er sich immer und immer wieder. Da liegt nur ihre leblose Hülle darin.

Ich behalte sie so im Herzen, wie sie war. Ein bisschen mollig und meistens fröhlich. Gerade recht. Und gar nicht dumm. Wahrlich nicht.

Er schniefte. Wischte sich schnell mit dem Handrücken die herausschießenden Tränen vom Gesicht.

In letzter Zeit war es vielleicht nicht immer zum Besten mit ihnen gestanden. Viele kleinliche Streitereien. Ehealltag eben. Aber alles in allem hatte er sie von Anfang an stets geschätzt, geachtet und sehr geliebt.

Hatte ihr wahres Wesen nie aus den Augen verloren.

Außerdem hatte er ihr grenzenlos vertraut. Konnte ihr all das sagen, was er anderen nicht sagen konnte. Viel wert, einen solchen Menschen an der Seite zu haben.

Alles wert.

Jetzt war er allein. Auch wenn ungefähr 50 dunkel gekleidete Menschen um ihn herumstanden.

Erneut überfiel ihn unsägliche Wut auf diesen hirnlosen

portugiesischen Lastwagenfahrer, der ebenfalls gestorben war. Durch seine Hand. Eigentlich hatte er es verdient, weil er ihm das Wichtigste im Leben genommen hatte. Moral hin oder her. War inzwischen auch schon egal.

Wer von den anderen zeigte denn Moral, wenn es um ihn ging? Sie hatten ihm seinen Job genommen. Ihn seiner Würde beraubt.

Keine Handzeichen?

Gut. Sitzen bleiben. Weiter egomanisch nur die eigenen Ziele verfolgen. Alles andere abtropfen lassen.

Der Chor, bestehend aus zwei älteren Frauen und zwei Herren im besten Alter, stimmte »Ich will keine Schokolade« von Trude Herr an.

Marias ausdrücklicher Wunsch. Sie hatte es in ihrem Testament so festgelegt. Hatte den Schlager aus den 60ern zeitlebens geliebt. Überhaupt waren die Schlager aus den 60ern und 70ern ihre große Leidenschaft gewesen. Sobald einer davon im Radio lief, hatte sie immer lauthals mitgesungen.

Anton beobachtete die Trauergäste, musste unwillkürlich grinsen, als er die meisten von ihnen auf einmal lächeln und im Takt mitwippen sah.

Selbst über den Tod hinaus wusste Maria, wie sich die anderen fühlen mussten. Spendete ihnen Trost. Schenkte ihnen ihre Liebe.

Selbstlos. Hingebungsvoll.

Hatte er ihr eigentlich jemals in aller Deutlichkeit gesagt, was für ein wertvoller treuer Mensch sie für ihn war? Wenn nicht, wäre es ein riesengroßer Fehler gewesen.

Nicht mehr wiedergutzumachen.

Die Träger seilten den Sarg langsam in die Grube hinab.

Asche zu Asche. Staub zu Staub.

Blumen auf dem Sargdeckel. Schwarze Erde. Tränen.

»… ich will lieber einen Mann.«

Solange wir leben, leben wir. Wenn wir tot sind, ist alles zu Ende. Mach's gut Maria, meine geliebte Frau. Warte auf mich. Ich komme bald nach.

93

Dienstag, 9.15 a.m., Umland Baltimore, USA.

Thomas Fox war seit zwei Stunden wach. Keine besonderen Vorkommnisse. Der Porsche der Smiths stand nach wie vor auf seinem Parkplatz vor dem Hotel.

Gerade war er ausgestiegen, um Lockerungsübungen zu machen. Eine Nacht auf dem Fahrersitz eines Autos ging selbst an einem mit 40 immer noch relativ jungen Mann wie ihm nicht spurlos vorüber.

Auch wenn er muskulös und durchtrainiert war. Ex-Marine. Kampfsportler. Hart im Nehmen und Geben.

Jetzt beobachtete er, wie Jane Smith, die Frau des Kongressabgeordneten, in das Auto stieg und losfuhr.

Eine Sekunde lang überlegte er, ob er ihr folgen sollte. Entschied sich dagegen. Arthur Smith war derjenige, den er beschatten sollte.

Doch der kam nicht aus der Hoteltür.

Bestimmt ein Ehestreit. Oder sie musste dringend in die Stadt. Vielleicht eine Wohltätigkeitsveranstaltung organisieren.

Die Hauptaufgabe von reichen Frauen wie ihr.

Er lehnte sich wieder in seinen bequemen Ledersitz zurück. Drehte das Radio an. Bruno Mars. Dämliche Schwuchtel.

Gab es keine anständige Musik mehr? Das war doch hier Amerika, oder nicht? Teufel nochmal. Alles ging den Bach runter. Überall nur Verbrecher, Nigger, Ausländer, Schwule und Linke.

Herr, lass eine Sintflut kommen, die das ganze Gesindel wegschwemmt.

Er ließ den Eingang des Hotels nicht aus den Augen.

94

Dienstag, 9.20 a.m., Washington D.C., USA.

»Dorian hier.«

»Dorian. Gut, dass Sie sich melden. Ging es gestern nicht mehr?« Arthur ächzte und stöhnte am anderen Ende der Leitung.

»War schon zu spät.«

»Ich bin immer lange wach.«

»Wusste ich nicht.«

»Dann wissen Sie es jetzt.«

»Klar, Chef. Oberst Quinn Archer ist letzte Nacht übrigens in seinen Pool gestürzt und ertrunken.« Dorian konnte sich ein süffisantes Grinsen nicht verbeißen.

»Sie meinen, gestern Nacht bei diesem schrecklichen Unwetter?« Arthur lachte leise.

»Ganz genau. Er scheint auf dem glitschigen Beckenrand ausgerutscht zu sein. Die leere Flasche Whiskey, die mit ihm gemeinsam im Wasser trieb, deutet auf einen stark alkoholisierten Zustand des Toten hin. Ein schrecklicher Unfall. So steht es zumindest in der Zeitung, die ich gerade vor mir auf dem Tisch liegen habe.«

»Ausgezeichnet, Dorian. Ganz ausgezeichnet. Wirklich.« Arthur lachte erneut. Lachte lauter. Keuchte. Hustete. Stöhnte.

»Fehlt Ihnen was, Sir? Kann ich etwas für Sie tun?«

Er hört sich nicht gerade besonders fit an.

»Nein, alles gut, Dorian. Danke. Hab mich nur leicht am Bauch verletzt. Der Arzt kommt aber gleich.«

»Wenn Sie es sagen.«

Nicht dass mir mein Goldesel abhandenkommt. Vor allem bevor er die letzte Rate bezahlt hat.

»Sie arbeiten sehr zuverlässig und effizient, Dorian. Ich werde das mit einem Extra-Bonus würdigen.«

Schau an. Es gibt sogar noch was obendrauf.

»Das freut mich natürlich sehr, Sir, Mr. Smith.« Dorian trank einen Schluck von dem lauwarmen Kaffee, den ihm der Kellner des Vorstadtcafés, in das er zum Frühstücken gegangen war, gerade gebracht hatte.

Er schmeckte nicht besonders gut. Egal. Besser als nichts. Passte in den vergammelten, nach altem Fett und Schweiß riechenden Laden.

Außer ihm waren nur zwei Rentner anwesend, die an der Bar sitzend ihren ersten Schnaps des Tages genossen. Aus irgendeinem alten Lautsprecher erklang krächzend Countrymusik. Die Fensterscheiben starrten vor Schmutz, sodass man kaum noch hindurchschauen konnte.

Aber hier würde er nicht weiter auffallen.

Das war das Wichtigste.

»Einen weiteren Auftrag habe ich auch noch für Sie. Es geht um einen Anwalt in Übersee. Berlin, um genau zu sein. Die Einzelheiten schicke ich Ihnen später per SMS.«

»Sehr gerne.« Dorian grinste erfreut.

Das klang geradezu perfekt. Nach Europe wollte er schon lange einmal wieder. Er hatte Verwandte in Griechenland, die er seit einer Ewigkeit nicht gesehen hatte.

Sonne, weißer Strand, blaues Meer, Retsina, Ouzo, Calamari vom Grill, Lamm aus dem Ofen. Es würde traumhaft werden.

»Wunderbar. Auftrag hiermit erteilt. Sobald es Ihnen möglich ist. Ich bin die nächste Stunde übrigens nicht erreichbar«, sagte Arthur, bevor er auflegte. »Muss meine Verletzung versorgen lassen.«

95

Dienstag, 4.00 p.m., Washington D.C., USA.

»Das ist sie.« Wolf zeigte auf die schlanke Frau mit den roten Haaren. Sie stand allein am Tresen der exklusiven Weinhandlung, die er gerade mit Eva betreten hatte.

Er hatte sie nun doch mitgenommen, um Tom Jansens Frau Judith zu treffen. Ihm war endgültig klar geworden, dass er bei der Suche nach den Hintermännern von Rebekkas Mörder nicht auf ihre übersinnlichen Fähigkeiten verzichten konnte.

Deshalb hatte er sie auch gestern Abend auf sein Zimmer bestellt und ihr alles erzählt. Von Anfang an. Weinbergers Konstruktionspläne für die Laserkanone waren dabei genauso zur Sprache gekommen wie Summer, Nobody, Holger und Erwin.

Sie hatte vernünftig reagiert. Hatte ihm erneut ihre Hilfe angeboten, aber auch gesagt, dass sie sich zurückziehen würde, sobald er das für richtig hielt.

Allerdings hatte sie ihn auch gefragt, ob es unbedingt nötig wäre, die Verantwortlichen für Rebekkas Tod gewaltsam zur Rechenschaft zu ziehen. Es gäbe schließlich Behörden wie die Polizei und Gerichte für so etwas.

Er hatte nur höhnisch gelacht. Als wüsste er das nicht selbst. Aber was unternahmen sie denn, die Behörden? Nichts. Weniger als nichts. Außer ihn zu beschuldigen. Vielleicht hatten sie zum Teil sogar selbst ihre Finger in der Sache. Durchaus denkbar. Falsch. Eher verwunderlich, wenn es nicht so gewesen wäre.

»Hallo, Judith?«, sagte er, sobald sie vor ihr standen.

»Wolf Schneider?«

»Ja.«

»Hallo, freut mich, dich wiederzusehen. Du bist schlank geworden. Ich hätte dich fast nicht mehr erkannt.« Sie lächelte unmerklich und reichte ihm die Hand.

Was redet sie da? Ich war schon immer schlank. Wahrscheinlich verwechselt sie mich.

»Und du bist immer noch so schön wie früher. Das hier ist übrigens meine Schwester Eva. War sie vielmehr mal. Egal.«

Er winkte schnell ab. Wie sollte er den komplizierten familiären Sachverhalt der Schneiders auf die Schnelle erklären – und dann, warum.

»Hallo, Eva.« Judith zog irritiert die Stirn in Falten. »Also bist du doch nicht allein gekommen.« Sie wandte sich an Eva: »Sind Sie nun die Schwester oder nicht?«

»Hallo, Judith.« Eva reichte ihr die Hand. »Bisher dachten wir beide, ich wäre es. Meine Mutter hat mich aber kürzlich darüber informiert, dass es nicht so ist.«

»Tatsächlich.« Judith hob erstaunt die Brauen. »Sachen gibt's.«

»… die gibt's gar nicht.« Eva schüttelte den Kopf. »Aber wir gewöhnen uns daran.« Sie zeigte auf Wolf und sich. »Tut mir sehr leid für Sie, das mit Ihrem Mann.« Ihre Stimme klang teilnahmsvoll.

»Danke. Ist eine schwere Zeit gerade.« Judith senkte den Blick.

Sie nahm ein Papiertaschentuch aus ihrer Handtasche und tupfte sich damit ein paar Tränen aus den Augenwinkeln.

»Kann ich mir denken«, sagte Wolf leise.

Sie schniefte.

»Haben Sie schon die Sehenswürdigkeiten unserer schönen Stadt besichtigt?«, wandte sie sich kurz darauf erneut an Eva.

Sie schien ihre Trauer nicht an die große Glocke hängen zu wollen. Zumindest nicht hier und jetzt weiter.

»Wir waren gerade noch mal unterwegs. Kapitol, Jefferson Memorial, das Weiße Haus, Lincoln Memorial, National Gallery of Art, National Cathedral. Herrlich.« Eva strahlte glücklich.

»Oh, wow. Das ist eine ganze Menge.« Judith nickte beifällig.

»Tolle Stadt.« Wolf nickte ebenfalls.

»Wie geht es deiner Frau, Wolf? Rebekka war ihr Name, stimmt's?«

96

Dienstag, 4.10 p.m., Umland Baltimore, USA.

Nach dem der Arzt seine Wunde versorgt hatte, war Arthur vom Hotel aus mit dem Taxi in den Kongress gefahren. Eine wichtige Sitzung, die er nicht verpassen durfte. Es ging um die Finanzplanung des nächsten Quartals. Anschließend hatte er sich von einem weiteren Taxi nach Hause bringen lassen.

Jetzt legte er seinen Hausschlüssel auf den Wohnzimmertisch, ignorierte das Chaos um sich herum, ging geradewegs auf die Terrasse und setzte sich dort auf seinen Liegestuhl.

Es war angenehm warm.

Die Leute, die er zum Aufräumen und Putzen bestellt hatte, würden erst morgen kommen. Das hieß auch kein Bett.

Schlief er eben hier am Pool.

Wenn er nicht bald an Weinbergers Pläne kam, war sowieso alles egal.

Jane war nicht da. Warum eigentlich nicht? Ihr Platz war an seiner Seite. So hatte sie es damals bei ihrer Hochzeit zumindest versprochen. Hatte sie doch? Oder?

»Hat der Herr die Frau nun aus unserer Rippe erschaffen, oder nicht?«, murmelte er. »Er hat sie uns geschenkt, damit wir Unterhaltung haben. So steht es doch geschrieben, verdammt noch mal.«

Warum beschränkte sich die dämliche Schlampe nicht einfach auf ihre ureigenste Aufgabe?

Auf jeden Fall war sie verschwunden. Vielleicht für immer.

Undankbares Miststück. Alles hatte er für sie getan. Ihr

die Welt zu Füßen gelegt. Ihr jeden verfickten Wunsch von den Augen abgelesen.

»Soll sie doch bleiben, wo der Pfeffer wächst. Ich brauch sie nicht mehr.«

Obwohl. So einfach war das auch wieder nicht. Einen Arthur Smith verließ man nicht so mir nichts, dir nichts. Man ging nur, wenn er es ausdrücklich gestattete oder wünschte.

Sie würde auf jeden Fall teuer für ihre Eigenmächtigkeit bezahlen.

Eine Line Koks. Schnell. Gleich hier auf der Terrasse.

Links und rechts ins Nasenloch.

Viel. Mehr. Noch mehr.

Ah, tat das gut. Brachte einen gleich wieder auf Trab.

Warum rührte sich Mr. Black immer noch nicht? Hatte er Weinbergers Pläne längst in seine eigene Tasche gesteckt? Auf eigene Faust verkauft?

Er wählte die Nummer des Auftragskillers, der sich wahrscheinlich immer noch in Portugal aufhielt, um nach Wolf Schneider zu suchen.

Nichts. Er hatte sein Handy entweder vernichtet oder ausgeschaltet.

Ein klarer Fall für Dorian. Er würde nach dem Kerl sehen, wenn er nach Berlin flog.

Von dort nach Lissabon war es ein Katzensprung.

97

Dienstag, 4.20 p.m., Washington D.C., USA.

»Rebekka lebt nicht mehr«, sagte Wolf.

»Oh Gott. Das tut mir leid. Ihr wart so ... verliebt.« Judith hielt erschrocken die Hand vor ihren Mund. »Was ist passiert?«

»Ein Unfall, wie Tom. Ich möchte nicht darüber reden.« Er blickte auf den Boden.

»Verstehe ich.« Sie legte mitfühlend die Hand auf seinen Unterarm.

Eva registrierte es mit einem eifersüchtigen Blick.

»Danke, Judith. Ich verstehe dich auch.«

Wolf vermied es ganz bewusst, die wahre Todesursache zu erwähnen. Judith musste nicht wissen, dass er hinter einem Gangster her war, der eventuell sogar ihren Mann auf dem Gewissen hatte. Es würde alles nur unnötig komplizieren und sie unter Umständen in Gefahr bringen.

»Der Chardonnay ist übrigens wirklich köstlich«, sagte er stattdessen und schnalzte anerkennend mit der Zunge.

»Dann habe ich also nicht zu viel versprochen?« Judith lächelte sanft.

»Auf keinen Fall. Was meinst du, Eva?«

»Wunderbar. Schmeckt sehr fruchtig.«

»Kalifornischer Wein eben.« Judith lächelte weiter.

»Unsere Deutschen sind aber auch nicht so übel«, griff Wolf ihre Bemerkung auf. »Man denke nur mal an die Frankenweine.«

Eva nickte zustimmend.

»Stimmt«, sagte Judith. »Ich kann mich noch daran erinnern. Der Abend mit dir und Rebekka in diesem wunderbaren Weinkeller in München. Da hatten wir doch Frankenwein?«

»Ja. War ein toller Abend. Sag mal, Judith. Schau nicht sofort hin. Aber kennst du den Mann da hinten im Eck?« Er deutete unauffällig mit seinem Glas quer durchs Lokal auf den letzten Ecktisch.

Sie blickte sich langsam um. »Meinst du den gutaussehenden Kerl im grauen Anzug?«

»Ja.«

»Nie gesehen.« Sie zuckte die Achseln.

»Merkwürdig. Er sieht andauernd zu uns herüber. Man könnte meinen, er beobachtet uns.« Er sprach leise. Vermied es, den Mann erneut anzusehen. »Und dann trinkt er auch noch Wasser.«

»Das ist allerdings merkwürdig hier drinnen«, bestätigte Judith mit einem leisen Grinsen. »Ein Polizist?«

»Mag sein. Fragt sich nur, ob er uns oder dich beobachtet.«

»Das können wir ganz einfach herausfinden.« Judith lächelte wissend. »Ich gehe einmal um den Block. Dann sehen wir, ob er hierbleibt oder mir folgt.«

»Zu gefährlich.« Wolf schüttelte den Kopf. »Wir finden eine andere Lösung. Lass uns erst mal lieber noch so einen köstlichen Wein bestellen.«

»Ich bin gerne dabei«, sagte Eva erfreut, während sie ihr leeres Glas hochhielt.

»Bestimmt verfolgt er mich«, meinte Judith, nachdem sie mit Nachschub versorgt waren. »Bart Ewing, Tom und Oberst Quinn Archer, ein alter Freund von Tom, kommen innerhalb weniger Tage durch seltsame Unfälle um? Das kann mir keiner erzählen. Da steckt doch Methode dahinter.«

»Du meinst Mord?«

Sie nickte nur.

»Kann natürlich sein«, meinte er.

Von einem Oberst Quinn Archer hatte er nie zuvor gehört. Die Sache zog also immer weitere Kreise. Fragte sich nur, ob dadurch alles einfacher wurde oder noch schwieriger.

»Bestimmt hat es mit dieser Laserkanone zu tun, von der Bart Ewing der Times Daily berichtet hat.«

»Tatsächlich?« Wolf sah sie überrascht an. Er verriet ihr nicht, dass er über die Laserkanone Bescheid wusste, und weswegen er hier war. »Wie kommst du darauf?«

»Weil Tom und Quinn ebenfalls davon wussten. Außerdem hatte jemand gestern Sam entführt und Tom erpresst, irgendetwas zu verraten. Bestimmt war es auch wegen dieser geheimen Pläne. Was denn sonst?« Judith weinte.

»Klingt nach einer regelrechten Verschwörung.« Er nickte bedächtig. »Aber was will der Kerl im grauen Anzug dann von dir?«

»Vielleicht glaubt er, ich weiß mehr über die Sache.«

98

Dienstag, 4.30 p.m., Washington D.C., USA.

»Merkwürdig. Bart Ewing, Tom Jansen und jetzt auch noch dieser Oberst Archer. Drei seltsame Unfälle innerhalb kürzester Zeit.« Detektiv Alvin Strauss sah seinen Kollegen Boyd Flex nachdenklich an.

»Moment«, erwiderte Boyd. »Das mit Tom Jansen konnten wir glasklar als Selbstmord abhaken.«

»Mich stört es trotzdem, dass sich alle drei Toten kannten, wie Jansens Frau behauptet. Außerdem hat sie was von einer Laserkanone gefaselt, als ich bei ihr war. Genau wie Bart Ewings Frau Liz. Ein echtes Püppchen übrigens, sage ich dir.«

»Muss alles nichts heißen.« Boyd winkte ab. »Es gibt die bescheuertsten Zufälle. Weißt du noch letztes Jahr? Als diese zwei Schwestern fast gleichzeitig einen tödlichen Unfall hatten. Die eine in New York, die andere in Las Vegas.«

»Stimmt. Ich erinnere mich.« Alvin setzte sich auf Boyds Schreibtischkante. »Verrückte Geschichte.«

»Genauso ist es bestimmt mit unseren jetzigen drei Opfern.« Boyd legte die Füße auf seinen Tisch.

Das Gespräch mit Alvin kam ihm gerade sehr gelegen. Hielt ihn von seinem unerledigten Schreibkram ab. Er hasste die langweiligen Büroarbeiten wie die Pest. War lieber draußen auf der Straße.

»Nichts als Zufall«, fuhr er fort. »Glaub es mir. Vielleicht irgendeine seltsame kosmische Strahlung oder so was. Und die drei waren besonders sensibel. Was weiß ich.«

»Na ja.« Alvin schüttelte unschlüssig den Kopf. »Und dann noch das mit dieser Laserkanone …«

»Laserkanonen gibt es nur bei Starwars.«

»Und bei Star Trek.«

»Und bei Star Trek. Ganz genau. Kinderkacke. Was gibt's heute eigentlich in der Kantine?«

»Hackbraten. Ich hol mir lieber einen Burger.«

»Bringst du mir einen mit?«

»Mal sehen. Wer zahlt? Du?«

99

Dienstag, 4.30 p.m., Washington D.C., USA.

Während Eva sich mit Judith angeregt über die neue Kunstaustellung in der National Gallery of Art unterhielt, sah sich Wolf etwas genauer in der Weinhandlung um.

Viel Glas und dunkles Holz. Ansprechend dekoriert. Hier gab es wirklich alles, was das Kennerherz begehrte. Vom einfachen weißen und roten Landwein bis zum teuersten Edeltropfen und Champagner.

Kein Wunder, dass sich so viele gut gekleidete Damen eingefunden hatten.

Die lautstarke Dreiergruppe am Nebentisch fiel ihm besonders auf. Eine hübscher als die andere, und sie tranken nicht zu knapp. Ihrem vertrauten Umgang mit dem Personal nach zu urteilen, handelte es sich um Stammgäste.

Einige von ihnen schienen bereits einen Kleinen über den Durst getrunken zu haben.

Auch der gutaussehende Mann im grauen Anzug blickte immer wieder interessiert zu ihnen hinüber.

Vielleicht hatte er gar kein Interesse an Wolf, Eva oder Judith, die aus seinem Blickwinkel direkt hinter den attraktiven Ladys standen, sondern war scharf auf eine von ihnen.

Möglich war's. Genau betrachtet, wäre es sogar das Natürlichste der Welt gewesen. Na klar. So musste es sein. Konnte nur so sein.

Wurde er langsam, aber sicher völlig paranoid?

Auch das war möglich.

Die Frau im weißen Hosenanzug gefiel Wolf besonders

gut. Ihre ganze Art, die dunklen Haare und ihre Blicke erinnerten ihn an Rebekka.

100

Dienstag, 4.30 p.m., Washington D.C., USA.

Ein sympathischer Typ bei den beiden Mädels am Nebentisch, sagte sich Jane. Eleganter Brillenträger in den besten Jahren. Hätte ich doch lieber einen echten Gentleman wie ihn genommen als meinen durchgeknallten Arthur.

Obwohl, man konnte nie wissen, was hinter der Fassade steckte. Dazu musste man die Menschen erst besser kennenlernen.

Siehe nur Arthur.

Am Anfang hatte er alles andere als unsympathisch gewirkt. Er hatte sie bezirzt, verwöhnt, ausgeführt.

Im Fall des kurzhaarigen Mannes am Nebentisch war ein Annäherungsversuch allerdings wohl eher vergebene Liebesmüh. Die Blondine neben ihm hatte ihn offenbar bereits in Besitz genommen.

Es war deutlich zu erkennen. Sie ließ keinen Blick von ihm.

»Dein weißer Hosenanzug, einfach super, Jane.« Sandra Bishop, die Frau des Polizeichefs von Baltimore, schenkte ihr ein bewunderndes Lächeln.

»Hab ich mir heute Nachmittag gekauft. Erstens sind

meine ganzen Sachen noch im Haus und zweitens brauchte ich irgendeinen Trost.« Jane lächelte zurück.

»Fabelhaft«, meinte Samantha Barnett, die schlaksige blonde Vorsitzende des Vereins zur Erhaltung amerikanischer Lebensart in Maryland. »Damit kriegst du alle Männer rum. Aber jetzt erzähl uns weiter von Arthur. Was ist mit ihm los?«

»Er war ja schon immer cholerisch. Muss ich euch nicht erklären. Aber jetzt dreht er völlig durch. Benimmt sich wie ein asozialer Gangsterboss. Ich schwöre es euch.«

»Oh, mein Gott.« Samantha riss entsetzt die Augen auf.

»Andauernd faselt er nur noch von »seiner« Laserkanone im Traum. Letzte Nacht im Hotel sprach er sogar am Telefon mit einem Kerl von der Army darüber. Er hat wohl gedacht, ich höre ihn nicht. Dabei brüllte er so laut in den Hörer, dass man ihn gar nicht überhören konnte.«

»Und dann?«

Samantha hing genau wie Sandra staunend und schockiert an Janes Lippen.

»Dann war er so unfassbar schrecklich zu mir, dass ich heute Morgen vor ihm geflohen und ausgezogen bin«, sagte Jane. »Er hat mich sogar geschlagen. Und mir absichtlich heißen Kaffee drübergeschüttet.«

Dass sie ihn mit einer Gabel zu Fall gebracht hatte, verschwieg sie. Es passte nicht ins Bild des Opfers, das sie gerade von sich abgab. Außerdem war es ihr gutes Recht gewesen, sich zu wehren.

»Was? Dieser gemeine Sadist. Nicht zu fassen.« Sandra blieb vor Staunen der Mund offen stehen. »Aber er ist doch sonst immer nur ganz Gentleman.«

»Früher ja. Inzwischen nur noch, wenn wir nicht alleine sind.« Jane senkte verlegen den Blick.

Sie sprach zum ersten Mal mit ihren Freundinnen über

Arthurs krasse Veränderung in der letzten Zeit. Es fiel ihr nicht leicht, das perfekte Bild, das sie ihnen gegenüber seit Jahren von ihrer Ehe aufgebaut hatte, zu zerstören. Letztlich würde dabei natürlich auch ein Makel an ihr hängen bleiben.

»Warum zeigst du ihn nicht an?«, wollte Sandra wissen.

»Ich denke ernsthaft darüber nach. Aber seine Anwälte ... er kennt jeden Trick ... und er hat Geld wie Heu.« Jane trank einen großen Schluck von ihrem Chardonnay.

»Ach, du Arme«, sagte Samantha. »Wo willst du denn jetzt schlafen? Im Hotel?«

»Ich hab da jemanden kennengelernt«, gestand Jane errötend.

»Was? Ehrlich? Ist er jung?« Samantha zog erstaunt die Brauen hoch.

»Wird nicht verraten.«

»Komm schon.« Sandra trat ungeduldig von einem Fuß auf den anderen.

Eine Liebschaft. Was gab es Spannenderes. Höchstens eine Scheidung.

»Ja, bitte«, schloss sich Samantha an.

»Ich sage nur so viel. Ihr habt ihn alle schon mal gesehen.«

»Was? Wo denn?«

»Hier drinnen?«

»Nein! Doch nicht etwa ... dieser sagenhaft gut aussehende junge Computertyp.« Sandra riss begeistert die Augen auf. »Dieser, Moment, er heißt wie ein Rennwagen. Ich komm gleich drauf.«

»Ferrari«, kam ihr Samantha zuvor. »Stimmt's? Ist er das?«

»Könnte gut sein.« Jane errötete leicht.

»Wahnsinn! Für den würde ich meine rechte Hand geben.« Sandra trank schnell einen Schluck von ihrem Prosecco. »Manchen fällt das Gold ständig vor die Füße«, meinte sie danach noch halblaut.

»Arthur ist im Moment wohl eher das Gegenteil von Gold«, widersprach Jane.

»Natürlich, Liebes. Hab's nicht so gemeint.«

Natürlich hast du es so gemeint, Schlange. Seit ich denken kann, bist du hinter Arthur und seinem Geld her und neidisch auf mich. Aber gut. Das ist eine andere Geschichte.

»Stand da nicht kürzlich etwas in der Zeitung über eine geheime Laserkanone?« Samantha rieb nachdenklich ihr rechtes Ohrläppchen. »Dieser verunglückte Kongressabgeordnete hatte doch etwas damit zu tun, Bart Ewing.«

»Hab ich auch gelesen.« Jane nickte. »Er hat sich auch sehr für den Erhalt der Regenwälder engagiert. Ein aufrechter Umweltschützer, obwohl er Republikaner wie Arthur war.«

»Schrecklich, vom Fahrrad geholt und direkt in den Tod geschleudert. Man mag es sich gar nicht vorstellen.« Samantha schüttelte betroffen den Kopf. »Er hinterlässt einen kleinen Sohn und seine Frau.«

»Was müssen diese Umweltpäpste auch überall mit dem Fahrrad hinfahren«, sagte Sandra und leerte ihr Glas.

101

Dienstag, 5.00 p.m., Washington D.C., USA.

Als Wolf das Wort »Laserkanone« am Tisch der attraktiven Ladys hörte, wurde er hellhörig. Die dunkelhaarige Frau, die ihm so gut gefiel, hatte es gerade erwähnt. Ihr Mann Arthur schien mehr darüber zu wissen. Was für ein außerordentlicher Zufall, wenn es dabei um Weinbergers Pläne ginge.

Nein, Unsinn. Das war völlig unmöglich.

Andererseits sprachen sie auch über Bart Ewing und den Zeitungsartikel in der Washington Times. Das wäre doch die Verbindung zu Weinbergers Plänen. Immer vorausgesetzt natürlich, dass der Artikel tatsächlich mit Weinbergers Laserkanone zusammenhing und nicht mit irgendeiner anderen. Was nach wie vor nicht ganz auszuschließen war.

»Sag mal, Judith«, unterbrach er das angeregte Gespräch seiner beiden Tischdamen. »Die Dunkelhaarige am Nebentisch. Weißt du, wer das ist?«

»Na klar, die kennt hier jeder.« Judith nickte. »Das ist Jane Smith, die Frau des Kongressabgeordneten Arthur Smith. Ein Ultrakonservativer. Ziemlich unangenehmer Zeitgenosse.«

»Tatsächlich.« Er strich sich nachdenklich übers Kinn.

»Warum fragst du?«, wollte Eva wissen. »Gefällt sie dir?«

Er meinte ein eifersüchtiges Blitzen in ihren Augen wahrzunehmen. Konnte sich natürlich aber ebenso gut getäuscht haben.

»Hässlich ist sie nicht gerade.« Er grinste flüchtig. »Mir ist nur aufgefallen, dass sie über Bart Ewing geredet hat.«

»Wer tut das zurzeit nicht in unseren Kreisen«, meinte Judith.

»Stimmt auch wieder. Wo ist eigentlich unser Beobachter hin?« Wolf zeigte auf das Eck, in dem bis gerade eben noch der auffällig unauffällige Mann im grauen Anzug gestanden hatte.

»Keine Ahnung.« Judith zuckte die Achseln.

»War wohl doch kein Geheimagent.« Eva lachte.

»Keine Vision? Keine Ahnung?« Wolf sah sie fragend an.

»Nein. Nichts.« Sie schüttelte den Kopf.

102

Dienstag, 5.00 p.m., Washington D.C., USA.

Agent Jonathan Scott war auf die Toilette gegangen.

Kurz zuvor hatte er unauffällig mit dem Handy ein Foto von dem Paar gemacht, das mit Judith Jansen am Tisch stand, und es zum Routinecheck an die Zentrale geschickt. Ihre Vornamen hatte er dazugeschrieben. Er hatte gehört, dass sie Wolf und Eva hießen, als er an ihnen vorbeimusste.

Wahrscheinlich waren sie harmlos.

Andererseits hatte er die Aufgabe, Judith Jansen gründlich zu überwachen, da nach wie vor der Verdacht in der Luft lag, dass ihr Mann keinen zufälligen Unfall hatte, sondern dass eventuell jemand nachgeholfen hatte. Das hieß für ihn, wie angeordnet, ihre Kontakte zu überprüfen.

Die Antwort der Zentrale kam schnell auf sein Handy. Bei den Personen auf dem Bild handele es sich den letzten vorliegenden Informationen nach um Peter und Sabine Müller aus Deutschland. Kürzlich mit dem Flugzeug von Portugal aus eingereist.

»Schau an, schau an.«

Sah ganz so aus, als wären die beiden unter falschem Namen unterwegs. Er rief in der Zentrale an.

»Diese Müllers, von denen ich euch gerade das Foto geschickt habe, nennen sich hier tatsächlich Eva und Wolf statt Sabine und Peter. Schickt das Foto der beiden doch mal nach Deutschland. Sollen die es sicherheitshalber mal durch ihre Computer jagen. Ich will das geklärt wissen.«

»Wir auch, Jonathan«, bestätigte die junge Frau am anderen Ende der Leitung. »Sind schon dabei. In ein paar Minuten wissen wir mehr.«

103

Dienstag, 5.03 p.m., Washington D.C., USA.

»Schön, dass wir uns mal wieder gesehen haben. Tom wäre sicher gern dabei gewesen.« Judith wischte sich ein paar kleine Tränen aus den Augenwinkeln.

»Schrecklich das alles.« Wolf machte ein bedauerndes Gesicht. »Ich wünsche dir und deinen Kindern jedenfalls alles Liebe und Gute, Judith.«

»Das wünsche ich dir auch«, schloss sich Eva an.

»Danke, ihr beiden.« Judith lächelte tapfer. »Nehmt ihr auch ein Taxi?«

»Ja. Aber steige du ruhig zuerst ein.« Wolf zeigte auf die beiden gelben Autos, die direkt vor dem Eingang der Weinhandlung parkten.

Während sie auf dem Weg ins Hotel waren, ging ihm die Sache mit Jane Smith und ihrem Mann Arthur nicht mehr aus dem Kopf.

»Dieser Arthur Smith könnte etwas mit Weinbergers Laserkanone zu tun haben«, sagte er.

»Nur weil seine Frau das Wort erwähnt hat?« Eva sah ihn fragend an. »Sie hatte doch über den Zeitungsartikel gesprochen.«

»Nicht nur. Sie hatte auch erwähnt, dass er über ›seine‹ Laserkanone im Traum sprach, und mit einem von der Army darüber geredet hätte. Verdächtiger geht es kaum, wenn du mich fragst.«

»Du meinst tatsächlich, dass er den Auftrag für den Mord an Rebekka gegeben haben könnte?«

»Der Verdacht liegt zumindest sehr nahe. Die erste konkrete Spur für mich.«

»Und nun?«

»Ich muss mit dem Kerl reden, dann weiß ich mehr.«

»Meinst du der Mann im grauen Anzug in der Weinhandlung war ein Polizist?«

»Keine Ahnung. Polizei, CIA, Homeland Security? Alles möglich.« Wolf zuckte die Achseln. »Jedenfalls schaute er die ganze Zeit zu uns herüber. Muss aber nichts heißen.«

»Muss nicht, aber kann.«

»Ich weiß.« Er starrte mit düsterem Blick zum Fenster hinaus.

Es wurde eng für sie. Ganz offensichtlich.

104

Dienstag, 5.08 p.m., Washington D.C., USA.

Als Jonathan ins Lokal zurückkam, sah er Judith, Wolf und Eva nicht mehr.

»Sie sind weg«, entfuhr es ihm alarmiert.

Das war gar nicht gut. Gerade eben hatte die Zentrale gemeldet, dass es sich bei den beiden Fremden um einen in Deutschland gesuchten Mordverdächtigen und seine Halbschwester handelte. Wolf und Eva Schneider.

So ein Mist. Wie konnte er die drei nur entkommen lassen. Ausgerechnet nachdem er seinen letzten Fall auch schon verbockt hatte. Ein russischer Informant hatte ihn gelinkt und war danach blitzschnell außer Landes verschwunden.

Auf Nimmerwiedersehen sozusagen.

Er rannte nach draußen vors Lokal. Sah sich im Eiltempo links und rechts davon um.

Nichts. Keine Spur von ihnen.

Sie waren wie vom Erdboden verschluckt.

Schwer atmend zupfte er seine Anzugjacke zurecht.

Zentrale verständigen. Fahndung rausgeben. Möglichst schnell.

Moment, das hieße höchstwahrscheinlich großen Ärger für ihn. Sehr großen Ärger sogar.

Versetzung, Urlaubssperre, Gehaltskürzung und so weiter. Die Liste der Strafmaßnahmen für sträfliche Nachlässigkeit im Dienst war endlos. Weil sein Vorgesetzter Hugh Bender ein sadistischer Wichser war.

Bestimmt war es sinnvoller, erst mal bei Judith Jansen zu Hause nach dem Rechten zu sehen. Möglicherweise waren sie zu dritt zu ihr gegangen.

105

Dienstag, 5.50 p.m., Washington D.C., USA.

»John? Bist du zu Hause?« Jane war von der Weinhandlung aus direkt hergefahren. Sie ging suchend durch das Erdgeschoss von John Ferraris Haus nahe dem Stadtrand von Washington.

Keine Antwort.

Designermöbel, modern, hell. Sie hätte es selbst nicht schöner einrichten können.

Die riesige Profiküche gefiel ihr besonders gut. John hatte sie einbauen lassen, weil er selbst gerne und ganz hervorragend kochte, wie sie heute Mittag am eigenen Leib erfahren durfte.

Wo mochte er nur sein. Sie hatten sich für 6 Uhr verabredet. Normalerweise war er bisher immer überpünktlich gewesen.

Sie nahm sich ein Mineralwasser aus dem Kühlschrank.

»John? Bist du oben?«, rief sie die Treppe hinauf.

Nichts.

Na gut, warte ich eben im Wohnzimmer auf dich.

Während sie sich auf die großzügige weiße Couch vor dem Kamin setzte, fiel ihr Blick auf einen seltsamen Fleck im Durchgang zum nächsten Raum, Johns Arbeitszimmer.

Er war dunkelrot.

Er hat Rotwein verschüttet. Leichtfuß. Sicher freut er sich, wenn ich den Fleck wegmache.

Sie erhob sich, um Salz zu holen. Es würde die Flüssigkeit aufsaugen. Sie wusste das aus Erfahrung. Hausfrau eben.

Mit dem Salz in der Hand öffnete sie die Tür zum Arbeitszimmer vollständig. Im selben Moment ließ sie die Packung fallen.

Wie gebannt starrte sie auf den blutüberströmten Kopf vor ihr auf dem Teppichboden.

Johns Augen blickten ins Leere. Kein Leben mehr darin.

Die Blutlache um seinen Kopf herum war riesig. Neben seiner Hand lag eine Pistole. Es roch merkwürdig im Raum.

Er musste sich erschossen haben. Aber wieso? Er hatte doch gar keinen Grund. War frisch verliebt. Hatte ihr heute Mittag noch vorgeschlagen, gemeinsam nach Florida in sein Haus am Meer zu fliegen.

Sie schaute unschlüssig im Zimmer umher. Was sollte sie tun? Die Polizei rufen? Das gäbe viele Fragen.

Es würde ans Licht kommen, dass sie hier war. Arthur würde sie umbringen, wenn er Wind davon bekam.

Auf jeden Fall musste sie ihre Fingerabdrücke so gut wie möglich verwischen. Das war das Erste, was ihr durch den Kopf ging. Sie wusste es aus zahlreichen Krimis und Thrillern, die sie im Fernsehen gesehen hatte, während Arthur sich daheim mit Koks und Alkohol die Kante gab.

Aber sie würden auch überall ihre DNA finden.

Das wusste sie ebenfalls.

Also konnte sie das mit den Fingerabdrücken genauso gut bleiben lassen. Sie würde einfach zugeben, dass sie hier gewesen war. Rein geschäftlich natürlich.

Arthur musste ja nichts davon erfahren.

Andererseits erfuhr er garantiert davon. Irgendwie, über irgendeinen seiner zahlreichen Informationskanäle.

Nichts wie weg.

Sie holte ihre Sachen, rannte damit aus dem Haus, zog die Eingangstür hinter sich zu, verstaute alles auf dem Rücksitz ihres Porsches, stieg ein und fuhr zügig los.

Soweit sie das beurteilen konnte, wurde sie von niemandem beobachtet. Aber sicher war jemandem ihr Auto vor Johns Haus aufgefallen.

Am besten tauchte sie unter, bevor Arthur sie erwischte.

Nahm eine andere Identität an.

Begann ein neues Leben.

Irgendwo in einem fremden Land.

106

Dienstag, 16.00 Uhr, München, BRD.

»Maurer hier. Grüß Sie Gott, Herr Wallner.« Anton hatte den Anruf seines Chefs, beziehungsweise Ex-Chefs, angenommen, während er durch den Englischen Garten spazierte, um den Kopf wieder einigermaßen frei zu bekommen.

Die letzten Tage hatten ihm schwer zu schaffen gemacht. Er musste unbedingt wieder Ordnung in sein Leben bekommen.

Vorausgesetzt, er wollte überhaupt noch weiterleben.

Sicher war er sich diesbezüglich nicht.

»Da schau her, der Herr Maurer. Grüß Sie Gott. Ich habe Sie auf der Beerdigung meiner Frau heute Vormittag vermisst, Herr Kriminalrat.«

»Keine Zeit, Wallner. Leider. Dringender Termin beim Bürgermeister. Mein aufrichtiges Beileid noch mal.« Maurer hüstelte verlegen.

»Wen juckt's.« Anton zuckte die Achseln. »Die Leute, die etwas auf mich halten, waren da. Der Rest kann mir sowieso gestohlen bleiben.«

»Denken Sie bloß nichts Falsches, Herr Wallner«, beeilte sich Maurer klarzustellen. »Ich zum Beispiel halte sehr viel von Ihnen und Ihrer Arbeit. Man hält allgemein große Stücke auf Sie, äh, hier bei uns.«

»Tatsächlich. Das ist ja mal was ganz Neues. Und vor allem so logisch. Man wirft mich raus, weil man mich so übermäßig schätzt.« Anton lachte höhnisch. »Wollen Sie mich verarschen, Herr Kriminalrat? Nur zu. Tun Sie sich keinen Zwang an. Mir ist inzwischen scheißegal, was man von mir hält.«

»Nein. Ich will Sie nicht verarschen, Wallner, um es mit Ihren rustikalen Worten zu sagen. Ich will Sie schnell wieder hier bei uns im Büro haben. Wenn ich mich recht entsinne, habe ich Sie auch nicht rausgeworfen, sondern Ihnen einen Sonderurlaub gewährt, damit Sie Ihr Privatleben ordnen können.«

»Wozu wollen Sie mich auf einmal wieder im Büro haben?« Anton hob verblüfft die Brauen.

»Um zu arbeiten.«

»Aber ich befinde mich gerade in dem Zwangsurlaub, den Sie höchstpersönlich vor kurzem angeordnet haben. Tut mir leid.«

Rein in die Kartoffeln, raus aus den Kartoffeln. Anton verstand die Welt nicht mehr. Wollte Maurer ihn noch weiter demütigen? War der Kerl ein gewissenloser Sadist? Ganz richtig im Kopf konnte er jedenfalls nicht sein.

»Ich weiß.« Maurer klang zerknirscht.

»Woher dann der plötzliche Sinneswandel?«

»Wir brauchen Ihre Erfahrung und Ihre Kompetenz. Die Jugend verfügt eben noch nicht darüber.«

Daher wehte also der Wind.

»Die Jugend, so, so. Hat Moll Mist gebaut?«

»Könnte man so sagen.«

Maurer klang lange nicht so forsch wie sonst, wenn er mit Anton sprach. Doch wenn die eigene Verwandtschaft Fehler im Dienst machte, war das offensichtlich doppelt delikat.

»Großen Mist?«

»Auch das entspricht der Wahrheit.«

Moll musste einen gewaltigen Bock geschossen haben. Anton konnte regelrecht vor sich sehen, wie der ehrgeizige Kriminalrat am anderen Ende der Leitung peinlich berührt auf seinen Fingernägeln herumbiss.

Er genoss die Genugtuung und die Schadenfreude, die sich in ihm breitmachten. Setzte sich gemächlich auf die nächste freie Bank am Rand des Kiesweges, auf dem er unterwegs war.

»Was hat der Kerl schon wieder angestellt?«, erkundigte er sich grinsend.

Der großartige Herr Maurer auf den Knien vor mir. Wer hätte das jemals gedacht?

»Erzähle ich Ihnen, wenn Sie wieder hier sind.« Maurer räusperte sich anhaltend.

»Wann?«

»Wie bitte?«

»Wann soll ich meinen Urlaub beenden?«

»Ginge morgen?«

»Auf gar keinen Fall.« Anton schüttelte unwillkürlich den Kopf. »Ich habe einen Flug nach Philadelphia gebucht. In drei Wochen bin ich hoffentlich gut erholt zurück. Dann können wir gerne darüber reden.«

»Ist das Ihr letztes Wort?«

»Ist es. Moll wird das so lange schon schaffen.«

107

Dienstag, 6.15 p.m., Umland Washington D.C., USA.

»Was willst du, Arthur?« Jane herrschte ihn ungeduldig an. Er war der Verursacher all ihrer Probleme. Warum sollte sie ihm gegenüber also auch nur das geringste gute Benehmen an den Tag legen.

»Dass du nach Hause kommst. Und zwar sofort.«

»Sonst passiert was?«, blaffte sie in ihr Handy, während sie einen Gang herunterschaltete, um zum Überholen anzusetzen. Nicht mehr weit, dann wäre sie auf dem Highway, der von Washington aus in den Süden Richtung Dallas führte.

Arthur würde sie nie wiedersehen. So viel war sicher.

»Sonst geht es dir genauso wie deinem feinen toten Freund mit dem Rennautonamen.« Arthur lachte irr.

»Was, äh … du weißt es? Du … warst das also?«, stammelte sie bestürzt.

»Unterschätze nie Arthur Smith«, trompetete er stolz.

»Arthur, du musst dringend zu einem Psychiater. Hörst du mich?« Tränen stiegen ihr in die Augen.

»Klappe, Fotze. Komm her oder du stirbst ebenfalls.« Arthur lachte erneut. »Arthur Smith verlässt man nicht ungestraft. Außer in einer großen Holzkiste.«

Der ist ja völlig wahnsinnig geworden. Was mach ich nur?

»Du hast John Ferrari also tatsächlich umgebracht?«

»Ich doch nicht«, erwiderte er. »Der hat sich selbst erschossen. Sieht doch eindeutig so aus.«

»Also doch.« Sie konnte vor Empörung, Wut und Angst kaum noch reden. »Woher wüsstest du das sonst.«

»Du glaubst doch nicht im Ernst, dass ich mir an einem schmierigen Italiener wie dem die Hände schmutzig mache?«

»Dann hat es halt jemand in deinem Auftrag getan.«

»Das wüsste ich aber.«

Ein kräftiger Schlag riss ihr fast das Lenkrad aus der Hand. Sie musste über etwas Spitzes oder über den Bordstein gefahren sein. Der Porsche schlingerte. Ließ sich kaum noch lenken. Sie bremste ab. Fuhr rechts ran. Stieg aus. Überprüfte die Reifen.

Ein Platten. Das auch noch.

»Bestimmt warst du das. Ich kenne doch deine Stimme, wenn du lügst. So ein Wahnsinn. Du hast aus Eifersucht jemanden engagiert, der Johns Tod wie einen Selbstmord aussehen ließ. Hab ich recht, Arthur? Daher weißt du auch die Einzelheiten.«

»Totaler Schwachsinn. Schwing deinen Arsch hierher. Aber sofort, dämliche Schlampe.« Arthur brüllte in den Hörer, sodass sie ihn weit vom Ohr weg halten musste, um nicht Gefahr zu laufen, taub zu werden.

Sie legte wortlos auf. Schüttelte immer und immer wieder den Kopf. Das sollte wirklich einmal der Mann gewesen sein, den sie geliebt hatte wie keinen zweiten?

Nur noch sehr schwer vorstellbar.

Sie wählte die Nummer der Polizei.

108

Dienstag, 6.20 p.m., Washington D.C., USA.

»Agent Jonathan Scott.« Jonathan zeigte Judith seinen CIA-Dienstausweis.

»CIA? Was kann ich für Sie tun?« Sie hob Überraschung vortäuschend die Brauen.

Natürlich erkannte sie den Mann im grauen Anzug aus der Weinhandlung. Die Tür öffnete sie ihm allerdings nicht weiter als den Spalt, zu dem sie gerade hinausblickte. Ließ die Kette in ihrer Verankerung.

»Es geht um Ihren Mann, Mrs. Jansen.« Jonathan räusperte sich.

»Mein Mann ist tot.«

»Natürlich. Das wissen wir. Es geht auch nur im weitesten Sinne um ihn.« Er lächelte verbindlich wie ein Hausierer. »Wir müssen jede Person beobachten, die mit gewissen Plänen für eine neue Laserkanone in Zusammenhang gebracht werden kann.«

»Was wollen Sie dann von mir?«, erwiderte sie erstaunt.

»Ihr Mann wusste von diesen Plänen.«

»Nur so viel, wie in der Zeitung stand, soweit ich weiß.«

»Sie auch?«

»Natürlich. Ich lese Zeitung. Stellen Sie sich vor.«

»Nun, Mrs. Jansen. Sie wurden vorhin in einer Weinhandlung in der Innenstadt mit zwei Deutschen beobachtet.«

»Also lassen Sie mich überwachen. Das ist ja ein Ding.« Judith atmete laut aus. Sie schüttelte ungläubig den Kopf.

»Reine Routine, wie gesagt. Aber die beiden Deutschen, dieser Wolf Schneider und seine Schwester Eva sind weitaus interessanter für uns. Sie sind unter falschem Namen unterwegs. Könnten Terroristen sein.«

»Terroristen? Machen Sie sich nicht lächerlich, Agent.« Judith winkte ab. »Mr. Schneider ist ein alter Bekannter unserer Familie. Ein angesehener Journalist aus München.«

»Der unter falschem Namen in die USA eingereist ist.«

»Davon weiß ich nichts.« Sie schüttelte den Kopf. »Vielleicht hat er eine geheime Recherche vor. War's das?«

Jonathan ignorierte ihre Frage. »Wissen Sie, wo sich Wolf und Eva Schneider aufhalten?«

»Keine Ahnung.« Judith zuckte die Schultern.

Und wenn, würde ich es dir nicht sagen, guter Mann. Wer weiß ob dein CIA-Ausweis nicht gefälscht ist und du etwas ganz anderes von den beiden willst.

»Na gut. Wenn Sie etwas von den beiden hören, rufen Sie mich bitte an, Madame. Es geht hier um die nationale Sicherheit.«

»Natürlich, Agent Scott.«

Judith nahm die Visitenkarte, die er ihr reichte, entgegen. Dann schloss sie schnell die Tür.

109

Dienstag, 6.30 p.m., Washington D.C., USA.

»Wolf? Judith noch mal.«

»Judith, hi. Lange nichts mehr voneinander gehört.« Wolf

scherzte nicht ganz ohne Grund. Die Wirkung des Weins am späten Nachmittag hielt nach wie vor bei ihm an.

Er lag gemütlich auf dem Bett in seinem Hotelzimmer und sah fern. Eine Talentshow. Mehr oder weniger begabte junge Sängerinnen und Sänger traten darin auf. Einige von ihnen waren richtig gut. Soweit er das als Laie beurteilen konnte.

Eva hatte sich ebenfalls hingelegt. Eindeutig auch ein Schluck zu viel. Na und. Kam in den besten Familien vor.

Nachher wollten sie gemeinsam zum Essen gehen.

Wolf hatte sich für danach noch mehr vorgenommen. Er hatte inzwischen über Jack Cormack, einen weiteren alten Bekannten bei der Washington Post, Arthur Smiths Adresse und Telefonnummer herausgefunden, als Peter Müller bei ihm angerufen und sich für halb neun mit ihm verabredet.

Bei Smith zu Hause. Der hatte darauf bestanden, dass Wolf zu ihm nach Hause kam.

Eva würde er solange hier im Hotel lassen.

Wenn Smith tatsächlich die treibende Kraft hinter all den Aktivitäten um Weinbergers Pläne war, würde Wolf es herausfinden. Dann half dem Kerl nur noch der liebe Gott. Wenn überhaupt. Auf jeden Fall würde er für alles, was er Rebekka angetan hatte, gründlich büßen.

»Pass auf«, erwiderte Judith, ohne zu lachen. »Ihr seid in Gefahr.«

»Sind wir schon die ganze Zeit. Woher hast du überhaupt meine Telefonnummer hier auf dem Zimmer?«

»Der Portier hat mich weiterverbunden. Dein Handy war nicht an.«

»Ach so, klar. Sorry. Ich hatte wohl doch ein Glas mehr als nötig.« Er schlug sich mit der flachen Hand vor die Stirn. Natürlich hatte er ihr vorhin gesagt, in welchem Hotel er zu erreichen wäre, falls ihr noch etwas zu Tom und den Plänen für die Laserkanone einfiele. Wie konnte er das vergessen.

»Ihr seid wirklich in großer Gefahr. Kannst du dich noch an den Mann im grauen Anzug in der Weinhandlung erinnern?«

»An James Bond? Na klar.«

»Er ist von der CIA. Steht zumindest auf seinem Ausweis.«

»Schau an.«

»Er sagt, dass Eva und du unter falschem Namen in die USA eingereist seid. Sie halten euch für eventuelle Terroristen.« Judith klang jetzt sehr aufgeregt.

»Was? Wirklich?«

Herrje, das hat mir gerade noch gefehlt. Bald ist der ganze Staat hinter uns her.

»Ja. Er wollte wissen, wo ihr wohnt. Ich hab es ihm natürlich nicht gesagt.« Judith sprach schnell. »Aber ihr müsst sofort aus eurem Hotel verschwinden. Wahrscheinlich sind sie schon unterwegs zu euch.« Der Tonfall in ihrer Stimme ließ keinen Zweifel daran zu, dass es sehr ernst für sie wurde.

»Alles klar. Machen wir, Judith. Vielen Dank für die Warnung.« Er erhob sich blitzartig von seinem Bett.

»Wolf?«

»Ja?«

»Seid ihr tatsächlich Terroristen?«

»Muss ich darauf ernsthaft antworten?«

»Nein. Passt bitte gut auf euch auf.«

»Machen wir.«

Er legte auf. Rief umgehend Eva auf ihrem Zimmer an. Natürlich konnte er sie nach diesen Neuigkeiten unmöglich alleine hierlassen. Also musste sie mit ihm zu Arthur Smith fahren. Brandgefährliche Sache. Aber würde schon irgendwie schiefgehen.

In Amerika ins Gefängnis. Als Ausländer. Am Ende gleich nach Guantanamo. Verhöre. Folter. Lebenslange Haft. Das alles war ganz sicher das Letzte, was sie brauchten.

Es eilte.

Packen, bezahlen, verschwinden, untertauchen und nachdenken, wie es mit ihnen weitergehen konnte.

Auf alle Fälle brauchten sie noch mal neue Papiere. Die aus Portugal waren aufgeflogen. Dann nichts wie raus hier aus dem schönen Land der unendlichen Möglichkeiten.

Erst, nachdem Rebekka gerächt war natürlich. Smith durfte sich auf ein intensives Gespräch freuen.

110

Dienstag, 6.35 p.m., Umland Baltimore, USA.

»Verdammte Schlampe. Geh endlich ran, damit ich dich fertigmachen kann.« Arthur schüttelte das Handy in seiner Hand, als könne er seinen Wunsch auf diese Art erzwingen.

Jane ging seit ihrem letzten Gespräch vor 20 Minuten nicht mehr ans Telefon. Auch bei ihren Eltern und ihrer Schwester war sie nicht zu erreichen.

»Hure. Miststück. Ich bring sie um.« Arthur schrie und sprang in seinem Wohnzimmer herum wie ein armer Irrer in seiner Gummizelle.

Er warf Gläser, Geschirr und Flaschen an die Wand und zur Terrassentür hinaus.

Seine Wut kannte endgültig keine Grenzen mehr.

Seine eigene Frau, diese hinterhältige Schlange, hatte ihn bei der Polizei angezeigt. Anonym natürlich. Aber es konnte nur sie gewesen sein. Wer sonst.

Er hätte John Ferrari umgebracht. Sei zumindest bestimmt der Auftraggeber für den Mord an ihm.

Woher wollte sie das wissen? Er hatte es am Telefon nicht zugegeben, soweit er sich erinnern konnte.

Halt. Moment. Sie vermutete es nur. Konnte es gar nicht wissen. Nur Dorian und er wussten es.

Gott sei Dank hatte sich sein Auftragskiller noch nicht nach Deutschland aufgemacht und den Scheißkerl gewohnt zuverlässig erledigt.

Vorhin waren prompt zwei Cops hier gewesen, um ihn zu befragen.

Er hatte sofort seinen alten Freund Will Bishop angerufen, den Polizeichef von Baltimore. Ihn gefragt, was der Schwachsinn solle. Weder kenne er einen John Ferrari noch sei er jemals bei jemandem mit diesem seltsamen Namen zu Hause gewesen.

Mit der Mafia habe er nichts am Hut. Waffenlobby ja, Mafia und ähnliches Verbrechergesindel nein. Dass wüsste jeder. Vielleicht hatte die Konkurrenz von den Triaden ihren italienischen Sportsfreund auf dem Gewissen. Er sei zur Tatzeit jedenfalls im Senat gewesen.

20 andere Senatoren könnten das bestätigen.

Will hatte seine Leute sofort abgezogen und sich vielmals entschuldigt. Die hirnlosen Vollidioten hätten eigenmächtig gehandelt, ohne ihn vorher zu informieren. Arthur solle das Ganze bitte nicht so ernst nehmen. Shit happens.

Es sähe auch vielmehr so aus, als habe sich Ferrari selbst erschossen. Depressionen, Burn-out, was auch immer.

Arthur solle sich außerdem wegen Jane weiter keinen Kopf machen. Mit den Frauen gäbe es immer wieder mal Ärger. Jedem Mann mit Format ginge das so. Ihm selbst auch. Es läge wohl in der Natur der Sache.

Augen zu und durch, hieße da die Devise.

»Augen zu, und zwar für immer«, schimpfte Arthur jetzt laut vor sich hin. »Die beschissene Schlampe hat den Tod verdient. Jawohl.«

Er wählte Dorians Nummer.

»Was kann ich für Sie tun, Mr. Smith?«

»Suchen Sie meine Frau und bringen Sie das Dreckstück auch noch um. Soll sie sich im Himmel mit ihrem bescheuerten Rennfahrer vergnügen. Wie Sie es anstellen, ist mir egal. Hauptsache, sie macht endgültig den Abgang.«

»Sind Sie sich da ganz sicher?« Dorian klang vorsichtig.

»Tausendprozentig.«

Er hat wohl Schiss, dass ich meinen Auftrag zurückziehe, nachdem es zu spät ist. Nichts da. Weg mit ihr.

»Alles klar, Chef. Wissen Sie, wohin sie wollte?«

»Würde ich Sie sonst anrufen, Dorian?« Arthur zerging sein ironischer Tonfall geradezu auf der Zunge.

»Nein.«

»Na, sehen Sie. Das mit Jane hat übrigens Priorität. Deutschland kann warten.«

»Natürlich. Gerne.«

Dorian legte auf.

Arthur ebenfalls.

Anschließend packte er eine kleine Glasvitrine und warf sie durchs geschlossene Fenster. Dieser Nachzügler musste einfach noch sein.

Er setzte sich an seinen Wohnzimmertisch, um eine große Line Koks zu schnupfen und sich von seinem Wutanfall zu erholen.

Mit einem diabolischen Grinsen im Gesicht blickte er auf das Chaos um sich herum. Scherben, Splitter, Stofffetzen, soweit das Auge reichte. Gut so.

Diesen deutschen Journalisten, Peter Müller, der vorhin angerufen hatte, würde er hier natürlich keinesfalls hereinlassen können. Am besten fuhr er mit ihm in ein Restaurant zum Essen.

Der Italiener drei Straßen weiter war zum Beispiel ein ruhiger Ort, an dem man sich wie zu Hause fühlen konnte. Es gab dort ein ruhiges Hinterzimmer, wo sie ganz unter sich wären.

Er war schon gespannt darauf, was der Kerl von ihm wollte. Am Telefon hatte er einige merkwürdige Andeutungen gemacht. Ob Arthur sich mit Laserwaffen auskenne, war eine davon gewesen.

Vielleicht hatte er das aber auch falsch verstanden. Letztlich ging es wohl wirklich eher um das Porträt eines der führenden Köpfe Amerikas, wie Müller gemeint hatte.

Na gut. Wer recht hatte, bekam natürlich auch seinen gewünschten Interviewtermin.

111

Dienstag, 6.45 p.m., Washington D.C., USA.

»Hier lang. Da vorne nehmen wir uns dann ein Taxi.« Wolf zeigte auf die nächste Kreuzung, die gut 30 Meter vor ihnen lag.

Er hatte absichtlich kein Taxi vor dem Hotel genommen. Zu viele Zeugen. Die Gefahr, dass sie über den Fahrer gefunden werden konnten, war außerdem zu groß.

»Okay. Müssen wir wirklich unser ganzes Gepäck mitschleppen?« Eva zerrte ächzend und stöhnend an ihrem Rollkoffer.

»Aber ich dachte, du brauchst das alles.« Er sah sie irritiert an.

»Nein, garantiert nicht«, erwiderte sie kopfschüttelnd und blieb stehen. »Ich schiebe das blöde Ding jetzt diesen Hügel runter und gut.« Sie zeigte auf den kleinen Abhang rechts von ihnen. »Wenn ich neue Klamotten brauche, kauf ich mir welche.«

»Wirf ihn doch lieber in den Müllcontainer da vorne.« Wolf blieb ebenfalls stehen. »Oder noch besser. Gib ihn den Obdachlosen, die davor sitzen.«

»Gute Idee.«

Sie gingen weiter.

»Und du meinst tatsächlich, Arthur Smith ist der Mann, den du suchst?«

»Es kann jedenfalls nicht schaden, ihm auf den Zahn zu fühlen. Der Auftraggeber für den Mord an Rebekka darf einfach nicht ungeschoren davonkommen.« Sein Gesicht gefror zu einer eisigen Maske.

Er hatte zwar durchaus Restzweifel an Smith als Schuldigem. Andererseits wiederum konnte er sehr gut der Mann sein, den er suchte.

Vieles sprach dafür.

Die Nähe zu den hiesigen Unfallopfern, ein Mann in den höchsten Kreisen mit Geld, der bereits mehrmals wegen seiner Rechtsradikalität in den Schlagzeilen war, wie Judith gesagt hatte. Einer, der offenbar keine Rücksicht kannte, wenn es um seine Interessen ging. Und vor allem sprach er, seiner Frau nach, laut im Traum und am Telefon über eine Laserkanone.

Alles in allem war es zumindest die heißeste Spur, die er bisher verzeichnen konnte.

»Ich weiß immer noch nicht, ob Rache jemals der richtige Weg ist.« Sie lächelte nicht.

»Aber ich.«

»Guten Abend, Sir!«

Ein Streifenwagen hatte neben ihnen angehalten. Der Beifahrer lehnte sich weit aus dem Fenster.

»Guten Abend.« Wolf blieb verwundert stehen.

Was mochten die von ihnen wollen? War es so weit? Hatten sie sie erwischt? Ihm wurde schlagartig heiß.

»Sie haben den hier verloren.« Der Cop hielt einen gelben Seidenschal in der Hand.

»Das ist meiner.« Eva lächelte glücklich. »Vielen Dank, Officer.« Sie deutete einen wohlerzogenen Knicks an, während sie an das Auto trat und das federleichte Stoffstück an sich nahm.

»Gerne zu Diensten, Lady. Für schöne Damen tun wir fast alles. Stimmt's Archie?«

»Absolut, Jim.«

Anzügliches Lachen vom Fahrersitz.

»Wo soll's denn hingehen, Herrschaften?« Jim lächelte nach wie vor. Andererseits ließ sein Tonfall deutlich erkennen, dass er eine Antwort auf seine Frage erwartete.

»Zum Bahnhof. Wir wollen nach New York.«

»So, so, der Big Apple lockt. Passen Sie dort nur gut auf sich auf, Madame. Ein Haufen Ganoven treibt sich da in den Straßen herum.«

»Machen wir. Danke noch mal, Officer.« Eva lächelte harmlos.

»Da vorne ist übrigens der Taxistand«, sagte Jim noch, bevor sich sein Kollege wieder in den Verkehr einreihte.

»Alles klar. Danke.« Sie winkte den beiden zu.

»Ich wusste gar nicht, was für eine coole Schwester ich habe.« Wolf stülpte anerkennend die Unterlippe nach vorne.

»Ich auch nicht. Das kannst du mir glauben.« Sie wischte sich aufatmend den Angstschweiß von der Stirn.

112

Dienstag, 8.00 p.m., Umland Baltimore, USA.

»Hallo, Chef, Dorian hier.«

»Was gibt's, Dorian. Haben Sie Jane gefunden?«

Arthur setzte sich auf die Terrasse. Im Haus war es einfach zu ungemütlich mit dem ganzen Müll auf dem Boden. Außerdem hatte er gerade geduscht und sich einen frischen Anzug angezogen.

Den wollte er auf keinen Fall versauen.

Eiserner Verhaltenskodex. Wenn ein Treffen mit Journalisten angesagt war, zeigte man sich als Politiker möglichst von seiner Schokoladenseite. Zumindest was das Outfit betraf.

»Nein. Leider noch nicht. Aber ich habe mit einem Bekannten gesprochen.«

»Tatsächlich? Und um mir das zu berichten, rufen Sie extra an? Wäre doch nicht nötig gewesen.« Arthur schüttelte unwillig den Kopf.

Die ganze Welt wurde immer verrückter. Und jetzt hatte es Dorian auch noch erwischt.

»Der Bekannte arbeitet als Informant für die CIA.«

»Aha. Wie schön für ihn. Aber was geht mich das an?«

»Er hat etwas gehört. Man spricht über Sie bei der Agency.«

»Hoffentlich nur Gutes.« Arthur lachte.

»Leider nicht.«

»Reden Sie schon, Dorian. Machen Sie es nicht so spannend.«

»Es heißt, Sie würden zu Hause am Telefon über irgendwelche Laserkanonen sprechen. Auch im Traum.« Dorians Stimme klang nach wie vor neutral. Ganz Profi eben.

»Wie, was ... woher ...?« Arthur bekam vor Staunen den Mund nicht mehr zu.

Er wusste nur zu genau, was das hieß. Hugh Bender würde sich an seine Fersen heften und versuchen, ihn auszuspielen. Dafür würde der verfluchte Scheißkerl nötigenfalls seinen gesamten Machtapparat einsetzen.

»Angeblich hat ein Agent gehört, wie Ihre Frau in einer Weinhandlung in Washington darüber sprach.«

»Jane? Tatsächlich?«

»Haben Sie auch andere Frauen, von denen ich nichts weiß?«

»Blödsinn.« Arthur wischte ärgerlich mit der Hand durch die Luft. »Aber wie konnte das passieren? Ich hab doch immer aufgepasst, dass sie nichts mitbekommt.« Er kratzte sich nachdenklich am Hinterkopf. »Finden Sie das beschissene Miststück und machen Sie sie kalt. So schnell wie möglich.«

»Alles klar. Vielleicht besser, wenn Sie erst mal untertauchen, Chef.«

»Natürlich. Danke für alles, Dorian. Sie haben was gut bei mir.«

Arthur sprang von seinem Stuhl auf. Er marschierte nachdenklich um seinen Swimmingpool herum. Erst langsam. Dann immer schneller.

Was war zu tun?

Sofort verschwinden?

Hierbleiben und abwarten?

Letztlich konnte ihm niemand etwas nachweisen, wenn Jane erst mal von der Bildfläche verschwunden war. Aber wann würde Dorian sie erwischen? Bevor sie ihn verhafteten? Danach?

Verdammte Zwickmühle.

Auf jeden Fall würde er das Treffen mit diesem Journalisten abwarten. Er wollte zu gerne wissen, ob er sich bezüglich der Laserwaffen verhört hatte oder ob Müller tatsächlich etwas darüber wusste. Im besten Fall handelte es sich dabei um Informationen, von denen er selbst bisher noch nichts wusste.

113

Dienstag, 20.00 Uhr, München, BRD.

Anton bestellte sein zweites Bier.

Er war vor einer halben Stunde hierher in Huberts gemütliches Lokal gekommen, um sich bei ihm für sein ungehobeltes Benehmen am gestrigen späten Nachmittag zu entschuldigen. Schließlich seien sie uralte Freunde. Er habe sich unmöglich aufgeführt. Es täte ihm wirklich sehr leid.

Hubert hatte die Entschuldigung bereitwillig angenommen. Noch dazu, da Anton stocknüchtern war.

»Morgen soll ich übrigens wieder ins Büro kommen.« Anton lächelte dankbar, als Hubert das Glas vor ihm auf dem alten dunkelbraunen Holztresen abstellte.

»Wie? Rausschmiss aufgehoben?«

»Sieht so aus.« Anton zuckte die Achseln. »Aber da haben sie sich geschnitten. Erst mal fliege ich in den Urlaub. Danach sehen wir weiter. Vielleicht lass ich mich frühpensionieren.«

»Wohin soll's denn gehen?«

»Ostküste USA. Von Philadelphia nach Florida runter.«

»Wie lange?«

»Drei Wochen. Morgen früh geht's los.«

»Das klingt genial.«

»Freu mich auch. Endlich raus aus dem Ganzen hier. Weiß der Teufel, was sich meine Vorgesetzten denken. Angeblich wollten sie mich gar nicht rauswerfen, sondern nur beurlauben, bis es mir wieder besser geht. Egal. Ich fahr auf jeden Fall erst mal weg. Da können sie noch so sehr wollen, dass ich morgen schon wieder mit Moll im Büro sitze.«

»Und, geht es dir schon etwas besser? Ich meine, die Aussicht auf einen super Urlaub, Job doch nicht verloren.«

»Noch nicht.« Anton starrte geradeaus an die holzvertäfelte Wand. »Der vermeintliche Rauswurf war erst vorgestern. Taktvollerweise am Tag vor Marias Begräbnis.«

»Aber du machst mir heute nicht wieder Ärger, oder?« Huberts Blick flackerte kurz unruhig.

»Schmarrn. Das war die absolute Ausnahme gestern. Weißt du auch. Kommt garantiert nie wieder vor. Wenn doch, darfst du mich mit meiner Dienstwaffe erschießen.«

»Klar weiß ich das.« Hubert nickte versöhnlich. »Wird schon nicht nötig sein, dich zu erschießen.«

»Ich bin einfach nur traurig wegen Maria.« Anton ließ den Kopf hängen. »Sie fehlt mir so sehr. Ich glaub, ich zieh aus der Wohnung aus, wenn ich aus Amerika zurück bin. Überall sehe ich sie dort. Andauernd. Das hält der stärkste Stier nicht aus.«

»Bei mir oben wäre ein schönes großes Zimmer frei.«

»Wie jetzt?« Anton machte ein verdutztes Gesicht.

»In meiner Wohnung. Ich hab eine Fünfzimmerwohnung hier in der ersten Etage, die zum Lokal gehört. Bisher wohne ich ganz alleine dort, seit meine Anna vor drei Jahren von uns gegangen ist. Ist mir eh viel zu groß.«

»Du meinst, wir zwei ... also, eine Art Witwer-WG?«

»Warum nicht. Wenn du dich nicht andauernd wie ein Wilder aufführst, könnte es sogar ganz lustig werden.«

»Ich werde es mir überlegen. Danke jedenfalls schon mal für das großzügige Angebot. Werde ich dir nie vergessen.«

Anton trank einen großen Schluck. Dass ihm dabei ein paar Tränen ins Glas fielen, bemerkte er gar nicht. Er war zu sehr in seine Gedanken an Maria versunken.

114

Dienstag, 8.30 p.m., Umland Baltimore, USA.

»Peter Müller, Hamburger Abendblatt.« Wolf sprach laut und deutlich in die Gegensprechanlage neben dem Tor zum Anwesen der Smiths.

Sie hatten sich zwei Querstraßen weiter von ihrem Taxifahrer vor einer stark frequentierten Sportanlage absetzen lassen. Den Rest des Weges waren sie zu Fuß gegangen. Im Dunkeln. Sicher war sicher.

Gott sei Dank wurden sie dabei nicht erneut von Streifenpolizisten angehalten. Sie hätten ihnen nur schwer erklären können, was sie um diese Zeit hier draußen zu suchen hatten.

Natürlich hatte Wolf seine Verabredung mit Smith unter dem Namen auf seinem gefälschten Ausweis getroffen: Peter Müller. Er würde mit seiner Schwester Sabine kommen. Zum einen bestand Smith eventuell darauf, dass Eva und er sich auswiesen. Zum andern ließ es Wolf mehr Spielraum, als quasi Außenstehender Informationen über Rebekkas Tod aus dem feinen Herrn herauszukitzeln.

Das weitaus Wichtigste dabei war allerdings, dass es möglicherweise sein und Evas Todesurteil gewesen wäre, unter richtigem Namen bei dem konservativen Politiker aufzutauchen. Vorausgesetzt natürlich, Smith war tatsächlich der Mann, den er suchte. Der Auftraggeber für den Mord an Rebekka.

Eva stand direkt hinter ihm. Sie bewunderte die weitläufige Auffahrt zu dem riesigen Gebäude im Hintergrund. Es war inzwischen stockdunkel. Doch anhand der umfangreichen Beleuchtung konnte man alles einigermaßen gut erkennen.

»Die haben einfach Platz hier in Amerika«, stellte sie fasziniert fest.

»Moment, Mr. Müller. Ich komme zu Ihnen hinaus«, erklang es gleichzeitig näselnd aus der Sprechanlage zurück.

Smith hatte sie offensichtlich bereits erwartet.

Nur wenig später öffnete sich das Eingangsportal zum Grundstück. Ein Mercedes kam herausgefahren. Blieb neben ihnen stehen.

»Steigen Sie ein«, forderte sie der Mann am Steuer durch das herabgelassene Seitenfenster auf.

»Mr. Smith?«, erkundigte sich Wolf vorsichtshalber.

»Was dachten Sie? Der Weihnachtsmann?« Arthur lachte hohl. »Kommen Sie schon.«

»Okay. Danke.« Wolf und Eva setzten sich auf die Rückbank. »Das hier ist übrigens meine Schwester Sabine.«

»Dachte ich mir. Sie hatten ja bereits am Telefon erwähnt, dass sie zu zweit wären.«

Arthur fuhr los.

»Wir gehen in ein nettes italienisches Restaurant. Da sind wir ungestört. In mein Haus kann ich Sie im Moment leider nicht bitten. Wir haben die Handwerker da. Ein unglaublicher Schweinestall.« Arthur lachte burschikos.

»Verstehe«, erwiderte Wolf. »Italienisch ist immer gut.«

Der Kerl stinkt nach Alkohol wie eine ganze Destille. Hoffentlich baut er keinen Unfall.

»Bestimmt riecht der ganze Wagen nach diesem widerlichen Farbentferner«, fuhr Arthur prompt fort. »Kriegt man nicht mehr von den Händen, wenn man ihn erst mal dran hat. Sie dürfen gerne die Fenster herunterlassen. Es ist warm draußen.«

»Machen wir.« Wolf betätigte den elektrischen Fensterheber.

Eva tat es ihm mit erleichterter Miene gleich.

115

Dienstag, 8.45 p.m., Raststätte, Virginia, USA.

»Wo soll's denn hingehen, Baby?«

»Ich bin sicher nicht Ihr Baby. Außerdem wüsste ich nicht, was Sie das angeht.« Jane sah den Fernfahrer mit den langen ungewaschenen Haaren und der über den Hosenbund hängenden Fettschürze von oben herab an. Besser gesagt sah sie geradewegs durch ihn hindurch.

Sie hatte gerade ihren neuen Gebrauchtwagen, einen unauffälligen grauen Ford Probe, vollgetankt.

Jetzt wollte sie in der auf den ersten Blick recht einladend aussehenden Raststätte eine Kleinigkeit essen und etwas trinken, bevor es weiter in den Süden ging.

Das Auto hatte sie bei einem Gebrauchtwagenhändler in einem kleinen Ort keine 100 Meilen von hier aus zurück Richtung Washington gekauft.

Cash, kein Kaufvertrag, keine Quittung, keine Fragen. Niemand würde jemals davon erfahren. Gott sei Dank hatte sie am Nachmittag in Washington genug Geld abgehoben. In weiser Voraussicht sozusagen.

Eine freundliche alte Frau hatte sie nach ihrer Panne aufgelesen und zu ihm gebracht.

Den Porsche hatte Jane vorher noch in einem Waldstück versteckt und mit Zweigen und Blättern getarnt. Es würde sicher einige Tage dauern, bis ihn jemand entdeckte.

Ihr Handy hatte sie unweit davon in einen Fluss geworfen. Auch darüber würde man sie nicht mehr aufspüren können.

»Wer wird denn gleich unfreundlich werden? War doch nur eine harmlose Frage.«

Der monströse Trucker baute sich direkt neben ihrem Tisch auf.

»Ich hab keine Lust, Fragen zu beantworten«, entgegnete ihm Jane. »Also bitte, lassen Sie mich einfach in Ruhe.«

»Darf ich dir wenigstens einen Drink ausgeben? So eine vornehme Tussi aus der Stadt wie du trinkt doch sicher ein Glas Schampus.« Er zwinkerte ihr anzüglich zu.

»Nein, danke.« Jane schüttelte den Kopf. »Wenn Sie nichts dagegen haben, würde ich einfach gerne etwas essen, einen Kaffee trinken, bezahlen und wieder gehen.«

Sie machte sich innerlich zur Flucht bereit. Sah sich nach der schnellsten Möglichkeit Richtung Ausgang um, ohne dem hässlichen Kerl in die Arme laufen zu müssen.

Leider sah es nicht gut für sie aus. So oder so führte kein Weg an ihm vorbei. Außerdem saßen noch fünf weitere Männer gleichen Kalibers wie er an der Bar.

Sie glotzten sie geschlossen ungeniert an.

Mein Gott. Warum musste sie auch unbedingt in diesen bescheuerten Schuppen gehen? Dabei gab es zwei Rastplätze weiter ein hervorragendes Restaurant.

Sie war mit Arthur bereits dort gewesen.

Anscheinend verzerrten die Ereignisse der letzten Tage sogar ihre normalerweise gesunde Wahrnehmung. Was waren das überhaupt für Leute? Wirklich Trucker? Oder irgendwelche Hillbillys aus dem Umland? Gefährlich schienen sie zumindest zu sein. Wer so dummdreist in die Welt blickte wie sie, musste einfach gefährlich sein.

»Halt die Füße still und verpiss dich an deinen Platz, Big Jake. Aber flott.« Die Frauenstimme, die vom Tresen her zu hören war, klang scharf und schneidend wie eine Kreissäge.

»Was denn, Annie? Ich wollte die Dame doch nur auf einen Drink einladen.« Big Jake zuckte unschuldig die Achseln.

»Bezahl du erst mal deinen Deckel. Dann kannst du jemanden einladen. Mich zum Beispiel. Aber meine Gäste sind für dich tabu. Kapiert?«

Die resolute ältere Dame, die gerade hinter ihrem Tresen hervorkam und mit kleinen Schritten auf Jane zutippelte, bedachte den voluminösen Burschen neben ihr mit einem strafenden Blick.

»Hast du was an den Ohren? Was hab ich gesagt? Auf deinen Platz.« Sie zeigte auf Big Jakes freien Barhocker.

Wie eine Lehrerin, die einen Zweitklässler herumkommandiert, ging es Jane leicht amüsiert durch den Kopf, obwohl sie immer noch Angst hatte.

»Schon gut, Annie. Ich setz mich ja schon.«

Big Jake drehte unter dem höhnischen Gelächter der anderen von Janes Tisch ab. Provozierend langsam allerdings. Um nicht auch noch den letzten Rest an Selbstachtung zu verlieren.

»Nehmen Sie die albernen Nichtsnutze bloß nicht ernst, Schätzchen«, wandte sich die zartgliedrig gebaute Annie währenddessen an Jane, ihren einzig weiblichen Gast am heutigen Abend. »Was darf's denn sein? Ich kann Ihnen den Hackbraten empfehlen. Wird gerne genommen.«

116

Dienstag, 8.45 p.m., Umland Baltimore, USA.

Als sie vor dem angeblichen italienischen Restaurant ankamen, registrierte Wolf zunächst nur, dass nirgends Licht brannte.

»Scheint geschlossen zu sein«, meinte er.

»Das sieht nur so aus. Ich habe meinen Freund Luigi vorhin angerufen. Wir bekommen privaten Service auf der hinteren Terrasse.« Arthur zeigte auf das Haus, das im fahlen Mondlicht nur schwer zu erkennen war.

»Privaten Service unter freiem Himmel. Super.« Eva grinste erfreut.

Wolf stieß ihr in die Seite. »Wir hatten doch abgemacht, dass ich rede«, zischte er.

»Was denn?«, fauchte sie zurück. »Ich werde es wohl noch super finden dürfen, wenn wir privaten Service bekommen. Hab ich noch nie gehabt.«

Es wurde hell um sie herum. Das mit Blumen und Ranken geschmückte Gebäude war nun in seiner ganzen Pracht zu sehen.

»Na also, Luigi hat das Licht angemacht. Kommen Sie.«

Arthur stieg aus. Er begrüßte lautstark den großen schwarzhaarigen Mann in der bodenlangen weißen Schürze, der ihnen vom Eingang aus entgegenkam.

»Kommt schon. Wir gehen hinters Haus.« Arthur winkte Eva und Wolf zu, die ebenfalls ausgestiegen waren und unschlüssig neben dem Mercedes standen.

»Okay.« Sie stakste auf ihren hohen Absätzen durch den Kies in der Einfahrt.

Wolf folgte ihr.

Hoffentlich versaut sie mir nicht alles mit ihrer offenen Art.

Sie waren allein auf der großzügigen Terrasse.

Weißes Tischtuch, silbernes Besteck, verschiedene Gläser, freier Blick in die Nacht, zwei lodernde Fackeln links und rechts von ihnen.

Arthur bestellte für alle. Gemischte Antipasti, dann Rigatoni al Forno, anschließend Dorade und Cotoletta alla milanese. Zuletzt Schokoladenkuchen.

»Der zerläuft euch auf der Zunge, glaubt mir.«

Sie hatten sich darauf geeinigt, sich gegenseitig beim Vornamen zu nennen. Arthur hatte gemeint, dass es ihm unendlich schwerfiele, schöne Frauen wie Eva hochoffiziell als Miss oder Mrs. anzusprechen.

Sie hatte es mit einem charmanten Lächeln quittiert.

Wolf war das egal. Ihm ging es einzig und allein darum, herauszufinden, wer Arthur Smith war, und ob er etwas mit Rebekkas Tod zu tun hatte. Unsympathisch war er ihm auf den ersten Blick nicht. Nur dass er unentwegt schwitzte, als ob er krank wäre, fiel ihm auf.

»Herrlich ist es hier«, sagte Eva jetzt. Sie streckte wohlig beide Arme in die Höhe.

»Ja, nicht wahr? Meine Heimat seit langer Zeit.« Arthur zeigte stolz ins dunkle Rund. Dann wandte er sich an Wolf. »So, Peter. Kommen wir zum Geschäft. Was wolltest du von mir wissen? Sprich dich aus. Einer der führenden Köpfe Amerikas steht dir exklusiv zur Verfügung.« Er lachte.

Etwas zu laut und zu hölzern für Wolfs Geschmack. Und etwas zu sehr von oben herab.

»Hast du den Mord an Wolf Schneiders Frau Rebekka Schneider in Auftrag gegeben?« Er fixierte Arthurs Gesicht. Nicht die kleinste verdächtige Regung darin würde ihm entgehen.

»Was? Äh, ich fürchte, ich verstehe nicht ganz.« Arthur sah ihn mit offenem Mund an.

Er schien mit allem Möglichen gerechnet zu haben, aber nicht mit dieser Frage.

»Du hast mich schon richtig verstanden. Wolf Schneider aus München. Hast du seine Frau umbringen lassen oder nicht?«

»Was soll das denn werden? Was hast du mit diesem Wolf Schneider oder wie er heißt zu schaffen?« Arthur bekam sich schnell wieder ein. Er rückte seinen Schlips zurecht. »Ich denke, ihr seid Journalisten aus Hamburg und wollt über mein Leben berichten.«

»Sind wir auch. Aber Wolf ist ein alter Freund von mir. Wir haben zusammen in München studiert.«

»Warum fragt er mich nicht selbst?«

»Er weiß nichts von dir. Die Polizei sucht ihn wegen des Mordes an Rebekka, obwohl er es nicht war. Ist wohl untergetaucht. Niemand kann sagen, wo er sich aufhält.«

»Und wieso glaubt ihr, dass ich etwas damit zu tun habe?« Arthur sah alle beide neugierig an.

»Wir wissen zum Beispiel, dass du am Telefon und im Schlaf über die Pläne für eine neuartige Laserkanone sprichst«, sagte Wolf. »Mit wem auch immer.«

Hoffentlich war er nicht zu forsch gewesen. Es wäre sicher ein Leichtes für Arthur und seinen italienischen Kumpel, ihn und Eva hier draußen mitten im dunklen Nirgendwo umzubringen.

Andererseits, so leicht war das bestimmt auch wieder nicht. Die Beretta, die er sich vorhin noch in dem abgewrackten Waffengeschäft in der Nähe ihres Hotels besorgt hatte, würde ihm dabei helfen, es ihnen möglichst schwer zu machen.

Natürlich hatte er den Höchstpreis dafür bezahlt, weil

er den Kauf inoffiziell durchziehen wollte. Egal. Hauptsache, er hatte sie.

Sie steckte in seiner rechten Jackentasche. Er umfasste unauffällig ihren Griff. Fühlte sich dabei gleich sicherer.

»Was hat denn das alles mit unserem Interview zu tun?« Arthurs ungläubiger Blick ließ darauf schließen, dass er ganz offensichtlich nicht mehr aus dem Staunen herauskam. »Seid ihr etwa von der CIA?«

»Nein.« Wolf schüttelte langsam den Kopf.

»Dann legt doch einfach eure Karten auf den Tisch. Ich bin auf jeden Fall unschuldig. Ich habe niemanden ermordet und auch niemanden umbringen lassen. Ich bin Politiker, schon vergessen?«

»Politiker und unschuldig? Dass ich nicht lache. Ich bin seit 30 Jahren Journalist. Was willst du mir da eigentlich auftischen?« Wolf lachte humorlos.

»Noch mal, ich habe niemals den Auftrag gegeben, eine Rebekka Schneider umzubringen. Keine Ahnung, wer die Frau ist. Das schwöre ich hiermit beim Grab meiner Eltern.«

Natürlich konnten Wolf und Eva nicht wissen, dass Arthurs verstorbene Eltern ihm seit jeher mehr als egal waren. Genauso wenig wie sie wissen konnten, dass er wirklich nichts mit Rebekkas Tod zu tun hatte. Zumindest nicht direkt.

Dass er die wiederholten Anschläge auf Wolf und denjenigen auf Roman in Auftrag gegeben hatte, verschwieg er ihnen ebenfalls. Und dass er von Anfang an über Weinbergers Pläne Bescheid wusste.

»Was ist das, was da in der Zeitung stand? Diese Pläne für die Laserkanone? Und was hast du damit zu tun?« Wolf verengte seine Augen zu Schlitzen. Er wartete, nach wie vor innerlich angespannt, auf die nächste Antwort.

117

Dienstag, 8.50 p.m., Washington D.C., USA.

Agent Jonathan Scott hatte sich gleich nach seinem Besuch bei Judith Jansen auf die Suche nach Sabine und Peter Müller alias Eva und Wolf Schneider gemacht. Order mit hoher Priorität von der Zentrale.

Zuerst war er in ihr Hotel gefahren, dessen Adresse die Zentrale inzwischen herausgefunden hatte. Das Hilton in der Innenstadt.

Fehlanzeige. Keine Spur von ihnen.

Sie hatten ihre Rechnung bezahlt und waren zu Fuß Richtung Bahnhof verschwunden, sagten der zuständige Mann hinter dem Empfangstresen sowie der Portier vor dem Eingang.

Sie konnten also überall und nirgends sein.

Natürlich hatte Jonathan die Zentrale verständigt und natürlich hatten die auf der Stelle eine verschärfte Fahndung herausgegeben.

Sämtliche Überwachungskameras an den Bahnhöfen, öffentlichen Plätzen und am Flughafen wurden überprüft. Es gab Verkehrskontrollen an den wichtigen Ausfallstraßen.

Nichts.

Anscheinend waren sie ihnen bereits entkommen.

»Bleib unbedingt dran«, meinten sie in der Zentrale. »Frag in den Geschäften und Lokalen in der Nähe des Hotels nach ihnen. Wenn es wirklich Terroristen sind, ist das eine Sache der nationalen Sicherheit. Da versteht unsere obere Etage keinen Spaß mehr.«

»Als ob ich das nicht wüsste«, erwiderte er achselzuckend.

»Aber hat einer von euch schon mal erfolgreich eine Nadel in einem Heuhaufen gefunden? Also ehrlich, Leute.«

118

Dienstag, 8.54 p.m., Raststätte, Virginia, USA.

Sie bezahlte bei Annie. Der Hackbraten hatte wirklich sehr gut geschmeckt. Da hatte die betagte Kellnerin nicht gelogen.

Anschließend verließ Jane das Lokal, um weiterzufahren.

Die fünf Trucker am Tresen sahen ihr grinsend hinterher. Sie hatten sie auf Annies Befehl hin in Ruhe gelassen. Nur gelegentliche neugierige Blicke hatte es von ihnen noch gegeben. Offenbar war es selten, dass sich eine attraktive Frau hier herein verirrte.

Sie öffnete die Tür. Trat auf den spärlich beleuchteten Parkplatz hinaus.

»Hey, Lady!«

Nicht stehen bleiben. Einfach schnell weitergehen und so tun, als hättest du nichts gehört.

»Lady! Sie haben etwas vergessen.«

»Wie bitte?« Sie blieb stehen. Drehte sich um.

»Hier.« Big Jake winkte mit ihrem Mantel, den sie über ihre Stuhllehne gehängt hatte, als sie sich setzte.

»Oh, danke.« Sie stakste mit beherzten Schritten auf ihn zu.

Du schnappst dir das Ding und dann nichts wie ab ins Auto.

»Bitte sehr.« Big Jake reichte ihr das Kleidungsstück.

Natürlich hatte er seine gierigen Blicke dabei wie bereits im Lokal nicht unter Kontrolle. Er musterte sie immer wieder ausgiebig von oben bis unten. Sie konnte sich gut denken, was ihm dabei durch den Kopf ging.

Warum waren nur alle Männer solche Schweine?

Alle außer John.

Der war keins. Und jetzt war er tot. Schrecklich.

Der Schock steckte ihr immer noch in den Gliedern. Das viele Blut und seine leeren Augen. Dieses letzte grausame Bild von ihm würde sie wohl nie wieder vergessen.

»Vielen Dank noch mal.« Sie nahm ihren Mantel an sich. Drehte sich blitzschnell um. Schickte sich an, zu ihrem Ford zu gehen.

Er stand nur 20 Meter von ihnen entfernt. Wenn sie sofort losrannte, würde er sie mit seinem Übergewicht sicher nicht einholen.

Zu spät. Big Jake packte sie grob am Handgelenk. Er zeigte grinsend seine vergilbten Zähne.

»Wie sieht's mit einem kleinen Finderlohn aus, Schätzchen?«

Sein schweißnasses Gesicht kam ganz nah an sie heran. Sie konnte jeden einzelnen Pickel darauf erkennen. Die übel riechende Alkoholfahne aus seinem Mund nahm ihr fast den Atem.

119

Dienstag, 8.55 p.m., Umland Baltimore, USA.

»Na gut. Ich gebe gerne zu, dass mich die Sache mit der Laserkanone interessiert, seit ich davon las«, sagte Arthur, während Luigi unaufdringlich wie ein Schatten die Vorspeise servierte. »Wäre eine tolle Sache, so was zu haben. Für die Verteidigung Amerikas gegen all die Terroristen und Gangsterbanden in der Welt, Drogenkartelle und so weiter.«

»Ein Journalist und ein Politiker, die davon wussten, mussten vielleicht deswegen dran glauben, genau wie Wolfs Frau.«

»Ich weiß. Schrecklich.« Arthur nickte. »Bart Ewing war ein guter Bekannter von mir.«

»Geht es in dem Artikel um dieselbe Laserkanone, deren Unterlagen Wolf Schneider in seinem Besitz haben soll?«

»Hat er auch solche Unterlagen?« Arthur schaute höchst verblüfft und interessiert zugleich drein. »Das ist ja verrückt.«

»Könnte sein.« Wolf blieb vorsichtig.

»Und du könntest mir einen Kontakt zu ihm machen?«

»Eventuell. Warum sagt deine Frau, dass du im Schlaf von *deiner* Laserkanone geredet hast?«

»Keine Ahnung.« Arthur zuckte die Achseln. »Vielleicht hat sie sich verhört. Im Traum redet man doch sowieso nur dummes Zeug.« Sein Gesicht erstrahlte in reiner Unschuld. »Mit uns beiden steht es im Moment außerdem nicht gerade zum Besten. Ehestress. Kennt man ja. Was soll's?« Er winkte ab.

»Mag sein.« Wolf nickte zögernd.

Er kam immer mehr von Arthur als seinem Hauptverdächtigen ab. Wäre auch zu schön gewesen.

Der Mann schien jedoch wirklich keine Ahnung von Wolf und Rebekka Schneider zu haben. Geschweige denn von Weinbergers Plänen.

»Was willst du für den Kontakt zu diesem Wolf Schneider mit der Laserkanone?« Arthur blieb interessiert.

Amerika schien dringend eine neuartige Laserkanone zu brauchen, die ganze Landstriche wegradieren konnte. Als hätte es nicht schon genug Drohnen und Atomwaffen.

»Deine Hilfe«, erwiderte Wolf. »Du bist offensichtlich ein reicher und einflussreicher Mann.«

»Wie soll die aussehen?«

»Sabine und ich müssen illegal aus den Staaten ausreisen. Und du sollst uns dabei helfen.«

»Warum?« Arthur zog staunend die Brauen hoch. »Seid ihr Verbrecher?«

120

Dienstag 8.56 p.m., Umland Baltimore, USA.

»Der Vogel scheint ausgeflogen zu sein.« Specialagent Thomas Fox hielt seine Taschenlampe hoch, damit er besser in Arthurs Küchenfenster hineinleuchten konnte. »Was für ein Saustall. Sieht ganz so aus, als hätte jemand hier eingebrochen«, murmelte er weiter vor sich hin.

Thomas war sauer auf sich selbst. Nur eine knappe Stunde war er weg gewesen, um sich einen Burger und eine große Cola zu holen. Es hatte so lange gedauert, weil punktgenau zur selben Zeit anscheinend das halbe Umland von Baltimore auf dieselbe Idee gekommen war.

Ausgerechnet dann musste Arthur Smith sein Domizil verlassen haben.

Er lief ums Haus herum. Sah sich auf der Terrasse und in dem riesigen Park dahinter um.

Nichts.

Smith war spurlos verschwunden.

Keine Frage. Es würde gewaltigen Ärger geben, wenn er das mit dem Hamburger zugab. Einen zu Observierenden zu verlieren, gehörte nicht zu den Kavaliersdelikten unter seinem Chef Hugh Bender.

Thomas konnte froh sein, wenn er nicht degradiert wurde oder eine Beförderungssperre bekam.

Er stapfte angespannt zu seinem Wagen, setzte sich hinein und meldete sich bei der Zentrale.

»Arthur Smith hat mich abgehängt.«

»Wie das?«, meldete sich die Stimme der Diensthabenden.

Sie hieß Janet. Ein scharfer Feger. Gute Amerikanerin. Einen Dienstrang über ihm. Er hatte schon etliche Male versucht, bei ihr zu landen. Vergeblich allerdings. Anscheinend wusste sie nur zu gut, wie attraktiv sie war. Orientierte sich deshalb wohl lieber nach oben als nach unten. Konnte er irgendwie verstehen. Trotzdem schade.

»Wahrscheinlich hat er bemerkt, dass er beobachtet wird.«

»Aber du warst doch hautnah an ihm dran. Wie konnte er da entkommen?«

»Ich stand mit dem Wagen vor seinem Tor. Er muss währenddessen durch die Hintertür verschwunden sein«, log er. »Ich schätze, er ist durch seinen Garten hinter dem Haus bis zur nächsten Querstraße gelaufen und hat sich dort irgendwo ein Taxi genommen.«

»Hättest du nicht besser aufpassen können?«

»Offensichtlich nicht. Wer kommt denn auf solche Gangstermethoden bei einem renommierten Politiker?«

»Shit. Na gut. Ich sag dem Chef, dass du nichts dafürkonntest. Such noch mal die nächste Gegend ab. Du hörst von mir.«

121

Dienstag 8.57 p.m., Raststätte, Virginia, USA.

Jane sah sich verzweifelt nach Hilfe um.

Es sah nicht gut für sie aus.

Der Parkplatz war duster und menschenleer.

Nur sie und Big Jake, das Monster.

Dass er sie hier und jetzt vergewaltigen würde, war ihr sonnenklar. Machte es überhaupt Sinn, um Hilfe zu rufen? Sicher nicht. Wahrscheinlich hielten seine Kumpels im Inneren des Lokals Annie davon ab, nach draußen zu kommen. Sonst wäre sie ihm bestimmt längst gefolgt, um nach dem Rechten zu sehen.

Sie versuchte sich seinem Griff zu entwinden. Gab es aber gleich wieder auf.

Keine Chance. Er hielt sie wie ein Schraubstock umklammert. Grinste dabei wie der böse Killer in einem schlechten Horrorfilm.

»Lassen Sie mich auf der Stelle los«, fauchte sie mutig. »Oder es passiert was.«

»Was denn? Willst du deinen großen Bruder rufen, Süße?« Big Jake lachte dröhnend.

»Ich rufe Annie.«

»Um die kümmern sich gerade meine Brüder.«

Also doch. Sie hatte recht gehabt.

»Brüder? Seid ihr etwa auch noch Brüder?«

»Klar, wir sind die Nolans von der Nolan-Farm.« Big Jake nickte mit einem denkbar debilen Grinsen auf den Lippen.

»Was sagt eure Mutter dazu, wenn ihr euch so schrecklich benehmt?« Jane sah ihn vorwurfsvoll an.

Die streng vorgetragene moralische Keule war in diesem Fall wahrscheinlich die beste Verteidigung. Diese Hillbillys waren meistens sehr eifrige Kirchgänger. Ihre Mami hielten solche Typen normalerweise hoch wie eine Heilige.

Noch dazu schien er ausgemacht dämlich zu sein.

»Lass meine Mom aus dem Spiel. Die geht dich nichts an.« Big Jake verging das Grinsen. Er schob ärgerlich die Unterlippe nach vorn.

»Könnte sie ihren Sohn nur sehen, wie er gerade ein wildfremdes Mädchen belästigt. Und das auch noch unter freiem Himmel, im Angesicht des Herrn.« Jane blieb bei ihrem vorwurfsvollen Tonfall.

Hart bleiben. Jetzt auch nur die geringste Schwäche zu zeigen, könnte fatal für sie enden. Das wusste sie. Keine Ahnung, warum. Sie wusste es einfach.

»Halt die Schnauze. Lass den Herrn da raus.«

»Sie würde sich schrecklich schämen«, fuhr sie in gleichbleibend strengem Tonfall fort. »Bestimmt wäre sie todunglücklich. Ein Leben lang hat sie versucht, anständige gottesfürchtige Kerle aus euch zu machen. Und jetzt so was.«

Sie sah demonstrativ auf ihr Handgelenk hinunter, das er nach wie vor festhielt.

»Halt endlich die Schnauze. Ich will das nicht hören.« Deutliche Verunsicherung schwang in Big Jakes Stimme mit.

»Wahrscheinlich würde sie gar nicht mehr leben wollen.« Jane gab ihrer Stimme einen mitfühlenden Anklang.

»Sei still. Hör auf.« Big Jake stiegen die Tränen in die Augen.

Er ließ sie unvermittelt los. Stand wie ein zitterndes Häufchen Elend vor ihr. Ein sehr großes Häufchen Elend.

Bingo, alles richtig gemacht.

»So ist es gut, Big Jake.« Jane nickte wissend. »Deine Mama wäre stolz auf dich. Und der Herr ebenso.«

Sie lächelte ihm kurz aufmunternd zu, drehte sich um und ging mit festen Schritten auf ihren Wagen zu. Dort angekommen, sperrte sie auf. Drehte mit zitternden Finger den Zündschlüssel herum. Fuhr los.

Big Jake sah ihr mit hängenden Schultern hinterher. Er rührte sich nach wie vor nicht von der Stelle.

Als sie wenig später in den Rückspiegel sah, stellte sie erleichtert fest, dass ihr niemand folgte.

»Der Mensch wächst mit seinen Aufgaben«, murmelte sie zufrieden. »Irgendwann wirst du das auch noch zu spüren bekommen, Arthur Smith, mein geliebter Ex-Ehemann. Verlass dich drauf, du elende Ratte.«

122

Dienstag, 9.07 p.m., Umland Baltimore, USA.

»Sagen wir mal, es handelt sich um ein Missverständnis mit den amerikanischen Behörden. Verbrecher sind wir sicher nicht.«

Wolf kostete von seinen Rigatoni. Sie schmeckten hervorragend. Aber sein nervöser Magen verdarb ihm den ganzen Spaß daran. Er legte die Gabel wieder aus der Hand.

»Na gut. Geht mich auch nichts an. Ich bin nicht die CIA oder die Polizei. Von mir aus geht unser Deal jedenfalls klar. Ich helfe euch, nach Hause zu kommen. Dafür machst du mir einen Kontakt zu Wolf Schneider. Ist hiermit abgemacht.«

»Klingt gut«, sagte Wolf.

»1.000.000 Dollar für euch beide obendrauf, weil mich die Pläne für die Laserkanone, die Schneider hat, wirklich brennend interessieren. Im Namen Amerikas. Was sagt ihr?«

»Klingt noch besser.« Wolf grinste breit.

»Ich finde das super.« Eva, die lange nichts gesagt hatte, nickte lächelnd.

»Peter?« Arthur sah Wolf erwartungsvoll an.

Respekt Ex-Schwester. Coole Nummer, die du da mit mir durchziehst. Wir würden glatt als Bonnie und Clyde durchgehen.

»Ich finde es auch super. Abgemacht.« Wolf nickte.

Sie schüttelten sich die Hände.

»Woher weiß ich, dass du mir keinen Scheiß erzählst?« Arthur grinste verschwörerisch.

»Woher weiß ich, dass du nicht dasselbe tust?« Wolf grinste ebenfalls.

»Sehr gut. Du bist in Ordnung, Peter.« Arthur lachte laut. »Lasst uns austrinken und abhauen. Ich hab eine Hütte in Virginia. Niemand weiß von ihr. Nicht mal meine Frau. Dort können wir zwei, drei Tage abwarten, bis etwas Gras über eure Geschichte gewachsen ist. Dann verschwinden wir mit meinem Motorboot nach Havanna. Ihr fliegt von dort aus weiter nach Europa.«

»Klingt sehr gut«, erwiderte Wolf. »Aber kannst du dir so einfach freinehmen? Du bist fast eine Woche lang weg.«

Natürlich konnte er nicht wissen, dass Arthur sich genauso dringend wie sie absetzen musste.

»Klar.« Arthur winkte lässig ab. »Ich kann tun und lassen, was ich will. Ich bin Politiker. Schon vergessen? Ich ruf morgen früh meinen Stellvertreter an und los geht's. Nächste Woche mach ich weiter, als wär ich nie weg gewesen.«

»Wenn bei euch alles so einfach ist, werde ich auch Politiker im Kongress.« Wolf lachte.

»Gute Idee, Peter. Wenn du willst, helfe ich dir.«

»Alles klar. War nicht ernst gemeint.« Wolf winkte ab. Er grinste Eva an.

Nicht schlecht, dachte er dabei. 1.000.000 Dollar und die Flucht auf einem Motorboot.

So viel waren Arthur also der Kontakt zu Wolf Schneider und damit der Zugang zu Weinbergers Plänen wert. Spontan frei nahm er sich auch noch, um diesem Ziel näher zu kommen. Was, wenn er doch derjenige war, der hinter allem steckte und Rebekka ermorden ließ?

Wachsam bleiben, alter Junge. Wie der Wolf in der Nacht.

Doch jetzt mussten sie zuerst mal raus aus den USA. Alles andere würde sich zeigen.

Irgendwann kam jede Wahrheit ans Licht.

Ein unumstößliches kosmisches Gesetz.

Den Kontakt zu Wolf Schneider herstellen! Allein die Vorstellung war göttlich komisch. Natürlich würden er und Eva auf Nimmerwiedersehen verschwinden, bevor es so weit kommen konnte.

Arthur würde ihrer weiteren Flucht keinesfalls im Wege stehen. Wolf würde ihn außer Gefecht setzen, wenn es an der Zeit war. Wenn nötig, würde er dabei auch Gewalt anwenden.

Vielleicht hatte er tatsächlich das Talent zum Ganoven. Zum Schauspieler allemal. Da war er sich inzwischen sicher.

»Aber bevor wir verschwinden, müsst ihr unbedingt Luigis Schokoladenkuchen versuchen. So etwas Köstliches habt ihr garantiert noch nie gegessen.« Arthur schenkte ihnen noch mal von dem Barolo ein, den er für alle bestellt hatte.

123

Dienstag, 9.15 p.m., Umland Washington D.C., USA.

Wo sollte Dorian mit seiner Suche nach Jane Smith nur beginnen? Sie schien ihre Spuren perfekt verwischt zu haben. Niemand hatte gesehen, wohin sie verschwunden war.

Er hatte alle Plätze, die ihm der Chef genannt hatte, abgesucht. Ergebnislos.

Von einem Computerfreak, der ab und zu illegale Dinge für ihn im Netz tat, hatte er ihre Kreditkartenabrechnungen, Flug- und Bahnkartenschalter sowie die Tankstellen überprüfen lassen. Nichts.

Sie hatte vor ihrer Abfahrt 20.000 Dollar bei ihrer Bank abgehoben und seitdem offensichtlich nur noch bar bezahlt.

Ihr Handy war auch nicht zu orten.

Gar nicht dumm die Lady. Das machte ihm seine Aufgabe natürlich nicht gerade leichter.

Er würde seine landesweiten Kontakte nützen müssen. Abfragen, ob und wo ihr Auto gesehen wurde zum Beispiel.

Vielleicht könnte er über Josh Lemmy, einen sehr guten Bekannten beim FBI, auch eine USA-weite Fahndung nach ihr einleiten lassen.

Er arbeitete gelegentlich als Informant für Lemmy, den Leiter der bundesweiten Drogenfahndung.

Hatte aber auch schon mal einen streng geheimen Auftrag für ihn erledigt. Ein chinesischer Drogenhändler und Geschäftsmann, an den sie mit legalen Mitteln niemals herangekommen wären. Er sollte dringend von der Bildfläche verschwinden.

Dorian hatte ihn im Fluss ersäuft wie eine Katze. Schnell und unkompliziert.

Gewissensbisse wegen seiner zahlreichen Morde kannte Dorian nicht. Er sah sich selbst als Soldat im Dienste der jeweiligen Sache.

Soldaten hatten zu gehorchen und ihre Befehle auszuführen.

Das war überall auf der Welt so.

Josh zu aktivieren, verlangte allerdings gute Gründe. Konnte er die nicht vorbringen, würde ihn der Drogenfahnder gewaltig in den Hintern treten.

Mal sehen, was er der Frau seines Chefs anhängen könnte. Vielleicht den Verdacht, dass Jane Smith ihren Freund John

Ferrari bei einem Drogendeal erschossen hätte und es wie Selbstmord aussehen ließ.

Natürlich. Das war's. Geniale Idee. Ihre Spuren mussten überall im Haus des Kerls sein. Das könnte tatsächlich funktionieren. Also nichts wie los. Hoffentlich war es noch nicht zu spät und die feine Dame befand sich bereits außer Landes.

124

Dienstag, 10.15 p.m., Highway, Washington–Virginia, USA.

»Cool. Der fährt genauso ruhig wie mein Mercedes.«

Arthur sprach über Luigis Ford Ranger. Er hatte ihn dem italienischen Restaurantbesitzer abgeschwatzt, weil sein eigener Wagen zu auffällig gewesen wäre. Immerhin suchte die CIA nach ihm. Da gondelte man nicht auf dem Präsentierteller durch die Gegend.

Eva und Wolf hatte er erklärt, dass er sich Luigis Ford leihen würde, weil sie damit in der Gegend bei seiner Hütte besser zurechtkämen.

Luigi hatte den Tausch liebend gerne vorgenommen. Arthurs Mercedes war neuer und teurer als sein Geländewagen.

Er hatte ihn, gleich nachdem die drei weg waren, zu einem guten Freund in die Autowerkstatt gefahren. Neue Nummernschilder, neue Papiere, neuer Lack, fertig.

»Mein Boot liegt im Jachthafen von Virginia Beach«, fuhr Arthur jetzt fort. »Niemand weiß davon. Habe es unter falschem Namen dort liegen, falls ich mal unentdeckt fliehen müsste.«

Dass er Jane das Boot einmal gezeigt hatte, verriet er ihnen nicht. Es würde nur unnötige Aufregung verursachen. Wem sollte sie außerdem davon erzählen? Sie war selbst auf der Flucht.

»Das passt ja perfekt«, freute sich Wolf.

»Wollt ihr eine Line?« Arthur zuckte nervös mit dem rechten Augenlid.

»Was meinst du?« Wolf sah ihn neugierig an.

Er saß auf dem Beifahrersitz. Eva im Fond in der Mitte.

»Koks? Schnee? Wir Politiker brauchen es zum Wachbleiben.«

»Ach so. Nein, danke.« Wolf schüttelte den Kopf.

»Ich mag auch nicht«, sagte Eva.

»Wann sind wir bei deiner Hütte?«, fragte Wolf.

»Noch knapp zwei Stunden.«

Arthur fuhr rechts ran, zog sich jeweils einen kleinen Berg weißes Pulver in die Nasenlöcher und grinste zufrieden.

Das Zucken seines Augenlids ließ nach. Er wurde insgesamt etwas ruhiger.

»Habt ihr Lust auf einen Espresso?«, fragte er.

»Gerne«, erwiderte Wolf. »Espresso geht immer.«

Eva nickte.

»Espresso, presso, presso«, sang Arthur übermütig. »Gleich gibt es guten Espresso.«

Er war ausnehmend gut gelaunt. Kein Wunder. Immerhin hatte er bei Luigi eine Flasche Wein ganz alleine geleert. Plus zwei gut eingeschenkte Gläser Grappa. Die Aussicht auf Weinbergers Pläne und das Kokain gerade hatten ihm endgültig Flügel verliehen. Wen interessierte da noch eine dämliche Jane Smith, geborene Paulsen? Niemanden.

»Aber vielleicht sollten wir nicht auf einen öffentlichen Rastplatz gehen«, gab Wolf zu bedenken. »Dort könnten Kameras stehen. Außerdem erkennt uns vielleicht jemand wieder.«

»Klar, klar, klar. Alles kein Problem. Lasst mich nur machen.« Arthur war schlagartig nur noch cool. »Ich kenne ein nettes kleines verschwiegenes Lokal ein Stück abseits unserer Route.« Er lachte, als hätte er einen grandiosen Witz gemacht.

»Ein nettes kleines Lokal. So, so. Sind die nicht immer nett und klein?« Wolf grinste flüchtig.

»Nett, nett, nett. Klein, klein, klein«, sang Arthur mit tiefem Bariton, während er sich wieder in den Verkehr einreihte.

»Wenn wir nach Havanna wollen, brauchen wir neue Papiere, Arthur.« Wolf räusperte sich.

»Brauchen wir nicht.« Arthur schüttelte wissend den Kopf.

»Wie das?«

»Wir schleichen uns nachts übers Meer außer Landes.«

»Und wenn sie uns erwischen?«

»Werden sie nicht. Ich weiß Bescheid, wo sie kontrollieren.«

»Tatsächlich? Und in Kuba?«

»In Havanna sprechen harte Dollars. Ich hab genügend davon dabei. Niemand wird Fragen stellen.«

125

Freitag, 2.00 p.m., Nuevo Laredo, Mexiko.

»Hühnchen, Cola und Tequila, Senorita.« Der gut aussehende Kellner mit den schwarz glänzenden Haaren stellte den Teller und die Getränke lächelnd vor Jane auf den Tisch.

Er hatte in fast akzentfreiem Englisch gesprochen.

»Danke.« Sie lächelte zurück. Erfreut darüber, dass sie offenbar nicht in der totalen Wildnis gelandet war.

Überhaupt hatte sie sich Mexiko viel schlimmer vorgestellt.

Ärmlicher. Verkommener. Lauter.

Alle Zeitungen zuhause schrieben vom grenznahen Nuevo Laredo als der Hauptstadt des mexikanischen Drogenhandels. Mord, Erpressung, unendliche Brutalität in den Straßen.

Überraschenderweise wirkte es aber gar nicht so.

Es gab hier ganz normale Häuser, in denen ganz normale Leute in ganz normalen Hosen, Röcken, Blusen und T-Shirts lebten. Natürlich waren nur wenige von ihnen teuer gekleidet. So wie sie und ihre Freundinnen in Baltimore und Washington normalerweise. Von Armut war nicht viel zu sehen.

Vielleicht hatte sie die üblen Viertel der Stadt aber bisher auch nur noch nicht gesehen. Sie war gestern erst spät in der Nacht hier gelandet. Total übermüdet. Konnte einfach nicht mehr weiterfahren.

Glücklicherweise hatte sie gleich in der Nähe sofort ein freies Zimmer gefunden. Nicht luxuriös, aber auch nicht schäbig.

Freundlicher Standard.

Jetzt saß sie im abgezäunten mit Blumen und Grünzeug überwucherten Garten eines einladend aussehenden Restaurants an der Hauptstraße. Es war ihr bereits bei ihrer Ankunft aufgefallen.

Bis vor einer Stunde hatte sie geschlafen. War dann nach einer ausgiebigen Dusche hierhergegangen. Ihr Auto hatte sie auf dem abgesperrten Hotelparkplatz stehen gelassen.

Dort würde es bestimmt niemand stehlen.

Da die Sonne sommerlich heiß herunterbrannte, hatte sie sich für einen Platz unter einem der großen bunten Sonnenschirme entschieden.

Das wohlriechende Mittagessen vor ihr, war gleichzeitig ihr Frühstück.

»Woher kommen Sie?« Der Kellner war neben ihr stehen geblieben.

»Nashville«, log sie. »Bin auf der Durchreise.«

»Wo soll's denn hingehen?«

Er musterte sie genau. Sein Blick blieb an dem Diamantring hängen, den ihr Arthur letztes Jahr zum Hochzeitstag geschenkt hatte.

Sie bemerkte es. Sah ebenfalls auf ihre Hand hinunter.

Damals war die Welt noch in Ordnung gewesen. Heute befand sie sich auf der Flucht vor dem miesen Kerl.

Sie entschied sich dafür, den Ring bei der nächsten sich bietenden Gelegenheit abzunehmen. Nicht dass sie deshalb noch überfallen oder umgebracht wurde. Man hörte ja immer wieder von solchen Ereignissen hier unten.

»Ist noch nicht so genau bekannt.« Sie lächelte erneut.

Reichlich neugieriger Bursche. Andererseits konnte sie ihn verstehen. Bestimmt hatte er es nicht oft mit einer Frau aus den besseren Washingtoner Kreisen zu tun.

»Tanzen Sie gerne?«, fragte er sie.

»Wie bitte?« Sie meinte, sich verhört zu haben.

»Ob Sie gerne Tanzen. Morgen Abend ist eine große Fiesta auf dem Hauptplatz.« Er sah sie ernst an.

»Na ja. Schon.« Sie zuckte die Achseln. »Ich weiß aber gar nicht, ob ich morgen Abend noch hier bin.«

Er sieht wirklich gut aus. Scheint auch nicht dumm zu sein. Aber deshalb musst du dich nicht gleich in seine Arme werfen. Er ist und bleibt Mexikaner und ein einfacher Kellner. Egal, wie nett er lächelt. Mit diesen Kerlen ist nicht zu spaßen. Weißt du doch. Außerdem hat er deinen Diamantring gesehen und denkt jetzt bestimmt, dass du viel Geld hast.

»Bitte, seien Sie hier. Ich würde mich sehr freuen, wenn Sie mich begleiten. Natürlich sind Sie auf alles eingeladen. Ich bin Alechandro Gonzales. Mir gehört übrigens das Restaurant hier.«

Sein breites offenes Lächeln nagte an ihrem Widerstand. Mexikaner hin oder her. Er hatte dieses gewisse Etwas, das Männer haben mussten, um Frauen zu gefallen.

Ein Restaurant besaß er außerdem. Also war er nicht arm.

Und er war seinem Aussehen nach nur unwesentlich jünger als sie.

»Tatsächlich?« Sie schenkte ihm einen langen tiefen Blick.

126

Freitag, 3.00 p.m., West Virginia, USA.

»Hoffentlich fahren wir bald zum Hafen. Ich kann den Dosenfraß nicht mehr ertragen.« Eva sah Wolf lange an.

Sie saßen abseits von Arthurs Hütte am Lagerfeuerplatz.

Die Gegend war herrlich.

Viele Bäume, sanfte Hügel, kleine Bäche.

Ihr Gastgeber entpuppte sich jedoch immer mehr als drogenabhängiger geistesgestörter Alkoholiker, der in schöner Regelmäßigkeit von hysterischen Wutanfällen heimgesucht wurde.

Wenigstens ging er vor die Hütte, wenn es wieder so weit war. Offensichtlich wollte er sie nicht damit behelligen.

»Unser Verrückter dahinten macht einem das Leben auch nicht unbedingt leichter.« Sie zeigte auf Arthur, der 50 Meter von ihnen entfernt in sein Handy brüllte.

»Morgen oder spätestens übermorgen sind wir hier weg. Hab nur noch etwas Geduld.«

Wolf warf einen kleinen Ast ins Feuer. Er ging sofort in Flammen auf.

»Was er wohl andauernd zu telefonieren hat?« Sie ließ bedrückt den Kopf hängen.

»Er ist Politiker. Bestimmt muss er jede Menge Dinge regeln.«

»Glaubst du, dass er die Sache mit unserer Flucht wirklich durchzieht? Im Moment sieht es eher so aus, als würde der Kerl uns hier versauern lassen.« Eva fühlte sich sichtlich unwohl in ihrer Haut. Zweifellos schien ihr Arthur nicht geheuer zu sein.

»Ich weiß es auch nicht. Aber ich denke, dass er unbedingt an die Pläne für die Laserkanone, die ich habe, rankommen will.«

»Und deshalb wird er uns nicht hängen lassen, richtig? Weil du ihm versprochen hast, ihm den Kontakt zu dir zu machen.«

»Zu Wolf Schneider. Hoffe ich doch, dass es so läuft. Wichtig ist, dass wir heil nach Hause kommen.«

»Willst du ihm die Pläne tatsächlich verkaufen?«

»Nein. Auf gar keinen Fall.« Wolf schüttelte den Kopf. »Warum sollte ich? Ich will nur den Mann finden, der Rebekkas Tod zu verantworten hat. Das Geld und die Pläne für die Laserkanone interessieren mich nicht. Die hab ich gut versteckt und dort werden sie auch bleiben.«

»Aber 1.000.000 Dollar wären doch nicht schlecht.«

»Viel zu wenig für die Verantwortung, die dann auf meinen Schultern läge.«

»Stimmt auch wieder. Ich will hier weg.«

»Wir kommen hier weg«, beruhigte er sie. »Bald. Garantiert. Er fährt uns nach Kuba, dort werden wir ihn los und fliegen nach Holland oder Belgien. Dann leihen wir uns ein Auto und fahren damit nach München.«

»Und wie werden wir Arthur los?«

»Da fällt mir schon was ein. Er sieht nicht so kräftig und durchtrainiert aus, dass man Angst vor ihm haben müsste.«

»Und in München? Was wollen wir da?«

»Ich muss den Mann finden, der hinter Rebekkas Tod steckt. Werde wohl noch mal ganz von vorne anfangen.«

»Und die Polizei? Die suchen dich doch in Deutschland.«

»Sie werden mich nicht finden. Du wirst ihnen sagen, dass du nicht weißt, wo ich bin. Du wärst alleine nach Hause geflohen, weil ich verrückt geworden wäre.«

»Ich hatte letzte Nacht eine Vision«, murmelte sie halblaut. »Nach langer Zeit wieder mal.«

»Und?« Er sah sie neugierig an.

»Es war schrecklich.«

»Erzähl.«

»Ich war allein auf hoher See. Mitten im Meer. Um mich herum nur Wasser. Du warst nicht da. Niemand war da.«

Sie weinte. Er nahm sie tröstend in die Arme.

127

Freitag, 5.00 p.m., Washington D.C., USA.

Agent Jonathan Scott war auf dem Weg nach Virginia.

James Kingston, ein älterer Kollege, befand sich dort unten zum Fischen in seinem Wochenendhäuschen in den Bergen.

Er wollte in der Bar, in der er für gewöhnlich sein abendliches Bier trank, gesehen haben, wie eine Frau, auf die Eva Schneiders Beschreibung passte, mit zwei Männern Kaffee getrunken hatte.

Die beiden hätten Wolf Schneider und Arthur Smith ähnlich gesehen. Zumindest den Beschreibungen und Bildern nach, die aufs Handy gekommen wären.

Die Sache hatte nur zwei kleine Haken.

Kingston sah nicht mehr besonders gut. Er hatte seine Brille vergessen und war sich deshalb nicht ganz sicher, ob seine Beobachtung stimmte.

Außerdem trank er bekanntermaßen gerne mal einen über den Durst. Was ihm so kurz vor seiner Pensionierung und noch dazu im Urlaub zwar irgendwie zustand, die Zuverlässigkeit seiner Zeugenaussage allerdings um einiges minderte.

Jonathan fuhr trotzdem hin. Besser eine halbe Spur als gar keine.

Ansonsten wurde er aus der Sache nicht schlau. Eva und Wolf Schneider waren nirgends aufzutreiben gewesen. Seit sie ihr Hotel verlassen hatten, waren sie spurlos verschwunden.

Genau wie Arthur Smith und seine Frau Jane, nach denen sein Kollege Specialagent Thomas Fox vergeblich suchte.

Was, wenn die vier gemeinsame Sache machten? Arthur Smiths optionale Anwesenheit in der Bar in Virginia ließ die Vermutung durchaus zu.

Aber bei was? Smith war ganz sicher kein Terrorist.

Ach was. Alles nur Unsinn. Zu weit hergeholt. Verwerfen.

Andererseits waren Eva und Wolf Schneider in der Weinhandlung nicht weit von Jane Smith gestanden.

Wer weiß, ob ihnen dabei etwas über die Laserkanone, von der Arthur Smith angeblich im Schlaf sprach, zu Ohren gekommen war. Möglicherweise hatte einer dem anderen auch heimlich Informationen zugesteckt.

Was genau war eigentlich vor zwei Wochen in Deutschland geschehen? Wolf Schneider sollte angeblich seine Frau umgebracht haben.

Angeblich, wie gesagt.

Beweise dafür hatte die dortige Polizei wohl nicht.

Er wusste, dass er insgesamt gesehen so gut wie nichts gegen die beiden in der Hand hatte. Sie waren unter falschem Namen in die USA eingereist. Wie etliche andere vor ihnen. Und wenn schon. Deswegen war man noch lange kein Terrorist. Vielleicht hatten sie einfach keine Lust mehr in ihrer Heimat zu leben.

Am besten ginge er morgen mit James Kingston zum Fischen.

Scheiß auf Hugh Bender.

Eine kleine Auszeit täte ihm auf jeden Fall gut. Genau betrachtet, bekamen sie bei der Agency viel zu wenig Urlaub. Außerdem war morgen Wochenende. So what.

128

Freitag, 5.30 p.m., West Virginia, USA.

»Verdammt noch mal, Dorian. Sie müssen die Schlampe endlich auftreiben und eliminieren. Das kann uns beide sonst sehr viel Geld kosten. Unter Umständen sogar das Leben.« Arthurs Kopf leuchtete knallrot.

Vier Dinge waren dafür verantwortlich.

Die Sonne. Das Koks. Der Alkohol. Seine grenzenlose Wut.

»Ist mir klar, Chef. Aber was soll ich machen? Es gibt keine Spur von ihr. Wenn nicht mal eine bundesweite Fahndung des FBI etwas ergibt, was soll ich dann noch tun?«

»Waren Sie bei ihren Eltern? Bei ihrer Schwester?« Arthur holte hektisch Luft.

»Nein. Aber die örtliche Polizei hat das im Auftrag des FBI überprüft. Keinerlei Hinweise auf Ihre Frau.«

»Fahren Sie hin.«

»Echt?«

»Ja. Überzeugen Sie sich selbst. Die ganze Familie lügt wie gedruckt. Sehen Sie bei ihnen nach ihr. Bringen Sie die Drecksbande auch noch um, wenn es nötig ist. Dafür bezahle ich Ihnen gerne jede Summe.«

Arthur begann wie ein Verrückter zwischen den Bäumen vor seiner Hütte hin und her zu rennen. Er hielt keinen Stillstand mehr aus. Konnte um nichts in der Welt ruhig bleiben.

Er kokste inzwischen alle 30 Minuten. Die Häufchen in seiner Handbeuge wurden dabei immer größer. Sein Vorrat immer kleiner.

»Na gut, Chef. Ich werde sehen, was sich machen lässt.«

»Tun Sie das, Dorian. Ich kann mich auf Sie verlassen?«

»Klar, Chef. Wenn ich sie allerdings nicht finde, soll ich mich dann gleich nach Europa aufmachen?«

»Sicher. Siebert in Berlin gehört ebenfalls weg. Weg, weg, weg. Der seltsame Mr. Black in Portugal nicht zu vergessen. Langsam könnten Sie glatt Verstärkung brauchen, was Dorian? Eine hübsche kleine Killerarmee.« Arthur lachte hässlich. »Sie schaffen das schon. Machen Sie's gut.«

»Sie auch, Chef. Wir hören voneinander.«

»Sicher.«

Arthur legte auf. Er rannte einmal ganz ums Haus herum. Zweimal, dreimal. Kam dabei nur langsam runter.

Er sollte noch einen Betablocker nehmen. Oder eine Beruhigungstablette.

In der Küche lag genügend von dem Zeug herum.

Himmel Herrgott noch mal. Hoffentlich sprangen ihm nicht zu viele Kunden ab, bis er Weinbergers Pläne endlich in den Händen hielt. Das wäre der Supergau. Dann könnte er sich ebenso gut die Kugel geben.

Gleich morgen Nachmittag würden sie zum Hafen fahren. Wenn nicht bald etwas Abwechslung, Hoffnung und eine anständige Mahlzeit in sein Leben kämen, drehte er garantiert durch. Er würde komplett ausrasten. No limits.

Wenn er das tat, würden seine Gäste sicherlich ebenfalls darunter leiden. Unweigerlich. Das ließe sich gar nicht verhindern.

Dadurch einen direkten Kontakt zu Wolf Schneider zu riskieren, wäre allerdings das denkbar Dämlichste gewesen, das er tun konnte.

Also lieber nichts wie ab aufs blaue Meer.

Hauptsache, das Koks ging ihm nicht aus, bis sie auf Kuba waren. Dort gab es mehr als genug davon.

Er würde die kleinen Nebenstraßen nehmen, auf denen erfahrungsgemäß kaum Polizeikontrollen vorgenommen wurden. Am frühen Abend wären sie im Hafen von Virginia Beach.

129

Samstag, 7.10 p.m., Virginia Beach, USA.

Anton genoss den freien Blick übers Meer. Das sanfte Licht der Dämmerung verlieh ihm etwas Zauberhaftes. Nicht mehr lange, dann wäre die Sonne verschwunden. Bis morgen natürlich nur. Es gab durchaus noch Hoffnung für die Menschheit. Er kicherte albern.

Endlich Urlaub. Alles hinter sich lassen. Die Sache mit Maria, die Arbeit, Wolf Schneider. Und vor allem Moll.

Welch unfassbarer Segen, dass ihn der Vollidiot hier drüben nicht mit seinen hirnlosen Sprüchen wahnsinnig machen konnte.

Gut gelaunt nippte er an dem Champagner, den er sich gerade zu seinen Austern bestellt hatte.

In dem vornehmen Restaurant direkt am Jachthafen sollte es die besten weit und breit geben, hatte ihm der grauhaarige Portier im Hotel gesagt. Hoffentlich behielt er recht.

Das eiskalte Nobelgetränk in Antons Hand war zumindest schon mal vom Feinsten.

Hauptkommissar Anton Wallner aus München-Milbertshofen im Jachthafen von Virginia Beach. Vom Schweinsbraten zur Auster. Wer hätte das gedacht? Er zumindest nicht. Maria sicher auch nicht. Sie hatte sich ihr Leben lang vergeblich bemüht, ihm wenigstens eine einigermaßen gehobene Esskultur näherzubringen.

Im Moment wäre sie sicher zufrieden mit ihm.

Ja, ja. Nobel ging die Welt zugrunde.

»Was für eine herrliche Luft«, murmelte er zufrieden mit sich und dem Leben.

»Einmal Auster gratiniert für den Herren.« Der Ober stand mit einer riesigen Platte halber überbackener Muscheln neben ihm.

»Jawohl. Immer her damit. Da sind Sie bei mir goldrichtig, junger Mann. Vielen Dank.« Anton rieb sich voller Vorfreude die Hände. »Macht Ihnen Ihr Job Spaß?«

»Ja, Sir.« Der Kellner nickte beunruhigt. »Hab ich etwas falsch gemacht?«

»Nein, nein. Um Himmels willen. Alles gut. Reines menschliches Interesse. Sonst nichts.« Anton grinste breit.

»Dann darf ich mich entfernen? Bitte rufen Sie, wenn ich etwas für Sie tun kann, Sir.« Der Kellner eilte mit dienstbeflissener Miene ins Haus zurück.

»Mach ich, junger Mann. Danke.« Anton sah ihm mit einem wohlwollenden Lächeln auf den Lippen nach.

Als er wieder auf den Hafen hinuntersah, fiel sein Blick auf eine große Motorjacht, die in ungefähr 120 Metern Entfernung am Kai lag.

»Moment, das ist doch … das sind doch … das gibt es doch gar nicht. Nicht zu fassen … Nein. Kann nicht sein.«

Er meinte, Eva und Wolf Schneider darauf zu erkennen.

Sah noch mal genauer hin.

War sich nicht mehr sicher.

Dann verschwanden sie im Inneren des Bootes.

»Herrgott noch mal. Was einem die Augen manchmal doch für Streiche spielen«, sagte er kopfschüttelnd.

»Sorry?«, erkundigte sich die vornehme Dame im weißen Kleid am Nebentisch.

»Äh, ach so. Nichts. Alles gut.« Er winkte mit rotem Kopf ab.

Vielleicht solltest du dir deine lauten Selbstgespräche langsam mal abgewöhnen, alter Depp. Irgendwann sperren sie dich noch weg deswegen.

Eva und Wolf Schneider. Natürlich konnten sie es nicht gewesen sein.

Was hätten die denn ausgerechnet hier verloren gehabt? Auch noch im selben Moment, in dem er ein paar Meter weiter die übrigens absolut köstlichsten Austern seines Lebens aß.

Was allerdings nicht weiter verwunderlich war, da er bisher nur einmal welche versucht hatte. Auf irgendeinem Fischmarkt in Frankreich. Ein herrlicher Urlaub mit Maria. Nur die Austern hatten ihm nicht geschmeckt.

Aber das war eine andere Geschichte.

Natürlich hielten sich die beiden irgendwo in Portugal auf. Wo denn sonst?

Als das Boot wenig später aufs offene Meer hinausfuhr, schüttelte er ein letztes Mal den Kopf über seine alberne Sinnestäuschung.

130

Samstag 9.20 p.m., offenes Meer, Ostküste USA.

Arthur erwies sich als erfahrener Kapitän. Es schien ganz so, als hätte er seine Motorjacht wesentlich besser im Griff als sich selbst.

Er zeigte seinen beiden Passagieren auf einer Seekarte, wo sie sich befanden, während sie zu dritt im Cockpit saßen.

Sie hatten warme Jacken angezogen.

Um sie herum war es windig und kühl geworden.

Es roch nach Salz und Fisch.

»Wir fahren erst mal an der Küste entlang nach Miami«, erklärte er ihnen, während er mit dem Finger auf die Karte zeigte. »Hier, seht ihr? Dann geht es rüber nach Kuba.«

»Wir sind noch an der Küste? Aber ich sehe gar kein Land mehr.« Eva deutete erstaunt in die Nacht um sie herum. »Keine Lichter. Nichts.«

»Wir sind einige Seemeilen weiter draußen, damit uns niemand von der Küstenwache anhält. Schließlich wollen wir nicht kontrolliert werden.« Arthur rollte die Karte wieder ein. »Möchte jemand einen Whiskey oder einen Rum?«

»Lieber nicht.« Wolf winkte ab.

Er fand es erstaunlich, was Arthur alles bedachte. Es hatte ganz den Anschein, als verfügte man als Politiker über eingehende kriminelle Erfahrung.

Steckte bei ihrem Bootsführer und Fluchthelfer noch mehr dahinter? Hatte er ihn unterschätzt?

Nach wie vor schwer zu sagen.

»Ich auch nicht«, sagte Eva. »Mir ist sowieso schon schlecht wegen der Wellen.« Sie atmete tief ein und aus.

»Da wäre ein Whiskey aber das Beste.«

»Sicher?« Sie sah unschlüssig von einem zum anderen.

»Sicher«, erwiderte Arthur, der seit ihrer Abfahrt vom Hafen nichts mehr geschnupft hatte.

»Na gut.« Sie nickte. Ganz langsam allerdings, damit ihr nicht noch übler wurde.

Arthur ging unter Deck, um den Whiskey zu holen.

»Ich hab Angst, Wolf«, gestand Eva, sobald er außer Hörweite war. Sie nahm seine Hand.

»Musst du nicht.« Er bemerkte, dass sie am ganzen Leib zitterte.

»So weit draußen auf dem Meer und dann auch noch im Dunkeln. Mir ist das total unheimlich. Was, wenn wir eine Panne haben und sinken?« Sie sah ihn hilfesuchend an.

»Haben wir schon nicht«, beruhigte er sie. »Und warum sollten wir sinken? Das ist ein riesiges Motorboot. Fast schon ein Schiff. Arthur scheint sich bestens mit allem auszukennen.«

»Meinst du?«

Offenbar hatte er sie noch nicht ganz überzeugt.

»Ja«, erwiderte er mit fester Stimme.

»Wolf?«

»Ja?«

»Ich hab dich trotzdem lieb. Auch wenn es dir nicht recht ist.« Sie sah ihn lange an.

»Ach, Schwesterherz, Ex-Schwesterherz.« Er atmete lange aus. Schüttelte unmerklich den Kopf. Nahm sie schweigend in den Arm.

Wenn das alles hier vorbei war und sie in Sicherheit waren, würde er ein langes Gespräch mit ihr führen. Versuchen, sich in sie hineinzuversetzen. Sie hatte es verdient, dass er ihre Gefühle ernst nahm. Nicht einfach nur abwehrte und als kindische Belästigung abtat.

Doch alles zu seiner Zeit. Im Moment zählte nach wie vor einzig und allein die Rache für Rebekka.

»Dieser Tropfen wird euch schmecken, Leute. 30 Jahre alter Single Malt aus Schottland.«

Arthur war zurück. Er hielt begeistert eine halb volle Whiskeyflasche und drei Gläser hoch.

131

Samstag, 10.30 p.m., Nuevo Laredo, Mexiko.

»Ola, Chica. Ganz alleine hier?« Der ungepflegte übergewichtige Mexikaner im bunten Hemd, der Jane ansprach, grinste breit.

»Amerika?«, fragte sein kleinerer und schmalerer Freund neben ihm. Er trug Jeans und ein schwarzes ärmelloses T-Shirt.

»Mein Freund ist gleich wieder da. Er holt nur was zu trinken, Jungs«, erwiderte sie. »Sucht euch jemand anderen zum Spielen.«

Der von Häusern und Bäumen umsäumte Platz, auf dem sie standen, war voll mit Menschen. Kleine, große, junge, alte. Alle waren sie zur Fiesta gekommen.

Tanzen, singen, trinken, fröhlich sein.

Und natürlich flirten auf Teufel komm raus.

Es gab offensichtlich keine bessere Gelegenheit, einen Partner zu finden, als hier. Für eine Nacht oder fürs ganze Leben.

Alles schien möglich.

Was Jane allerdings nicht wusste: Das Fest wurde von einem der beiden großen Drogenkartelle ausgerichtet. Nur seine Anhänger trafen sich hier mit ihren Familien. Von den normalen Bewohnern der Stadt hätte sich niemand hergewagt.

»Arrogant bist du jedenfalls schon mal, was Pedro?« Der Dicke grinste noch breiter. In seinen Blick mischte sich jedoch gleichzeitig ein gefährliches Glitzern.

»Arrogant ist sie auf jeden Fall, Ramon.« Pedro nickte.

Sie kamen beide näher.

»Lasst mich einfach in Ruhe, Jungs. Wenn mein Freund kommt, kriegt ihr riesigen Ärger. Besser, ihr verschwindet schnell. Glaubt mir.«

Jane hoffte inständig, dass Alechandro schnellstens vom Getränkeholen zurück war. Sie hatte keine Ahnung, wie lange sie sich die beiden aggressiv auftretenden Kerle vom Leib halten konnte.

Sie sah sich nach jemandem um, der ihr helfen konnte. Die Menschen um sie herum waren jedoch ausschließlich mit sich selbst beschäftigt. Niemand beachtete die Chica aus Amerika, die mit den zwei jungen Chicos flirtete.

»Willst du wissen, was wir hier bei uns mit arroganten Putas wie dir machen?« Pedro zog ein Messer hervor. Er trat einen weiteren Schritt auf sie zu.

»Nein, will ich nicht. Und du wirst mich nicht noch einmal eine Nutte nennen, kapiert?« Jane gab nicht klein bei. Sie wusste instinktiv, dass sie erst recht verloren war, sobald sie auch nur die geringste Schwäche zeigte.

»Pass auf, Puta. Ich werde dir ein wunderschönes Lächeln ins Gesicht zaubern. Von einem Ohr zum anderen. Was hältst du davon?« Pedro holte mit seinem Messer aus.

»Fick dich doch, Arschloch.« Jane wurde rot vor Angst und Wut.

Es reichte endgültig. Stand etwa »Freiwild« auf ihrer Stirn, seit sie Arthur davongelaufen war? Konnte man riechen, dass sie keinen Beschützer hatte? Erst der geistesgestörte dicke Hillbilly an der Raststätte, jetzt diese zwei mexikanischen Volltrottel.

»Haut endlich ab!«, brüllte sie außer sich. »Sonst werdet ihr es bitter bereuen.«

132

Samstag 10.30 p.m., offenes Meer, Ostküste USA.

Eva hatte freiwillig die erste Nachtwache übernommen. Zum einen war sie nicht müde. Zum anderen wurde ihr unter Deck erst recht schlecht. Also blieb sie lieber an der frischen Luft.

Wolf und Arthur hatten sich hingelegt.

Arthur hatte ihr vorher noch erklärt, dass sie ihn sofort

wecken solle, wenn etwas Unvorhergesehenes geschah oder sich ein Schiff näherte.

Dann hatte er den Autopiloten angestellt und gemeint, sie müsse sich um nichts weiter kümmern.

Außer, gut aufzupassen eben.

Sie blickte in die Sterne hinauf. Wie klein der Mensch doch im Vergleich zum Universum war. Irgendwo da oben wohnte Gott. Oder wohnte er in uns allen? Beides war möglich. Letztlich war es ihr egal. Hauptsache, es gab ihn überhaupt. Ohne ihn wären die Menschen verloren in ihrer Einsamkeit.

Wolf hatte vorhin zum ersten Mal nicht heftig reagiert, als sie ihm ihre Liebe gestand. Sogar in den Arm genommen hatte er sie. Vielleicht gab es doch noch Hoffnung auf eine gemeinsame Zukunft mit ihm.

Es wäre ihr größtes Glück.

Sie wollte nichts anderes. Nur ihn.

Das erkannte sie jeden Tag immer noch klarer.

Ihr wurde kalt. Sie erhob sich von ihrem Platz. Ging im Cockpit auf und ab, um sich aufzuwärmen.

Nach einer Weile wurde es ihr zu eng hier oben.

Sie stieg über die Außentreppe ein Stück weit nach unten, um sich gründlicher auf dem ganzen Boot umzusehen.

Als sie sich seitlich der Kajüte zum Bug aufmachen wollte, traf eine hohe Welle das Boot.

Eva verlor das Gleichgewicht.

Sie kippte über die Reling.

Stürzte kopfüber ins Wasser.

133

Samstag, 10.35 p.m., Nuevo Laredo, Mexiko.

Pedro wurde seitlich am Kopf getroffen. Ein unerwarteter Schlag, der ihn auf der Stelle zu Boden streckte.

Zwei Sekunden später ereilte seinen Kumpel Ramon das gleiche Schicksal.

Beide lagen daraufhin nebeneinander auf dem Asphalt. Sie rührten sich nicht mehr.

»Das war Rettung in letzter Sekunde.« Jane sah Alechandro dankbar an. Sie zitterte.

»Leider habe ich unsere Drinks dabei verschüttet.« Er legte mit einem souveränen Lächeln den Arm um sie.

»Macht nichts. Ich bezahle neue.« Sie lehnte ihren Kopf an seine Schulter.

Todesangst. Adrenalin. Aber auch endlose Erleichterung.

Gott sei Dank gab es Alechandro.

Sie hielt sich an ihm fest. Registrierte überrascht, dass er ungewöhnlich kräftige Arme hatte. Hätte sie einem Restaurantbesitzer gar nicht unbedingt zugetraut. Bestimmt trainierte er regelmäßig.

»Nichts da. Hier in meinem Heimatort bist du mein Gast.« Er trat einen Schritt zurück. Sah sie ernst an.

Diese Südländer und ihre Machoallüren. Eigentlich auch irgendwie süß, *wenn es keine komischen Typen wie Ramon und Pedro sind.*

»Was waren das nur für schreckliche Kerle?« Jane holte tief Luft. Sie beruhigte sich wieder etwas.

»Dumme Kinder. Nicht der Rede wert.« Alechandro lächelte milde.

Wie kann er nur so ruhig bleiben? So souverän?

»Nicht der Rede wert? Die wollten mich gerade abstechen.« Sie schnappte fassungslos nach Luft.

»Meine Freunde werden sich um sie kümmern«, erwiderte er. »Die Beiden werden bestimmt niemanden mehr belästigen.«

»Da bin ich ehrlich froh. Ich glaub, ich könnte jetzt einen Schluck vertragen. Was trinkt man bei euch auf der Fiesta?« Jane sah ihn mit großen Augen an.

»Was wohl? Tequila.« Er lächelte nach wie vor.

Glück gehabt, Jane. Er strahlt wirklich eine wunderbare Gelassenheit aus.

»Na dann. Nichts wie los.« Sie hakte sich bei ihm unter.

Alechandro gab den drei Männern hinter sich Zeichen, die beiden Übeltäter wegzuschaffen.

Im Normalfall bedeutete das, dass sie mit aufgeschlitzten Kehlen auf der Mülldeponie vor der Stadt landeten. So würde es auch diesmal geschehen.

Sie hatten sich mit einer Freundin des »Patróns« angelegt. Somit direkt mit ihm. Das überlebte niemand.

Natürlich würde Jane niemals etwas davon erfahren.

134

Samstag 10.40 p.m., offenes Meer, Ostküste USA.

Eva schnappte hustend nach Luft. Die vom frischen Wind aufgeworfenen Wellen ließen sie kaum atmen. Immer wieder verschluckte sie sich.

Was war eigentlich passiert?

Moment.

Richtig. Sie war über Bord gestürzt.

Jetzt schwamm sie in der Dunkelheit im Meer. Es schmeckte ekelhaft salzig.

Arthurs Boot entfernte sich mit gleichbleibender Geschwindigkeit.

Es war wie in ihrer Vision. Sie ließen sie allein zurück.

Bald erkannte sie die Positionslichter des Schiffes nicht mehr.

Nur noch der Mond, Sterne, Wellen und ihr quälender Husten.

Sonst nichts.

Das Wasser war kalt.

Sie rief verzweifelt um Hilfe. Wusste, dass sie niemand hören konnte.

Betete mit zitternder Stimme.

Hoffte, dass sie nicht ohnmächtig wurde.

»Nur noch ein paar Minuten länger, lieber Gott. Ich lebe so gerne. Weißt du doch.«

135

Sonntag 1.05 a.m., offenes Meer, Ostküste USA.

»Sabine? Wo bist du?« Wolf stand im Cockpit, während er immer wieder lautstark nach seiner Schwester rief. Natürlich benutzte er ihren falschen Namen. Falls Arthur zufällig mithörte. So weit hatte er sich noch im Griff. Obwohl sich die ansteigende Sorge um sie wie ein Band aus Stahl um seine Brust legte.

Er war vor fünf Minuten aufgewacht. Musste heftig mit dem Kopf gegen die Wand seiner Koje geprallt sein.

Jetzt blickte er immer wieder suchend über das Schiff.

Keine Spur von Eva.

»Wahrscheinlich hat sie sich auch hingelegt und vergessen, uns zu wecken«, murmelte er vor sich hin. »Kein Wunder nach der ganzen Aufregung. Aber sie wollte es ja unbedingt so. Ich war von Anfang an dagegen, dass sie mitkommt. War ich? Klar war ich.«

Hör schon auf, mit dir selbst zu reden. Sonst endest du noch beim Psychiater.

Er stieg unter Deck, um die anderen Kojen und die Sofas im Aufenthaltsraum zu checken.

Nirgends auch nur die geringste Spur von ihr.

Aber irgendwo musste sie doch stecken.

Abermals ging er nach oben. Umrundete das gesamte Schiff. Sah in jedem Winkel nach.

Nichts. Keine Eva.

»Sie wird doch nicht …« Er wagte es nicht, den Satz zu beenden.

Aber das war's. Das musste es sein. Es gab gar keine andere Möglichkeit.

Sie musste über Bord gegangen sein.

Er stieg erneut hinunter, um Arthur zu wecken.

»Arthur!« Er rüttelte ihn an der Schulter. »Hey, aufwachen, Kapitän. Mach schon.«

»Was ist los?« Arthur sprach mit geschlossenen Augen.

»Sabine! Sie ist weg. Sie muss über Bord gegangen sein.« Wolf konnte vor Aufregung kaum noch atmen.

»Was?« Arthur riss die Augen auf. Er richtete sich blitzartig auf. »Hast du überall nach ihr gesucht?«

»Hab ich.«

»Lass uns noch mal gemeinsam nach ihr sehen.«

Arthur stand auf.

Er zog seinen Anorak über. Folgte Wolf an Deck, der längst vorausgerannt war.

»Siehst du. Sie ist verschwunden«, sagte Wolf, nachdem sie alles zweimal ergebnislos abgesucht hatten. »Sie muss über Bord gegangen sein. Mein Gott. Was für ein Wahnsinn.« Er raufte sich verzweifelt die Haare. »Bestimmt wartet sie darauf, dass wir umdrehen und sie rausholen.«

»Wie soll das gehen bei der Dunkelheit?« Arthur blickte düster drein.

»Keine Ahnung.« Wolf zuckte die Achseln. »Du hast doch bestimmt Suchscheinwerfer oder so was auf dem Boot.«

Gleich dreh ich durch. Eva! Lieber Gott, was machst du nur? Ich muss dich finden. Unbedingt. Du darfst mich nicht verlassen. Nicht du auch noch.

»Aber wir wissen ja nicht mal, wann sie über Bord ging. Sie kann inzwischen meilenweit von unserer Route abgetrieben worden sein.« Arthur schüttelte den Kopf.

»Wir müssen es trotzdem versuchen.« Wolf blickte Arthur entschlossen in die Augen.

»Macht keinen Sinn, Peter. Glaub mir. Das Wasser ist kalt. Da hält man sich nicht lange an der Oberfläche. Die Haie erledigen den Rest.«

»Dreh um, Arthur. Ich meine es verdammt ernst.«

Wolf richtete den Lauf seiner Pistole auf ihn.

136

Sonntag, 1.30 a.m., Nuevo Laredo, Mexiko.

Ihre schweißnassen Körper glänzten nackt im Mondlicht, das hell durch das riesige Panoramafenster seines Schlafzimmers schien.

Jane war mehr als überrascht gewesen, als sie vorhin hier angekommen waren. Eine riesige Villa am Stadtrand. Mit großem Pool, Garagen, Pferdeställen, diversen Nebengebäuden. Das Haupthaus war modern und geschmackvoll eingerichtet.

Alles zusammen musste Unsummen gekostet haben.

Sie hatte sich verwundert gefragt, wie man als Restaurantbesitzer nur so viel Geld verdienen konnte.

»Ich glaub, ich hab einen kleinen Schwips«, kicherte sie jetzt albern.

»Macht doch nichts. Es ist trotzdem wunderschön mit dir.«

Alechandro wusste ganz offensichtlich, wie man Frauen Komplimente machte. Sie fand es immer wieder anrührend, wenn sich Männer von ihrer weichen Seite zeigten.

»Mit dir ist es auch schön.« Sie drehte ihren Kopf zu Alechandro hinüber. Sah ihm tief in die Augen.

Endlich war die Liebe wieder in ihr Leben zurückgekehrt. Nicht so wie mit John Ferrari. Das mit ihm war mehr eine kleine Notromanze gewesen, um sich von Arthur abzulenken. John war nett gewesen. Nett und harmlos.

Alechandro dagegen war muskulös und intelligent zugleich. Sah hinreißend aus. Strahlte etwas Wildes aus. Etwas absolut Animalisches. Gleichzeitig spürte sie deutlich die große Herzenswärme, die von ihm ausging.

Sie fühlte sich sicher in seiner Nähe. Geborgen. Ganz in ihrer Mitte.

Er küsste sie.

Legte sich erneut auf sie. Bewegte sich langsam in ihr.

Sein Rhythmus nahm sie mit.

»Was haben deine Leute mit den beiden Jungs auf dem Stadtplatz gemacht?«, fragte sie ihn, nachdem sie sich später gemeinsam eine seiner Filterlosen teilten.

»Wie meinst du das?« Er runzelte die Stirn.

»Du hast gesagt, sie würden sich um ihn kümmern.«

»Hab ich das?« Er lächelte unbestimmt.

»Ja.«

»Dann haben sie das bestimmt getan.«

»Was getan?«

»Na, sich um ihn gekümmert.«

»Aber was bedeutet das?«

»Das willst du nicht wissen.« Er blies eine große Rauchwolke zur Decke hinauf.

»Doch. Das will ich.« Sie richtete sich halb auf. Stützte sich auf ihren Ellenbogen. Sah ihn gespannt an.

»Sie werden dich auf jeden Fall nicht mehr belästigen. Nie mehr. Mach dir keine Sorgen.«

Er küsste sie erneut.

Sie konnte nicht anders, als seinen Kuss leidenschaftlich zu erwidern.

Sie würde nicht weiterfragen. Es würde nur den schönen Moment zerstören.

137

Sonntag 6.30 a.m., offenes Meer, Ostküste USA.

»Es hat keinen Sinn, Peter. Tut mir leid.« Arthurs Blick verriet, dass er ehrlich meinte, was er sagte. »Lass uns wieder umdrehen. Wir können nichts mehr für sie tun.«

Sie waren beide todmüde. Stundenlang hatten sie nach Eva gerufen. Mit den Scheinwerfern das Wasser abgesucht. Links und rechts ihrer gefahrenen Route nach ihr Ausschau gehalten.

Nirgends war auch nur eine Spur von ihr zu sehen gewesen.

Kein Kleidungsstück. Nichts.

Es schien so, als hätte das Meer sie mit Haut und Haaren verschlungen.

»Nein. Wir suchen weiter.« Wolf schüttelte den Kopf. Er bedrohte Arthur zum wiederholten Mal mit seiner Pistole.

»Aber es bringt wirklich nichts, Peter. Vielleicht haben ein paar Fischer sie rausgezogen. Dann ist sie längst gerettet.«

»Das glaubst du doch selbst nicht.« Wolf brütete dumpf vor sich hin.

»Man soll den Glauben nie aufgeben. Außerdem geht mir langsam das Koks aus. Ich brauche dringend Nachschub, sonst kannst du allein nach Havanna schippern. Traust du dir das zu?« Arthur sah tatsächlich völlig fertig aus.

Wolf sah ihn lange an.

»Na gut. Ab nach Havanna.« Er nahm die Pistole herunter. Sicherte sie. Steckte sie ein.

Sein Gesicht war grau.

Sein Blick ging ins Leere.

Er fühlte nichts mehr.

»Gott hab dich selig, geliebtes Schwesterherz«, flüsterte er tränenerstickt.

ENDE

Weitere Krimis finden Sie auf den folgenden Seiten und im Internet:

WWW.GMEINER-SPANNUNG.DE

MICHAEL GERWIEN
Schattenkiller

978-3-8392-1973-7 (Paperback)
978-3-8392-5199-7 (pdf)
978-3-8392-5198-0 (epub)

TÖDLICHE SCHATTEN Rebekka, die Frau des bekannten Münchner Journalisten Wolf Schneider, soll geheimnisvolle Pläne an einen unheimlichen Unbekannten herausgeben. Sie wird von ihm in ihrem eigenen Haus niedergeschlagen. Der Täter droht Wolf wenig später am Telefon mit Rebekkas Ermordung, falls die Pläne nicht ausgehändigt werden. Doch weder Rebekka noch Wolf haben eine Ahnung, was der Mann, der sich immer wieder übers Handy meldet, eigentlich von ihnen will. Sie fliehen gemeinsam aufs Land. Dort nimmt das Unheil nur wenig später seinen Lauf …

GMEINER SPANNUNG

WWW.GMEINER-VERLAG.DE
Wir machen's spannend

Das Neueste aus der Gmeiner-Bibliothek

Unser Lesermagazin

Bestellen Sie das kostenlose Krimi-Journal in Ihrer Buchhandlung oder unter www.gmeiner-verlag.de

Informieren Sie sich ...

www ... auf unserer Homepage: www.gmeiner-verlag.de

@ ... über unseren Newsletter: Melden Sie sich für unseren Newsletter an unter www.gmeiner-verlag.de/newsletter

f ... werden Sie Fan auf Facebook: www.facebook.com/gmeiner.verlag

Mitmachen und gewinnen!

Schicken Sie uns Ihre Meinung zu unseren Büchern per Mail an gewinnspiel@gmeiner-verlag.de und nehmen Sie automatisch an unserem Jahresgewinnspiel mit »mörderisch guten« Preisen teil!

GMEINER SPANNUNG

WWW.GMEINER-VERLAG.

Wir machen's spannen